2

CHAMBRES
FROIDES

CHAMBRES FROIDES
Philip Kerr

Traduit de l'anglais (Royaume-Uni)
par Laurence Kiefé

ISBN : 978-2-7024-3831-2

Conception graphique et couverture : WE-WE

Pour Jane

— *Eh bien, alors, tu veux du pain ?*
demandait Ivan Ivanovitch.
— *Qu'est-ce qu'il y a de mal à ça, monsieur ?*
Je pourrais manger un cheval !
— *Bien. J'imagine que tu souhaites*
aussi de la viande ?
— *Tout ce que vous aurez la bonté de me donner*
me fera plaisir.
— *Bien. Alors la viande, c'est meilleur que le pain,*
n'est-ce pas ?
— *Quand on a faim, on ne peut pas faire le difficile.*
Tout fait l'affaire.

Extrait de *Comment Ivan Ivanovitch s'est disputé avec Ivan Nikiforovitch*, de Nicolaï Gogol.

1

Un Russe est incapable de résister à une histoire, même à celles qu'il se raconte lui-même.

Les voyageurs solitaires du train de nuit en provenance de Saint-Pétersbourg connaissent bien les risques qu'il y a à partager un compartiment à deux couchettes avec un inconnu. L'*Express Rouge* est souvent plein plusieurs semaines à l'avance et le bureau des réservations des chemins de fer ne prend guère en considération les sexes de ceux que le destin a décidé de réunir pour huit heures ou davantage. Mon propre compagnon de voyage, une jolie femme avec des jambes magnifiques et musclées, a dû penser que j'étais un bien triste sire. Pendant la première partie de notre voyage, ses efforts pour engager la conversation ne se relâchèrent pratiquement pas, et d'ailleurs, elle semblait avoir plus de gambits que Kasparov lui-même : l'inflation galopante, les conflits ethniques, la criminalité montante, les îles Kouriles, le prix du pain et même – mais je crois que ça c'est vrai – une histoire farfelue sur la fabrication des crèmes de beauté fort chères pour les femmes occidentales à partir de placentas récupérés lors d'avortements en Russie. Elle essaya tout pour me faire parler, excepté la matraque et la lumière en pleine figure.

La plupart des hommes auraient vendu leur âme pour avoir une compagne de voyage aussi agréable à regarder et possédant autant de suite dans les idées, et qui, en plus, semblait manifester une telle envie de discuter. Les belles femmes se montrent en général froides et distantes, quand on a la chance de les rencontrer seul à seule à bord d'un train, dans un compartiment à deux couchettes. Mais, pour être franc, mes réponses se limitèrent à des monosyllabes. Pourtant, je ne suis pas du genre à avoir du mal à entrer en relations avec les autres ; cependant, en l'occurrence, j'avais la tête ailleurs. Parfois, mes pensées s'envolaient dans l'atmosphère de ce milieu d'été, flottant par-dessus la campagne plate qui s'étalait comme une grande couverture devant les fenêtres de notre wagon. Mais la plupart du temps, je pensais à Saint-Pétersbourg, à Evgueni Ivanovitch Grouchko et aux hommes du Bureau central.

Tchékov dit que quand on raconte une histoire, on ne devrait pas montrer la vie comme elle est, ni comme elle devrait être, mais comme on la voit en rêve. Et c'était bien ainsi que tout cela m'apparaissait à présent, tandis que je somnolais sur ma couchette tiède, car d'une certaine manière, mon histoire avait commencé dans ce même train quand, plusieurs semaines auparavant, j'avais fait le voyage dans l'autre sens, envoyé en mission temporaire au Bureau central des enquêtes de Saint-Pétersbourg, sur ordre de mes supérieurs à Moscou. On espérait que j'en profiterais pour améliorer mes connaissances sur le fonctionnement de la mafia.

Ce n'est pas qu'en ce moment le milieu se montre particulièrement discret à Moscou. C'est tout le contraire. Non, c'était simplement parce que le Bureau central de Saint-Pétersbourg, et essentiellement son plus ancien inspecteur, Evgueni Ivanovitch Grouchko, paraissait mieux se débrouiller face à la mafia que nous à Moscou. Les chiffres parleraient d'eux-mêmes si je les avais sous la main. Chaque homme a son territoire de prédilection. Le berger connaît plus de choses sur les moutons que le plus zélé des érudits. Grouchko en savait plus sur la mafia que n'importe quel autre policier dans toute la C.E.I. Mais il existe un proverbe qui aurait dû me mettre la puce à l'oreille et me dire qu'il fallait que je me méfie : « Méfie-toi de l'homme d'un seul livre. »

Il n'y avait chez lui rien de particulier qui puisse pousser quiconque à se montrer circonspect. Son visage, aussi bien que son attitude, était ouvert et cordial. Il n'était pas particulièrement grand, mais bien proportionné. Il avait des cheveux gris qu'il portait relevés sur le sommet du crâne, comme Elvis Presley quand il était jeune, et quand nous eûmes fait suffisamment connaissance pour que j'aie pu remarquer ses habitudes, en le voyant se recoiffer très souvent, je compris que ses cheveux étaient sa seule vanité personnelle. Grouchko n'était pas non plus inculte, comme je m'en aperçus quelques minutes après avoir serré sa main dure et gercée, lorsque nous nous rencontrâmes ce premier matin, sur le quai de la gare de Moscou, à Saint-Pétersbourg.

— Avez-vous fait bon voyage ? demanda-t-il en s'emparant de mes sacs posés sur le quai.

Je lui expliquai que j'avais été obligé de partager le compartiment avec une babouchka fort malodorante, qui avait ronflé comme un sonneur pendant presque tout le voyage.

— Vous êtes déjà venu à Saint-Pétersbourg ?

— Pas depuis que j'étais écolier.

Cela paraissait si loin, à l'époque des Spoutniks et de Gagarine, quand l'Union soviétique semblait être la nation la plus invincible de la planète. L'espace d'un instant, je me retrouvai sur le même quai de gare, je tenais la main de ma mère et je l'écoutais m'expliquer que nous allions voir les plus merveilleux palais du monde, tandis que mon père descendait nos bagages du wagon. Pendant au moins une minute ou deux, je ratai ce que Grouchko me racontait. Quand j'émergeai de ma rêverie, il était en train de citer Dostoïevski à propos de Saint-Pétersbourg.

— C'est la ville la plus abstraite et la plus délibérée du monde, dit-il sans la moindre trace de gêne, puis il me conduisit hors de la gare, sur la perspective Nevski, où il avait garé sa Zigouli.

Je répondis que je m'étais toujours demandé ce que Dostoïevski avait voulu dire dans cette remarque particulière à propos de Leningrad.

— Saint-Pétersbourg, c'est un idéal, expliqua-t-il. Le produit de la volonté d'un seul homme. Au fait, ne l'appelez jamais Leningrad, sauf de façon rétrospective. Tout cela est bien fini maintenant.

Je parcourus des yeux la grande artère sur toute sa longueur. C'était une chaude journée de juin et les choses auraient difficilement pu paraître moins concrètes. Saint-Pétersbourg donne une impression de solidité impressionnante.

— Bien sûr, on ne le croirait pas à présent, dit-il en inspirant profondément et d'un air heureux l'atmosphère du petit matin, mais à la vérité, c'est vraiment un endroit particulièrement idiot pour choisir de bâtir une ville. On est pris par les glaces la moitié de l'année, même s'il y a des gens pour dire que nos frimas nordiques sont très bons pour la santé. La première fois que Pierre le Grand s'est rendu ici, c'était à peine mieux qu'un marécage. Il a fallu faire venir toute la pierre spécialement. Des milliers de pauvres serfs ont trouvé la mort dans cette aventure. Voilà pourquoi on dit que Saint-Pétersbourg est construit sur des ossements.

Il ouvrit le coffre de la Zigouli, puis il le referma en écrasant mes bagages, comme s'il était en train d'écraser le corps d'un de ces malheureux serfs.

— Voilà peut-être pourquoi il y a tant de criminalité à Saint-Pétersbourg, dit-il en m'offrant une cigarette. À cause de tout ce sang.

Ce que la poétesse Anna Akhmatova avait dit sur les appétits de sang de la terre russe me revint à l'esprit, et pendant un bref moment, je fus tenté de proposer à mon tour quelques créances intellectuelles. Au lieu de cela, je me contentai de quelque chose de plus banal, à propos du crime qu'on trouvait partout au jour d'aujourd'hui.

— Ah, mais pas comme ici, dit-il en m'ouvrant la porte de la voiture.

J'eus l'impression qu'il en profitait pour me rappeler le but de ma visite. Après tout, on m'avait envoyé de Moscou pour apprendre la manière dont ils se débrouillaient de la mafia à Saint-Pétersbourg. Mais ce qu'il dit peu après était en contradiction manifeste avec cette pensée.

— Pas comme à St-Peter. Après tout, c'est ici le berceau du crime. Il existe peu d'endroits où les influences qui s'exercent sur l'âme humaine sont aussi noires, rudes et étranges. Venez, je vais vous montrer. Ça ne fait pas un très long détour.

Il monta à côté de moi et démarra. Nous longeâmes la perspective Nevski sur une courte distance. Les trottoirs étaient bourrés de gens qui semblaient encore plus mal en point que leurs homologues de Moscou, mais ce n'était peut-

être que parce que les maisons étaient beau
coup plus belles. Nous tournâmes vers le nord,
longeant un des canaux de la ville, puis il s'arrêta
pour me désigner le dernier étage d'une maison
jaunie.

— Là-haut, dit-il. Au quatrième étage. C'est ici
que l'étudiant Raskolnikov a tué la vieille femme
et sa sœur.

Il en parlait comme s'il s'agissait d'une des
affaires les plus célèbres du jour. Je regardai la
maison et découvris, à ma grande surprise, que
je n'avais aucun mal à évoquer la scène tirée du
roman de Dostoïevski et à y penser comme à quelque chose ayant effectivement eu lieu. Meurtre à
la hache. Les Russes adorent lire dans la rubrique
Faits divers le récit d'un bon meurtre à la hache.
Surtout si le tueur en profite pour écarteler ses
victimes et les manger. S'il n'y a pas de sang, ce
n'est pas un « vrai » meurtre à proprement parler.
Beaucoup de sang.

— On a l'impression que ça s'est passé hier,
fis-je remarquer.

— Les choses sont un peu comme ça, ici, à
St-Peter. Il n'y a pas eu de grands changements
depuis l'époque de Dostoïevski. La mafia a pris
la place des nihilistes. Ils ne croient en rien si ce
n'est en eux-mêmes et en leur capacité à infliger
aux autres douleur et privation au nom de l'un ou
de l'autre de leurs faux dieux.

— Aujourd'hui, il n'existe qu'un seul faux dieu
qui pousse à une réelle dévotion, dis-je. L'argent.

— Et on ne peut pas dire que les étudiants soient épargnés, ajouta Grouchko. Croyez-le si vous voulez, nous avons arrêté un étudiant il y a à peine quelques jours. Un étudiant en médecine de l'université Pavlov. Vous savez comment il réussissait à suivre ses études de médecine ? En faisant le tueur à gages pour la mafia. Il a commencé à s'intéresser aux armes quand il faisait son service national en Afghanistan. Il est devenu tireur d'élite. D'après nous, il a abattu au moins dix personnes. (Il hocha la tête.) Comparé à des gars de ce calibre, Raskolnikov était un enfant de chœur.

Une babouchka sortit de la cour à l'arrière de la maison. Une femme de petite taille, desséchée, âgée d'une soixantaine d'années, vêtue d'un imperméable usé jusqu'à la corde. À ma grande surprise, elle portait un petit coffre-fort sous le bras. Son regard aigu se posa sur la voiture et elle nous dévisagea avec un air hostile et soupçonneux. Elle aurait très bien pu être la réplique de l'usurière que Raskolnikov avait tuée. Grouchko la remarqua, lui aussi, et hocha la tête.

— Un fantôme, dit-il tranquillement. Saint-Pétersbourg en est rempli.

Il jeta un coup d'œil dans le miroir et passa rapidement le peigne dans ses cheveux bien brillantinés. Quand il eut fini, ils n'avaient absolument pas bougé. Je remarquai une forte odeur de naphtaline qui se dégageait de la manche de sa veste gris foncé.

— Avant que nous n'allions à la Grande Maison, dit-il, je voulais éclaircir un point entre nous.

Je haussai les épaules.

— Allez-y.

Il me fixa d'un regard pénétrant.

— On m'a dit que si vous étiez ici, c'est parce que Moscou pense que nous obtenons de bons résultats contre la mafia : et vous voulez observer la façon dont nous nous y prenons ici, à Saint-Pétersbourg.

— C'est vrai. Il s'agit d'une histoire de liaison intervilles. Un échange d'idées, si vous voulez.

— Oui, dit-il, j'ai lu la note du général Kornilov qui expliquait le but de votre visite. Pour moi, c'était des conneries bureaucratiques.

Mal à l'aise, je m'agitai sur mon siège.

— Qu'y a-t-il de mal à échanger quelques idées ?

— Saint-Pétersbourg est une ville plus petite que Moscou. Et aussi beaucoup plus provinciale. Tout le monde connaît tout le monde. Il est beaucoup plus dur de se perdre ici que dans Moscou. Que diriez-vous si je vous racontais que c'est aussi simple que ça ?

— Eh bien, euh... J'imaginerais que vous vous montrez modeste. Écoutez, je ne suis pas là pour jouer les paternalistes. À coup sûr, nous avons des choses à apprendre l'un de l'autre.

Grouchko hocha la tête, pesant les termes de ce qu'il s'apprêtait à dire.

— Laissez-moi être franc, dit-il. Si vous êtes là pour enquêter sur moi et sur mes hommes, vous ne trouverez rien. Je ne peux pas parler pour les autres, mais dans mon service, il n'y a pas de corruption. Nous avons les mains propres. Vous avez bien compris ?

— Je ne suis pas ici pour enquêter sur vous, répondis-je sèchement.

— Je n'aime pas plus les espions que les flics qui se font graisser la patte.

— Dans ces conditions, je ne suis pas concerné.

— Donnez-moi votre main.

Je lui tendis la main, pensant qu'il voulait me la serrer. Au lieu de cela, il la retourna et examina attentivement ma paume comme s'il avait l'intention de lire dedans.

— Vous n'êtes pas sérieux, dis-je.

— Tenez-vous tranquille, grommela-t-il.

Je secouai la tête en souriant. Grouchko scruta ma main pendant près d'une minute, puis il hocha la tête d'un air docte.

— Vous savez vraiment lire les lignes de la main ?

— Bien sûr.

— Alors, que voyez-vous ?

— Ce n'est pas une mauvaise main, dit-il. Quoi qu'il en soit, votre ligne de tête se divise presque parfaitement en deux lignes parallèles.

— Et quelle conclusion en tirez-vous ?

— C'est pour moi que je lis, pas pour vous.

Je retirai ma main avec un sourire gêné.

— Voilà une méthode tout ce qu'il y a de plus scientifique. Est-ce que ça marche avec les mafiosi ?

— Parfois. La plupart d'entre eux sont terriblement superstitieux. (Il tira une dernière bouffée de sa cigarette et sourit.) Vous vouliez savoir comment on procède à Saint-Pétersbourg. Eh bien, maintenant, vous savez.

— Formidable. À présent, je peux remonter dans le train et retourner directement à Moscou pour faire mon rapport. Grouchko est un grand inspecteur parce qu'il peut lire les lignes de la main. Ils vont adorer ça. Vous n'avez pas un petit quelque chose à rajouter ? Un peu de lévitation, peut-être ? Ou bien, je pourrais vous demander comment on fait pour trouver de l'eau par ici ?

— C'est facile.

Grouchko fit descendre la vitre et jeta sa cigarette dans le canal. Je ne devais pas tarder à apprendre que cette voie s'appelle le canal Griboiedov. Peut-être Grouchko avait-il une certaine perception de l'avenir ? Comment expliquer autrement le fait que, seulement quelques heures plus tard, nous allions revenir dans le même immeuble enquêter sur le meurtre d'un des journalistes les plus célèbres de toute la Russie ?

2

Je suis juriste de formation. C'est relativement fréquent chez les enquêteurs. Ce métier exige une connaissance de la jurisprudence et de la procédure criminelle qui le différencie du métier d'inspecteur. Cela peut avoir l'air typiquement pédant, mais en tant que juriste, je pense que, pour être à même de comprendre cette histoire, il faut avoir une certaine compréhension de l'arrière-plan – la Grande Maison, le ministère des Affaires intérieures et ses différents départements et, bien sûr, la mafia.

Presque tout ce que je connais à présent de la mafia, je l'ai appris d'Evgueni Ivanovitch Grouchko. Peut-être les origines et le *modus operandi* de la mafia n'étaient-ils pas aussi succincts qu'ils pouvaient le paraître d'après sa description, mais je suis dans l'obligation de paraphraser le contenu de nombreuses conversations qui se sont déroulées sur une période de plusieurs semaines. Presque tout ce que je connais des services qui font partie des Affaires intérieures est rapporté du point de vue de l'enquêteur et cela vaut peut-être la peine de noter qu'un inspecteur pourrait et probablement souhaiterait expliquer les choses de façon assez différente.

Chaque ville de la Fédération possède sa propre Grande Maison – un immeuble dont la vue encourage les gens à accélérer le pas, car c'est là que la milice* et le K.G.B. ont leur quartier général. Mais puisque cette histoire a démarré presque au moment où j'ai mis le pied à Saint-Pétersbourg, il me paraît judicieux de décrire cette Grande Maison en particulier, telle qu'elle m'est apparue la première fois, le matin où Grouchko est venu me chercher à la gare.

Presque au bout de la perspective Liteiny et tout près de la rive sud de la Neva, la Grande Maison de St-Peter est un énorme immeuble de six étages, qui occupe tout le pâté de maisons entre la rue Vionova et la rue Kalaieva. Il est probable qu'il ait été conçu par un architecte, mais, comme pour la plupart des immeubles modernes de ce pays, on a du mal à voir de quelle façon. Imaginez deux énormes cubes de fromage (et à Moscou, en ce moment, imaginer du fromage, voilà la relation la plus intime que l'on peut entretenir avec cet aliment), un rouge et un jaune, posez le premier sur le second et vous aurez une idée de ce à quoi l'immeuble ressemble. À quelque chose d'interdit

---

* Du russe *militsia :* nom de la police russe jusqu'en 2011.

et d'inhumain en tout cas, et d'après moi, c'était le but de l'architecte : rendre l'individu insignifiant. Cette impression se trouvait encore renforcée par la taille et le poids de la porte d'entrée : aussi haute qu'un tram et presque aussi lourde, il était difficile de pénétrer dans la Grande Maison sans se sentir écrasé par la puissance de l'État et de ceux qui, en tout cas de façon théorique, appliquent ses lois.

Nous présentâmes nos cartes d'identité au milicien de garde sous le porche, passâmes sans nous arrêter devant le vestiaire vide et traversâmes un hall d'entrée qui avait l'air d'appartenir à un établissement de bains publics.

En haut de la première volée de marches, le buste de Félix Djerzinsky trônait sur un socle, dans sa mezzanine personnelle. Si jamais un homme était promis au bronze, c'était bien Félix, « l'Homme de fer » qui, en 1917, à la demande de Lénine, organisa la Tcheka. En 1923, c'est devenu la G.P.U. qui, en 1934, s'est appelée le N.K.V.D., précurseur direct du K.G.B., qu'on va maintenant abandonner pour lui donner de nouveau un autre nom. (Si ce pays occupe une quelconque première place sur cette planète, c'est sûrement dans la production d'abréviations et d'acronymes.) Jusqu'à la Seconde Révolution russe d'août 1991, il y avait des statues de Félix, « l'Homme de fer », sur tout le territoire de l'Union soviétique. À présent, le seul endroit où on a des chances d'en trouver, c'est à l'intérieur des Grandes Maisons, dans chaque district. Quels qu'aient été ses choix politiques, c'était un bon policier.

Le bureau de Grouchko se trouvait au deuxième étage, au bout d'un couloir large et chichement éclairé. En tant que colonel en titre dans le service des affaires criminelles, il possédait un bureau de bonnes dimensions. On a connu des familles entières qui vivaient dans des espaces moins grands que celui-là.

Les services criminels font partie du Bureau central des affaires intérieures, qui sont installées dans ces deux premiers étages. Les quatre étages supérieurs sont occupés par le K.G.B. Le bureau à côté de celui de Grouchko appartient au général Kornilov, le patron du service des affaires criminelles, qui, à Saint-Pétersbourg, est également le patron du Bureau central des affaires intérieures. Cela signifiait que Kornilov était également à la tête du service central des enquêtes, et donc, non seulement c'était le patron de Grouchko, mais également le mien.

Les gens me demandent souvent d'expliquer la différence entre les deux départements – les affaires criminelles et les enquêtes – et de leur dire quelle est la fonction la plus importante, de celle de l'inspecteur ou de l'enquêteur. Parfois, je me dis que ces histoires ne paraissent compliquées que par rapport à la façon dont ces deux métiers sont perçus en Occident. Je ne sais pas comment les officiers de police travaillent en dehors de notre nouvelle fédération, mais ici, un enquêteur est responsable de la préparation du réquisitoire pour le bureau du procureur. C'est sûrement un très vieux sujet de discussion de savoir qui, de l'inspecteur ou de l'enquêteur, est le plus important, mais c'est un genre de discussion typiquement russe parce qu'il n'existe ni bonne ni mauvaise réponse. Ce genre de débat ne m'excite pas beaucoup, mais après tout, toutes les opinions sont dans la nature. Comme on dit, on se gratte là où ça démange. Les inspecteurs affirment qu'un enquêteur n'est jamais un policier accompli tant qu'il n'a pas tâté du poing d'un criminel. En règle générale, il vaut mieux dire que durant toute la procédure judiciaire, la relation entre l'enquêteur et l'inspecteur est celle d'une collaboration entre pairs ; et comme chacun d'eux est gradé, comme un militaire, en fonction de son expérience, les choses sont en général assez claires. Je suis lieutenant-colonel et j'ai une petite cicatrice sous le menton qui prouve que j'ai bel et bien tâté du poing d'un délinquant.

Le service de Grouchko, avec lequel je devais être en liaison exclusive, et qui avait pour tâche de s'occuper du crime organisé, était une création relativement récente. Cette structure n'était pas encore opérationnelle au niveau fédéral, même si l'existence d'une mafia soviétique était bien connue depuis déjà 1987.

Quand on parle de mafia, c'est juste une façon pratique de désigner les bandes de criminels organisés. D'après ce qu'en savait Grouchko, il n'existait pas de lien entre ces bandes et la mafia, telle qu'on la connaît en Italie et en Amérique. Et alors que là-bas, les bandes ont tendance à avoir des développements familiaux, en Russie, elles sont le plus souvent constituées autour de regroupements ethniques ou raciaux – Ukrainiens, Biélorusses, Géorgiens, Tchétchènes, Arméniens, Tadjikhs, Azerbaïdjanais, Kazakhs – les peuples de ce qui représentait autrefois les républiques méridionales d'Union soviétique.

Comme la plupart des habitants du nord de la Russie, Grouchko les appelait les *tchourki* – « les gens des marais » – même si son propre nom et ses yeux tirés vers le bas semblaient indiquer qu'il y avait quelque chose du Cosaque chez lui. Il était certainement capable de boire plus que n'importe quel homme que j'aie pu rencontrer. Mais pour en revenir à notre propos, les *tchourki* étaient très différents de leurs homologues italo-américains. Les costumes qu'ils portaient n'étaient pas particulièrement bien coupés et ils conduisaient des Zigouli au lieu de grosses Cadillac, même si certains possédaient des Mercedes. Ils étaient en général jeunes, souvent physiquement bien développés après avoir pratiqué des années de sport subventionné par l'État – ou dans un camp de travail. Mais si la mafia russe ne vit pas exactement selon les stéréotypes de la mafia occidentale, elle n'en est pas moins tout aussi impitoyable.

Si j'avais eu besoin qu'on me le rappelle, Grouchko me mit rapidement dans le bain en me tendant un dossier photographique pratiquement à la minute où je pénétrai dans son bureau.

— Regardez ce petit recueil, dit-il. Voilà ce qui est arrivé à une pute qui a résisté à son maquereau.

Je ne suis pas un homme particulièrement délicat. Mais j'aurais préféré qu'il soit un peu moins tôt dans la matinée avant d'affronter la vision des différentes blessures qui avaient été infligées au corps d'une prostituée de dix-sept ans, comme avant-goût, avant de la noyer dans un seau d'eau. Peut-être que si j'avais mieux dormi dans le train de nuit qui m'amenait de Moscou, j'aurais pu montrer davantage d'intérêt. Quoi qu'il en soit, je jetai un coup d'œil sur les photos, hochai tranquillement la tête et les lui rendis sans un mot.

— C'est juste une des affaires dont nous nous occupons en ce moment, dit Grouchko avec un haussement d'épaules. On sait qui a fait ça : un Arménien qu'on appelle « le Tonneau ». C'est un de nos vieux clients. (Il tapota la vitre du bout de son ongle.) Un vrai givré, celui-là. Oh ! mon ami, vous verrez, vous les rencontrerez tous.

Je sortis mon paquet de cigarettes et traversai la pièce parquetée jusqu'à la fenêtre sale avec ses rideaux jaunes bon marché pour lui en offrir une. Il la plaça entre ses lèvres minces et alluma la mienne et la sienne avec un élégant briquet en or.

— C'est très chic, dis-je en me demandant comment un policier avec le salaire de Grouchko pouvait s'offrir un objet qui avait l'air aussi luxueux.

— Cadeau de la police suisse. En ce moment, il y a toutes sortes de délégations qui viennent nous rendre visite, envoyées par Interpol. La plupart sont des touristes, comme le reste des étrangers. Ils viennent dépenser leurs dollars et nous démontrer bruyamment leur sympathie, puis ils repartent chez eux. Ce qu'il y a de drôle, quand même, c'est que, quel que soit le pays d'où ils sont originaires, ils m'offrent toujours un briquet en or pour me remercier. Ça doit être un truc universellement connu chez les flics. Remarquez, je ne m'en plains pas. Je les perds tout le temps.

Le téléphone sonna et pendant qu'il répondait, je regardai par la fenêtre. Dans la rue, des ménagères se dirigeaient vers les magasins, s'entassant dans un trolleybus dejà bourré. Entre elles, elles ne se faisaient pas de cadeau et pendant un moment, je me réjouis à la pensée que mon ex-femme devait être en train de faire la même chose quelque part dans l'est de Moscou.

Je me retournai pour examiner la pièce : le bureau de Grouchko avec sa rangée prétentieuse de téléphones ; sur le mur, l'énorme carte de Saint-Pétersbourg avec ses vingt-deux districts nettement découpés, comme des morceaux de viande ; dans le coin, l'imposant coffre-fort contenant les dossiers et les papiers de Grouchko, et posée dessus, une statue de plâtre bon marché de Lénine, semblable à celle que j'avais laissée dans mon propre bureau à Moscou ; les chaises bien alignées contre le mur le plus éloigné ; le placard intégré avec son lave-mains et son portemanteau ; et le poste de télévision en couleurs sur lequel on voyait une fille en train d'accomplir des exercices de gymnastique. Je ne le savais pas encore à ce moment-là, mais l'histoire avait déjà commencé.

Grouchko reposa l'écouteur et, tirant de façon surhumaine sur sa cigarette, il ferma un œil tout en me fixant de l'autre.

— Je pense que ceci va vous intéresser, dit-il. Venez.

Je le suivis dans le couloir envahi d'autres enquêteurs et inspecteurs. Il aboya en direction de deux d'entre eux pour qu'ils nous accompagnent. Tandis que nous descendions récupérer la voiture, il me les présenta sous les noms du major Nicolaï Vladimirovitch Vladimirov et du capitaine Alexandre Skorobogatitch, en ajoutant que c'étaient ses deux meilleurs hommes.

Nicolaï Vladimirov était grand et massif, avec le visage d'un petit garçon batailleur, des yeux verts trop rapprochés et une bouche presque en permanence plissée, comme s'il s'apprêtait à embrasser quelqu'un. Il portait un sweat-shirt noir avec un motif Bugs Bunny. Alexandre – Sacha – Skorobogatitch était un homme blond, qui semblait venir du Nord, avec un visage allongé et sinistre, une voix basse et rauque, comme s'il avait passé l'après-midi précédent à crier pendant un match de foot. Ils formaient un drôle de trio, pensai-je. Nicolaï et Sacha dépassaient tous les deux Grouchko d'une bonne tête, et pourtant, ils l'entouraient d'égards comme s'il avait été leur propre père ; et même si Grouchko n'était pas tout à fait assez âgé pour cela – d'après moi, il devait avoir bien dépassé la quarantaine – on n'était quand même pas si loin de la vérité : Grouchko était un policier à l'ancienne mode et il se montrait très paternel envers ses hommes.

La voiture prit vers le sud, en longeant les rives du canal Fontanka. Cela paraissait magnifique, et n'eût été la vitesse et la conduite mal assurée de Grouchko, j'aurais pu passer un bon moment. Presque pour m'empêcher de songer à notre trajet, je me retrouvai en train d'interroger Grouchko sur la mafia et comment elle avait démarré en Russie.

— Vous savez, j'ai souvent pensé qu'on avait simplement échangé le Parti contre la mafia, dis-je.

Grouchko secoua la tête avec fermeté.

— Qu'est-ce qui a bien pu vous donner cette idée ?

Alors que je m'apprêtais à lui donner quelques explications, il m'interrompit.

— Non, non, dit-il. La mafia est le produit de notre propre effet de serre soviétique.

La voiture tangua d'un bord à l'autre de la chaussée quand il ôta une de ses mains du volant pour allumer une autre cigarette.

— Elle a pour origine le marché noir qu'on a laissé se développer sous Brejnev. Le marché noir n'a toujours représenté que le revers actif de la médaille, puisqu'on autorisait, on encourageait même les principaux acteurs de ce trafic à s'acheter une impunité légale. Et donc, pour pouvoir offrir des pots-de-vin plus substantiels aux officiels les plus importants du Parti... Bon, vous êtes un type plutôt intelligent, pour un Moscovite : complétez vous-même.

— Ils se sont eux-mêmes organisés, dis-je.

— Ensuite, après Brejnev, le crime organisé a bénéficié d'un bonus en la personne de Mikhaïl Gorbatchev...

— Je ne vois pas comment nous pouvons le tenir pour responsable de la mafia, comme d'ailleurs du reste.

Grouchko étouffa un rire.

— Oh ! je ne suis pas en train de dire que Gorbatchev était une espèce de « parrain ». Mais, en approuvant le mouvement coopératif, c'est lui qui a donné le feu vert aux gens pour commencer à monter leurs propres affaires. Ce qu'il n'a pas réussi à comprendre, c'est qu'en gérant des affaires privées, tous ces capitalistes en herbe allaient être amenés à violer la loi, d'une multitude de manières différentes. Donc, cela les a rendus vulnérables face à la mafia et à ses exigences de protection. Donc, vous voyez, c'est le Parti qui a créé l'atmosphère qui a favorisé la croissance de la mafia.

— L'effet de serre soviétique dont vous parliez.

— Précisément. Mais comme tout ce qu'on a construit en Union soviétique, le Parti avait une structure fragile et plus il s'est affaibli, plus la mafia s'est renforcée en étalant ses racines. Bientôt, elle a pris une telle importance qu'elle a poussé entre les brèches du toit que Gorbatchev avait fait poser et plutôt que de périr dans la lumière froide de la *glasnost*, la mafia a prospéré. Et quand le Parti s'est effondré, la mafia n'avait plus besoin de lui pour survivre.

— Et à présent que le Parti est proscrit ?

Grouchko haussa les épaules.

— Ce qu'il en reste a tenté de s'allier avec la mafia. Après tout, c'est dans leur intérêt à tous les deux de faire échouer tout ce qui est possible, depuis les réformes pour l'ouverture du marché jusqu'à l'aide alimentaire qui vient de l'Occident. La moitié des nouvelles coopératives de Saint-Pétersbourg servent de façade au Parti. Une manière pratique de blanchir tout l'argent qu'ils ont récupéré après l'échec du coup d'État. Que ce soit l'argent du Parti ou celui de la mafia, pour nous, cela ne fait pas la moindre différence. Pour la plupart des gens à St-Peter, tout le mouvement coopératif est synonyme de mafia.

— C'est la même chose à Moscou, dis-je. Là où les affaires sont légales, elles représentent une cible pour les racketteurs.

— Les restaurants et les cafés coopératifs sont particulièrement vulnérables, déclara Grouchko. Non seulement, par la nature de leur activité, ils sont obligés de fonctionner publiquement, mais en plus ils doivent disposer de moyens illégaux pour pouvoir servir de la nourriture en quantité raisonnable, autant que pour justifier les prix exorbitants qu'ils pratiquent. Un bon dîner dans un des meilleurs restaurants coopératifs coûte... Qu'est-ce que tu dirais, Nicolaï ?

L'homme de haute taille sortit de la rêverie dans laquelle il était plongé. La conduite mal assurée de Grouchko, manifestement, ne le perturbait guère.

— Plus que vous et moi ne pourrions gagner en une semaine, monsieur, grommela-t-il.

— En dehors des touristes, les seuls qui puissent se permettre de manger dans de tels lieux sont les Russes qui disposent de devises, et les escrocs.

— D'après moi, c'est les mêmes, répondit Nicolaï.

— La plupart des restaurants coopératifs à St-Peter sont sous protection payante, dit Grouchko. En règle générale, il s'agit d'un pourcentage fixe sur les recettes.

— Mais comment la mafia est-elle au courant du montant exact des recettes ? demandai-je.

Nicolaï et Sacha échangèrent un regard. Grouchko sourit sèchement en me répondant :

— Les restaurants sont obligés d'en informer le conseil municipal pour pouvoir payer leurs impôts. Sous le sceau du secret, bien entendu. Mais pour une somme modique, la mafia peut connaître le chiffre exact. Ce qui est une des raisons pour lesquelles la plupart des restaurants truquent d'emblée leurs livres de comptes. Alors, comme ça, ils paient moins quand ils finissent par se faire extorquer. Même ainsi, ça peut représenter un joli paquet par jour, ce qu'ils donnent à ces *tchourki*. L'équivalent de mille roubles pour vous et moi. Mais avant de pouvoir les délivrer de ce racket, il faut les presser comme des citrons. Vous n'allez pas tarder à voir la force qu'il faut y mettre.

Il quitta la rue et s'engagea dans un petit parking à côté d'un immeuble à la façade blanche. Je fus projeté en avant lorsque Grouchko enfonça le frein. Je sortis de la voiture mal assuré sur mes jambes et suivis les autres jusqu'à une lourde porte de bois.

Le restaurant Pouchkine, le long du canal Fontanka, était relativement récent sur la scène des commerces coopératifs. On n'avait pas regardé à la dépense en ce qui concernait la décoration qui, comme je le découvris plus tard, était une reproduction de la salle à manger verte du Palais de Catherine à Pouchkine. Les murs étaient vert clair, ornés d'un bas-relief blanc qui retraçait un choix de scènes tirées de la mythologie grecque. Deux piédestaux de marbre vert, chacun portant une petite imitation d'une urne de jade, étaient posés de chaque côté d'une cheminée de plâtre blanc. Sur le dessus de la cheminée, il y avait une grosse pendule dorée. Et devant chaque fenêtre en arceau, des rideaux de satin vert brillant masquaient la vue du canal. Toutes les fenêtres, sauf une. Celle-ci était brisée et noircie à cause du cocktail Molotov qu'on y avait balancé le soir précédent.

Les choses auraient pu être pires. Pas un seul membre du personnel du Pouchkine et pas un seul des clients privilégiés n'avait été blessé : pour une fois, les extincteurs avaient fonctionné aussi bien qu'ils étaient censés le faire. À l'exception de la fenêtre et de deux tables qui avaient bien brûlé, il n'y avait pas beaucoup d'autres dégâts. Si un des clients n'avait pas été informer la milice locale de cet incendie volontaire, le service de Grouchko n'en aurait jamais entendu parler.

Grouchko vint flairer les deux tables noircies, comme un chat curieux.

— Eh bien, ils savaient ce qu'ils faisaient, finit-il par dire. Ils n'ont pas oublié l'huile. En général, les amateurs l'oublient et se servent seulement d'essence. Mais c'est avec de l'huile qu'on fait un bon Molotov. C'est ça qui fait monter les flammes davantage.

Le gérant-propriétaire, un monsieur Chazov, faisait de son mieux pour minimiser l'incident.

— Je ne pense pas qu'il y ait la moindre raison pour que les Affaires intérieures s'intéressent à une histoire comme celle-là, dit-il d'un air plein d'espoir. Ce n'était rien. Probablement une bande de gamins. Personne n'a été blessé, alors est-ce qu'on ne pourrait pas faire une croix dessus ?

— Et les hommes qui ont fait ça ? répondit Grouchko d'un air buté. Vous pensez qu'ils vont faire une croix dessus, eux ?

— Comme je vous le disais, c'est plus que probable qu'il s'agit d'une bande de gamins.

— Vous les avez vus ?

— Non, pas vraiment, dit Chazov. Non, je voulais dire, je les ai entendus rire.

— C'est vrai, de nos jours, les adultes n'ont pas beaucoup de motifs de réjouissance, dit Grouchko. Mais quant à être sûr qu'il s'agit de gamins, juste d'après leurs rires, là, je suis impressionné.

Il sourit tout en se promenant dans le restaurant et en manifestant son approbation devant la décoration. Je le vis lancer un coup d'œil à Nicolaï avec un signe de tête. Nicolaï répliqua d'un bref hochement et se dirigea vers les cuisines.

— Bien sûr, les criminels deviennent de plus en plus jeunes de nos jours, reprit Grouchko. À moins que ce ne soit moi qui devienne de plus en plus vieux. N'empêche, ce sont des vrais salauds et ils s'en fichent de blesser quelqu'un. Mais c'est l'insouciance de la jeunesse, je suppose. Ce n'est pas votre avis, monsieur Chazov ?

Celui-ci s'assit lourdement devant une des tables et laissa sa tête retomber entre ses mains. Il repoussa de son front en sueur ses cheveux bruns et plats, puis frotta sa mâchoire pas rasée avec l'air désespéré d'un homme qui a besoin d'un coup à boire.

— Écoutez, articula-t-il, je ne peux rien vous dire.

— Je n'ai pas l'impression de vous avoir déjà demandé quoi que ce soit, répondit Grouchko. Ce que je sais, c'est que ces hommes – ces gamins – vont revenir. Et ils continueront à revenir à moins que vous ne vous décidiez à m'aider. La prochaine fois, quelqu'un sera peut-être sérieusement blessé. Ou pire.

— S'il vous plaît, colonel, j'ai une famille.

Sa voix tremblait.

— Peut-être que c'est à elle que je devrais m'adresser pour savoir qui a fait le coup.

Nicolaï réapparut dans l'encadrement de la porte, qu'il occupait presque entièrement, comme un ours en peluche dans sa boîte. Il appela Grouchko.

Un cafard détala devant nous au moment où nous franchissions la porte de la cuisine, derrière cet homme de haute taille. À l'intérieur, il y avait partout des casseroles sales et de la vaisselle pas lavée. Des monceaux de légumes étaient entassés sur un linoléum graisseux, à côté d'une poubelle ouverte et puante. Plusieurs mouches se livraient à un spectacle d'acrobaties aériennes à portée d'un gros morceau de gâteau au chocolat. Mes yeux tombèrent sur une série de petits flacons rassemblés dans un sac en plastique posé au sommet d'un cageot de pommes. Pendant un moment, je crus que c'était des fioles de médicaments, mais à y regarder de plus près, je compris que chaque flacon contenait un fragment minuscule de selles humaines.

Chazov remarqua mon nez froncé et haussa les épaules.

— Le ministère de la Santé voulait qu'on effectue des prélèvements sur le personnel, expliqua-t-il. Nous avons eu une petite épidémie de salmonellose peu de temps après l'ouverture.

— Vous n'êtes pas obligé de les laisser traîner là, non ? demandai-je.

— Non, je suppose que non.

Chazov ramassa le sac de prélèvements et sortit de la cuisine. Je me demandai où il avait décidé de les mettre, cette fois.

Nicolaï ouvrit en grand la porte d'une chambre froide, et Grouchko haussa les sourcils à en toucher la racine de ses cheveux. Il y avait là des cartons de viande entassés presque jusqu'au plafond. Pendant un moment, nous restâmes là, à renifler avec excitation l'odeur aigre de la chair, comme une meute de chiens affamés.

— Avez-vous déjà contemplé une telle quantité de viande, monsieur ?

Nicolaï toucha un morceau de bœuf gelé, posé à moitié découpé sur un billot, de façon presque respectueuse, comme si cela avait été une relique de saint Stéphane de Perm.

— J'avais presque oublié à quoi ça pouvait bien ressembler, dit tranquillement Grouchko.

— Avec un salaire de milicien, c'est difficile de s'en souvenir, rétorqua Nicolaï.

— Pensez-vous qu'elle ait pu être volée ? m'entendis-je demander.

Les deux hommes se tournèrent vers moi en me regardant d'un air doucement amusé.

— Eh bien, ça m'étonnerait qu'il l'ait achetée au magasin d'État, dit Grouchko. Non, ces coopératives fonctionnent sur des sources d'approvisionnement illégales. Voilà une autre raison pour laquelle elles sont si vulnérables au racket. (De nouveau, pendant une seconde, il se tourna pour regarder la viande.) Je parie que c'est pour ça qu'il ne souhaitait pas que la milice se mêle de ses affaires.

Nicolaï se planta une cigarette entre les lèvres et referma la porte de la chambre froide derrière eux.

— Vous voulez que je travaille Chazov au corps sur le sujet ? demanda-t-il. Ça pourrait l'aider à se souvenir de l'identité de ceux qui ont balancé le vodka-martini par la fenêtre.

— Bonne idée. Demande-lui – ou mieux encore, dis-lui de venir nous expliquer tout ça demain à la Grande Maison. Voilà qui va lui donner à réfléchir pour la soirée.

Nicolaï eut un petit rire et alluma sa cigarette. L'allumette, en tombant de ses doigts épais comme des saucisses, continua à brûler sur le linoléum graisseux. Grouchko la contempla d'un air de désapprobation amicale.

— Peut-être que tu as l'intention de leur vendre toi-même une assurance contre l'incendie.

Nicolaï sourit d'un air penaud et écrasa la petite flamme du bout de sa grosse chaussure.

À l'extérieur du Pouchkine, sur la Fontanka, Sacha était en train de parler au téléphone dans la voiture de Grouchko. En voyant Grouchko arriver, il agita le combiné dans sa direction puis dégagea la portière ouverte côté passager.

— C'est le général Kornilov, murmura-t-il.

Grouchko prit l'appareil et petit à petit, son visage large de paysan s'assombrit. Quand il eut fini d'écouter ce que le général avait à lui dire, ses sourcils étaient tellement froncés qu'ils avaient l'air d'avoir été déchirés par les griffes d'un ours. Poussant un profond soupir, il tendit le téléphone à Sacha, marcha jusqu'à la rampe qui bordait le canal, et lança le mégot de sa cigarette dans l'eau brune et calme. Je regardai Sacha, qui haussa les épaules en secouant la tête. Quand Nicolaï sortit enfin du restaurant, je me dirigeai vers l'endroit où se tenait Grouchko.

— Vous voyez cet immeuble ?

Je suivis son regard, de l'autre côté du canal jusqu'à un vieux palais gris.

— C'est la Maison de l'Amitié et de la Paix. Eh bien, on peut dire que ce sont des denrées rares et précieuses. Surtout de nos jours.

Il alluma une autre cigarette et fit signe à Nicolaï et Sacha de venir le rejoindre.

— Évidemment, vous avez tous entendu parler de Mikhail Milioukine ?

Nous en avions entendu parler tous les trois. Il n'y a pas un seul téléspectateur, pas un seul lecteur fanatique des deux magazines les plus célèbres en ce moment, *Ogoniok* et *Krokodil*, qui n'ont pas entendu parler de Mikhail Milioukine. En tant que premier journaliste reporter de la vieille Union soviétique, il représentait plus ou moins une institution nationale.

— Il a été tué, dit Grouchko. Et c'est sur notre secteur.

— Mais, en règle générale, on laisse les enquêtes sur les meurtres au bureau du procureur de l'État, n'est-ce pas, monsieur ? interrogea Nicolaï.

— Kornilov dit qu'il veut que nous nous en occupions. (Grouchko hocha la tête d'un air vague.) Apparemment, il y a un certain nombre de circonstances qui leur font penser que ce pourrait être notre rayon.

— Quel genre de circonstances ? demanda Nicolaï.

Grouchko quitta la rampe et se dirigea d'un air résolu vers sa voiture.

— Voilà ce que nous allons découvrir.

3

Zelenogorski se trouve à environ quarante kilomètres au nord-ouest de Saint-Pétersbourg, le long de la M10 qui, quelque cent cinquante kilomètres plus loin, atteint la frontière finlandaise. Il n'y avait pas grand-chose à y voir. Le temps que je réalise que nous traversions une ville, nous l'avions déjà dépassée et nous roulions de nouveau dans la campagne, le long d'une route plus petite qui longe les rivages du golfe de Finlande. Quelques minutes plus tard, nous quittions cette route et nous roulâmes jusqu'à ce que nous tombions sur un camion militaire garé à la lisière de la forêt. Grouchko s'approcha du camion et demanda à l'un des miliciens qui attendaient là où le crime avait eu lieu et où se trouvait le reste de leurs collègues. Puis, nous repartîmes à tombeau ouvert, les petites mains solides de Grouchko braquant et rétrogradant dans un flou incessant, comme s'il avait été pilote de rallye. Mais conduire sur le chemin forestier sembla le revigorer un peu et quand, enfin, il aperçut les autres camions de miliciens et stoppa la voiture en dérapage, il me décocha un sourire sadique. Je me demandai s'il pensait toujours que j'étais là pour espionner son service.

Nous descendîmes une pente douce vers une petite clairière dans les arbres. Les camions étaient garés tout autour d'une Volga noire qui était le centre de l'attention de dix ou quinze experts et miliciens. Une femme rousse et massive, vêtue de l'uniforme de colonel de la milice et qui semblait être responsable de l'opération, se dirigea vers nous. Grouchko accéléra le pas pour la saluer.

— C'est Lena, « la Dame de fer », murmura Nicolaï. Et je ne porte pas de cravate.

— Tu n'as même pas d'uniforme, si je me souviens bien, dit Sacha. Tu l'as vendu à un touriste japonais pour deux cents roubles.

Il rit sous cape et pêcha une cigarette dans sa poche de poitrine. Il se la colla adroitement dans la bouche et gratta une allumette d'une pichenette de l'ongle du pouce.

Le patron du service des experts scientifiques, le colonel Lena Tchelaieva, accueillit Grouchko fraîchement et ignora complètement le reste de la troupe. Dans les semaines qui suivirent, j'appris à la connaître suffisamment pour la respecter et même pour l'aimer. Mais elle était maniaque en ce qui concernait l'élégance parmi sa propre équipe et pendant que Grouchko et elle échangeaient quelques remarques préliminaires, Sacha me raconta que Lena avait une fois renvoyé un homme chez lui parce qu'il ne portait pas de cravate. Ayant peu dormi dans le train de nuit, je n'étais pas exactement au mieux de ma forme et je fus content que Grouchko ne se donne pas la peine de me présenter.

Nous la suivîmes jusqu'à la portière de la Volga, côté passager. À l'intérieur de la voiture, un homme était effondré sur son siège, le front reposant sur le tableau de bord couvert de sang séché. Il n'y avait pas là grand-chose pour retenir l'attention d'un téléologiste moyen, à supposer qu'il existe encore des gens qui accordent beaucoup de crédit à ce genre de méthode de travail marxiste. Le trou de la taille d'un kopeck visible à l'arrière de son crâne indiquait clairement comment il avait quitté la vie. Il nous fixait de ses yeux gris-vert et il avait un visage cireux, pâle et bouffi. Il était aussi mort qu'on peut l'être, mais plus je le regardais, plus j'avais l'impression qu'avec un pansement adhésif de bonne taille pour cacher la blessure causée par la sortie de la balle, il aurait pu se redresser et m'offrir une cigarette du paquet de Risk qu'il tenait encore dans sa main boudinée.

Grouchko se signa avant de pousser un soupir.

— Mikhail Mikhailovitch, dit-il tristement. C'est trop bête.

— Vous le connaissiez ?

Tchelaieva avait l'air surprise.

Grouchko hocha la tête en signe d'assentiment et, pendant un moment, je crus qu'il allait se mettre à pleurer. Il gonfla sa lèvre supérieure dans ses efforts pour reprendre le contrôle de lui-même. Il s'éclaircit la gorge à plusieurs reprises avant de lui répondre.

— Depuis les tout débuts de la *glasnost*, dit-il, quand Mikhail a commencé à écrire sur la mafia. C'était l'époque où le gouvernement niait encore que la mafia soviétique fût une chose réelle. On peut dire que mon propre service doit son existence même à Mikhail Milioukine. (Il renifla bruyamment puis alluma une cigarette avec des gestes maladroits.) Il nous a aidés à de nombreuses reprises. Il nous a aussi mis sur un certain nombre de coups.

Tchelaieva serra les lèvres dans une moue de désapprobation.

— Moi, j'ai toujours pensé qu'il avait tout d'un enquiquineur, dit-elle d'un ton tranchant. Enfin, nous y voilà : il vous met encore sur un autre coup, pas vrai ? Tout ce que vous avez à faire, c'est de trouver qui était assis derrière lui dans cette voiture, à un moment quelconque entre minuit et 2 heures du matin, et lui a fait sauter la cervelle. Mais il ne faudrait pas oublier notre petit copain dans le coffre !

Elle se dirigea vers l'arrière de la voiture, me bousculant au passage. Elle s'exprimait de façon tellement dure et désagréable que je ne fus pas du tout étonné de découvrir qu'elle portait le même parfum que mon ex-femme. D'un coup de coude, Tchelaieva repoussa le photographe de la milice et nous présenta le contenu du coffre d'un geste indifférent de sa main gantée de caoutchouc.

Par contraste avec l'homme assis à la place du passager, l'occupant du coffre de la Volga n'aurait pas pu avoir l'air plus mort. Pieds et mains liés ensemble, replié comme l'occupant de quelque sépulture antique, il était difficile de faire de nombreux commentaires sur lui, si ce n'est qu'on lui avait tiré dessus plusieurs fois à travers un bâillon de tissu adhésif qui lui recouvrait la bouche.

Grouchko suçota sa cigarette comme s'il se rappelait que lui possédait encore une bouche, pencha la tête de côté pour mieux voir le visage du mort, puis éructa ce qui pouvait passer pour un grognement affirmatif. Mais ce fut Nicolaï qui fournit l'explication.

— On dirait le code morse de la mafia, monsieur.

— Ça y ressemble, convint Grouchko. Maintien du silence radio.

Sacha s'éloigna du groupe pour aller parler avec un des miliciens. N'ayant moi-même guère d'attirance particulière pour les cadavres, j'avais assez envie de le rejoindre, mais j'étais censé inventorier les petites pépites qui constituaient le savoir ésotérique de Grouchko, donc, je ne bougeai pas.

— Eh bien, dit Tchelaieva, je pense que ce sont des détails comme celui-ci qui ont poussé le procureur d'État à penser que cette affaire pouvait bien devenir la vôtre, Evgueni Ivanovitch.

Grouchko lui jeta un coup d'œil interrogateur, se demandant sans aucun doute, comme moi, si elle venait de se montrer sarcastique ou simplement pédante. Je décidai qu'elle était plutôt pédante.

Elle prit la position d'un tireur imaginaire, les bras tendus devant elle comme si elle visait une balle de golf. Ce n'était pas une mauvaise posture, et elle avait la carrure d'un joueur professionnel.

— Votre tireur se tenait là quand il a déchargé son arme, dit-elle. Seule sa mère aurait pu le manquer.

Elle s'accroupit et montra du doigt plusieurs cartouches qui gisaient sur le sol, repérées à l'aide de petits drapeaux de papier.

— D'après moi, il s'est servi d'un automatique. Un gros calibre : du 10 mm ou un .45. Avec un chargeur de grande capacité, à en juger d'après la quantité de cuivre qu'il a laissé derrière lui. On dirait qu'il s'en est donné à cœur joie.

Grouchko se pencha en avant pour mieux voir. En même temps, il ramassa une petite pierre plate dont il se servit pour écraser sa cigarette avant de la mettre soigneusement au fond de sa poche pour ne pas souiller le lieu du crime. Puis il reposa la pierre là où il l'avait trouvée.

— Ça fait beaucoup de bruit, dit-il en regardant autour de lui d'un air songeur, comme s'il cherchait un signe lui disant que quelqu'un aurait pu entendre les détonations dominant le bruit de la mer clapotant sur la plage de galets et le vent qui faisait chanter les sapins.

— Peut-être, dit-elle. Mais je ne pense pas qu'il ait été tellement pressé. Il était en train de fumer quand il a appuyé sur la détente. Il y avait un mégot au milieu de toutes ces cartouches vides.

Tchelaieva nous mena non loin de la voiture, là où on avait dressé une table à tréteaux. Avec les différentes pièces à conviction qu'on y avait rassemblées, on aurait dit un stand d'objets d'occasion sur l'Arbat. Elle sélectionna quelque chose dans un sac en plastique.

— Et on dirait bien qu'il préfère les américaines.

— Comme tout le monde, murmura Nicolaï en regardant d'un air dégoûté ce qu'il avait lui-même choisi de fumer.

— On a trouvé ça sur la banquette arrière.

Tchelaieva tendit à Grouchko le sac en plastique contenant le paquet de Winston vide. Il s'apprêtait à le reposer sur la table quand Nicolaï l'arrêta.

— Faites voir, dit-il en prenant le sac à conviction des mains de Grouchko. Il a été ouvert à l'envers.

— Ce fils de pute est négligent, dit Grouchko. Qu'est-ce que ça prouve ?

— Eh bien, ça pourrait vouloir dire qu'il s'agit d'un ancien soldat.

— Et comment tu déduis ça ?

— C'est un vieux truc de l'armée que j'ai appris en Afghanistan, dit-il en regardant d'un air gêné le colonel Tchelaieva.

— Et c'est quoi, le truc ? demanda Grouchko en soupirant avec impatience.

— Si on ouvre le paquet de cigarettes la tête en bas, on ne touche pas les filtres avec ses mains sales – vous savez, l'extrémité qu'on se colle dans la bouche.

— Mince, depuis vingt ans, je me demandais ce que c'étaient que ces trucs, dit Grouchko.

— Je n'aurais jamais imaginé que les soldats étaient aussi délicats, dit Tchelaieva en haussant les sourcils.

— On a tendance à le devenir quand le papier hygiénique est devenu introuvable, répondit Nicolaï en rougissant.

— Ah, je comprends. (Grouchko eut un petit rire.) Eh bien, pas besoin d'être aussi pudique, Nicolaï. On connaît tous le problème.

Ce qui était indiscutablement vrai. Depuis maintenant plusieurs semaines, tous les magasins d'État manquaient de papier hygiénique. La veille du jour où j'avais quitté Moscou, j'avais vu quelqu'un, sur le marché de la rue Rosdiestvenska, qui proposait des rouleaux de papier hygiénique à cinquante roubles le rouleau. Cinquante roubles. C'est le montant de la pension hebdomadaire de ma mère.

Grouchko ramassa un passeport sur la table. Il en tourna les pages avec l'expression sinistre d'un officier de l'immigration.

— Il appartient à l'homme dans le coffre, dit Tchelaieva.

Grouchko hocha la tête d'un air absent puis tourna son attention vers l'endroit où un des hommes était en train de photographier une zone de terrain, pas très loin derrière la Volga.

— Qu'est-ce qui se passe là-bas ?

— Des traces de pneus, répondit-elle. Les sculptures n'y sont pas très épaisses, comme on pouvait s'y attendre, alors ce n'est même pas la peine d'espérer qu'on procède à une identification. Et deux pistes d'empreintes de pieds entre les deux voitures. D'après moi, celui qui a tué Milioukine était déjà assis sur la banquette arrière de la Volga quand c'est arrivé. Il a tué Milioukine, ensuite lui et le conducteur sont sortis, ils ont tué le second homme, et après, ils sont retournés dans l'autre voiture.

Grouchko se dirigea vers les traces de pneus.

— De toute façon, ils ont pris leur temps pour s'en aller, dit-il. Il n'y a aucun signe de panique dans ces traces de pneus. Ces types savaient ce qu'ils étaient en train de faire.

Sacha avait appris de la milice locale tout ce qu'il y avait encore à savoir.

— Un pêcheur du coin a trouvé les corps vers 7 heures ce matin...

Grouchko fit la grimace.

— Je ne suis pas sûr que j'aurais envie de pêcher dans ces eaux-là, dit-il.

Étant moi-même un pêcheur assidu, je remarquai que je m'étais fait la réflexion que l'endroit avait l'air d'un bon coin. Grouchko secoua la tête vigoureusement en montrant l'horizon du doigt.

— Vous ne pouvez pas le voir d'ici, mais de l'autre côté de la baie, c'est Sosnovy Bor.

— Le réacteur nucléaire ?

Il hocha la tête.

— Ce n'est pas moi qui irais pêcher là-dedans pour tout l'or du monde, dit-il d'un air sinistre. On ne sait pas tout ce qu'on a pu balancer par ici depuis des années.

Il se tourna vers Sacha qui recommença à donner ses informations.

— D'après les gars d'ici, les chasseurs aiment beaucoup ce coin, dit-il. Si quelqu'un a entendu les coups de feu, il n'y a aucune raison pour qu'il ait trouvé ça bizarre.

— Oui, opina Grouchko. Il y a des élans par ici, non ?

Sacha hocha la tête en haussant les épaules.

— Ils ont vérifié avec le GAI et apparemment, la voiture est immatriculée au nom de... (Sacha consulta son calepin et tourna la page)... de Vaja Ordzhonikidze.

— Ordzhonikidze ? dit Nicolaï. Ce nom me dit quelque chose. Est-ce que ce n'est pas un des chefs de la bande des Géorgiens ?

Grouchko jeta un coup d'œil sur le passeport qu'il avait toujours à la main.

— Au jour d'aujourd'hui, il ne l'est plus. (Surprenant mon regard, Grouchko ajouta :) Il y a un an environ, on a essayé de lui coudre un numéro sur sa veste, de l'inculper de racket. Seulement, il avait des bons ciseaux bien affûtés. Et un avocat qui s'appelle Loutchine. Voilà un nom que vous devez connaître. Il travaille exclusivement pour la mafia.

— Qu'en pensez-vous, monsieur ? demanda Nicolaï. Le Géorgien, donnant un sujet d'article à Milioukine ?

— Eh bien, c'est ce à quoi ça ressemble, reconnut Grouchko. Sacha, est-ce qu'on a déjà prévenu les familles ?

— Non, monsieur.

— Voilà donc notre prochaine tâche. (Il me regarda de nouveau et haussa les épaules.) Vous devriez m'accompagner. Si vous voulez tout savoir sur la mafia, vous avez besoin d'étudier de près la science des mauvaises nouvelles.

4

Nous regagnâmes Saint-Pétersbourg. Laissant Nicolaï et Sacha se mettre en quête d'un des meilleurs amis ou d'un des parents les plus proches du Géorgien, Grouchko et moi retournâmes au bord du canal Griboiedov où, à peine quelques heures auparavant, il m'avait montré l'endroit où s'était déroulé le crime de Raskolnikov. Il ne fit aucune allusion à cette coïncidence, mais à voir l'expression de son visage, j'étais à peu près sûr qu'il était en train d'y penser.

L'appartement des Milioukine se trouvait dans un immeuble délabré, construit avant la Révolution, de l'autre côté du canal, face à une église au fronton de mosaïque bâtie un peu plus au nord. Grouchko gara la Zigouli, pensa à ôter les balais des essuie-glaces, qu'il jeta sur le plancher de la voiture, puis se dirigea vers la cour intérieure. À côté d'une porte en bois de mauvaise qualité, même pas peinte, il y avait une serrure à code ;

le code n'était pas trop difficile à trouver, grâce à l'individu distrait, ou peut-être malveillant, qui l'avait gravé sur le mur de briques adjacent.

— Pas étonnant qu'il y ait autant de cambriolages, observa Grouchko.

Il appuya sur les touches et, tandis qu'il ouvrait la porte et montait les marches de l'étroit escalier, quelque chose déguerpit dans l'obscurité. Les marches étaient plutôt usées, comme dans quelque antique mausolée égyptien, et les murs marron sale étaient garnis de graffitis qui évoquaient des sentiments primitifs tout à fait appropriés.

Nous montâmes jusqu'au quatrième étage, reprîmes notre souffle en fumant une petite cigarette en vitesse et tirâmes sur la vieille sonnette. Quelque part, la cloche tinta comme si le son venait d'un clocher lointain et, pendant un moment, j'eus la vision de moi-même sous les traits de cet étudiant obsédé par Napoléon, qui se prépare à commettre un crime dans l'illusion qu'une centaine d'autres seront ainsi évités. Je n'avais aucun mal à imaginer la faim : depuis la veille au soir, je n'avais pas mangé grand-chose de plus qu'un morceau de pain et une tranche de viande froide. D'après la vitesse de mes battements de cœur, on aurait pu penser que je m'apprêtais vraiment à commettre cet acte.

Au bout d'environ une minute, nous entendîmes une clé tourner dans la serrure et la porte s'ouvrit aussi grand que la grosse chaîne le permettait. La femme qui apparut dans l'entrebâillement était âgée d'une trentaine d'années, blonde, séduisante dans le genre intelligent, et l'inquiétude se peignait sur son visage tout entier. Grouchko lui montra sa plaque d'identité.

— Madame Milioukina ?

— C'est au sujet de mon mari, n'est-ce pas ?

— Est-ce que nous pouvons entrer, s'il vous plaît ?

Elle referma la porte, tira la chaîne et rouvrit, nous faisant pénétrer dans le vestibule encombré de l'appartement communal puis dans la grande pièce qu'elle et l'homme dans la forêt avaient appelée leur maison.

C'était un espace d'environ neuf mètres carrés, avec un canapé à deux places, replié, une bibliothèque qui occupait un mur entier, une petite table basse, deux fauteuils et une énorme armoire. Sur les étagères, il y avait un grand poste de télévision, un magnétoscope et beaucoup de livres et de cassettes, tandis que sur la table, on voyait les restes d'un repas frugal. Selon les critères moyens en usage dans l'immobilier russe, ce n'était pas une mauvaise chambre, mais à ce moment précis, j'aurais souhaité me trouver n'importe où ailleurs. Mme Milioukina croisa les bras et se raidit pour entendre ce qu'elle savait déjà au fond d'elle-même.

— Je crains d'avoir des mauvaises nouvelles pour vous, déclara Grouchko d'une voix unie. Mikhail Mikhailovitch Milioukine est mort.

La veuve du mort, qui s'appelait Nina Romanovna, eut un mouvement convulsif et laissa échapper un profond soupir, comme quelqu'un qui est lui-même en train de mourir.

D'instinct, je me détournai. Repoussant le rideau pendant un moment, je regardai par la fenêtre. De l'autre côté du canal, le soleil avait atteint la plus haute coupole de l'église et transformait ainsi cette sphère dorée en une imitation de lui-même qui était presque trop brillante pour qu'on puisse la fixer. Grouchko, probablement, aurait pu en supporter la vision sans broncher. Depuis ce qui semblait une éternité, il avait déjà soutenu le regard plein d'amertume de la veuve.

— Eh bien voilà, dit-elle enfin, c'est fini.

— Pas tout à fait, dit Grouchko. J'ai le regret de vous informer qu'il a été assassiné. Cet officier et moi-même, nous arrivons de l'endroit où le crime a eu lieu. J'ai bien peur qu'il ne faille procéder à une identification formelle, mais il n'y a aucun doute sur son identité. Et je vais devoir vous poser quelques questions, madame Milioukina. Cela peut paraître dénué de sensibilité – manifestement, vous souhaitez vous retrouver seule à présent – mais plus vite je serai en mesure d'établir quelles furent les dernières actions de Mikhail Mikhailovitch, plus vite je pourrai mettre la main sur celui qui est responsable de sa mort.

Il parlait avec formalisme et d'un air guindé, comme s'il essayait de ne pas se laisser envahir par l'émotion. La veuve hocha la tête avec raideur et dénicha un mouchoir dans la manche de son pull bleu en acrylique.

— Oui, bien sûr, dit-elle en s'essuyant les yeux d'un geste puis en se mouchant.

Une cigarette eut l'air de l'aider à se reprendre un peu. Elle en tira deux bouffées rapides et fit signe qu'elle était prête.

— Quand avez-vous vu votre mari pour la dernière fois ?

— Hier soir vers 19 heures, dit-elle d'une voix mal assurée. Il est sorti, il avait un contact à rencontrer, m'a-t-il dit, pour un article qu'il était en train de préparer.

Plusieurs questions vinrent immédiatement à l'esprit de Grouchko

— A-t-il dit qui était ce contact ? Où ils devaient se retrouver ? Quand il devait rentrer ?

— Non, dit-elle et elle se tourna pour faire tomber sa cendre dans la moitié inférieure d'une poupée matriochka. Mikhail ne parlait jamais de son travail avec moi. Il disait que c'était mieux ainsi – comme ça, je n'avais pas à me faire de soucis pour lui. En règle générale, il fallait que je lise *Ogoniok* ou que je regarde la télévision pour découvrir ce dont il s'était occupé. Enfin, vous connaissiez tous les deux son travail. Il était toujours en train de fourrer son nez là où personne ne voulait de lui. Il avait coutume de dire que si l'Union soviétique était un panier de crabes, c'était à lui de soulever le couvercle. Le seul ennui, c'est que...

Elle s'interrompit et Grouchko acheva ce qu'elle s'apprêtait à dire.

— ... Il ne s'est pas embarrassé de manières. (Grouchko haussa les épaules.) Je vois. (Il demeura un instant silencieux.) Enfin, je suppose qu'il était fatal que le premier journaliste d'investigation du pays se fasse quelques ennemis.

Nina Milioukina laissa échapper un rire rauque et amer.

— Quelques ennemis ? dit-elle d'un ton plein de dérision. Je crois que vous feriez mieux d'aller y regarder vous-même.

Elle se dirigea vers la porte de l'armoire, qu'elle ouvrit. En cherchant à l'intérieur, elle alluma une lampe qui révéla un bureau minuscule. Une ampoule nue pendait du haut de l'armoire, au-dessus d'une petite table carrée avec une vieille machine à écrire qui avait fait son temps.

— Comme vous le voyez, nous avons un très petit appartement, expliqua-t-elle en commençant à choisir un certain nombre de dossiers sur les grandes étagères construites en retrait. C'est le sacrifice que l'on fait pour vivre dans un endroit qui a un peu de caractère. Voilà où était le bureau de Mikhail.

J'essayais de comprendre pourquoi l'armoire semblait plus grande de l'intérieur que de l'extérieur quand, brusquement, je compris toute l'astuce de l'aménagement. L'armoire, dépourvue de panneau de fond, avait été placée devant un placard construit dans le mur qui contenait la vaste bibliothèque du mort. Quand Nina Milioukina sortit du bureau de fortune en portant plusieurs dossiers, je pénétrai dedans pour l'examiner de plus près.

Certains livres n'avaient été publiés que très récemment. Il était à peu près impossible de s'en procurer de nombreux autres, même en y mettant le prix. Des livres en anglais et en allemand occupaient à eux seuls toute une étagère. C'était le genre de bibliothèque dont j'avais toujours rêvé.

Sur le bureau, il y avait un Filofax, que j'ouvris ; je regardai à la date du jour précédent, mais rien n'avait été écrit. Je tournai quelques pages. L'écriture était allongée et féminine, atypique pour un grand journaliste. Au-dessus du bureau, il y avait un tableau d'affichage recouvert de feutre, sur lequel étaient accrochées quelques cartes postales de Londres et des pyramides, une carte de membre du Felis Cat-Lover's Club et à la place d'honneur, une photo de Milioukine souriant en train d'échanger une poignée de main avec Margaret Thatcher. Mais les photos de Nina Milioukina m'intéressaient bien plus que cela, car sur l'une d'entre elles, elle était nue. Le cliché avait été pris dans un autre appartement, dans une pose plus provocante qu'artistique : vêtue seulement d'une paire de bas, elle faisait face à la caméra, debout, les mains croisées dans le dos, la tête baissée presque comme si elle était en pénitence, comme si elle avait fait quelque chose dont elle était légèrement honteuse. Peut-être la photo en elle-même avait-elle représenté une gêne suffisante.

— Ces lettres ont été transmises par *Krokodil* et *Ogoniok*, était-elle en train d'expliquer à Grouchko. Elles sont toutes plus ou moins comme celles-là. Le courrier de la haine, c'est le seul genre de lettre que la poste n'égare jamais. Il essayait de me les cacher, mais il n'y a pas un seul homme qui puisse cacher quoi que ce soit à sa femme dans un appartement de cette taille.

Quand je sortis de l'armoire, le Filofax à la main, Grouchko me tendit la lettre qu'il venait de lire en secouant la tête d'un air désespéré.

Camarade Milioukine, était-il écrit. *Ton article dans Krokodil sur le marché noir à Leningrad nous a tous fait beaucoup rire. Quand tu dis que ce ne sera que lorsque le peuple sera capable de résister à ce genre de consumérisme que le pays pourra alors se reconstruire, c'est absurde. Pourquoi résisterait-il quand il n'y a rien dans les magasins que des étagères vides et des excuses ? Ce sont des salauds dans ton genre qui essayent de tout gâcher pour tout le monde. J'espère que l'une des prostituées dont tu parles toujours – sans aucun doute à partir de ton expérience personnelle – t'a refilé le sida. J'espère que tu l'as repassé à ta femme et qu'elle, elle l'a filé au type avec lequel elle baise sûrement.*

Tout à toi et bien du plaisir.

L'idée de la veuve en train de baiser un autre homme me fit penser à la photographie dans l'armoire et je fus tenté de retourner y jeter un coup d'œil.

— Et elles sont toutes comme ça ? demandai-je.

— Il y en a beaucoup de bien pires, dit-elle en écrasant sa cigarette et en en rallumant une autre. Quand nous discutions encore de son travail, Mikhail avait l'habitude de citer un poème de Pasternak, qui dit combien la poésie est meurtrière. « Si j'avais su ce qui allait se passer, quand pour la première fois, je me suis levé pour lire ; que la poésie est meurtrière, qu'elle t'étranglera et qu'elle te laissera mort, j'aurais... »

Grouchko l'interrompit, achevant la citation.

— « ... j'aurais décidé de ne pas jouer avec la réalité », compléta-t-il.

Tout d'abord, je fus impressionné par le fait que Grouchko puisse citer Pasternak avec une telle aisance ; puis, j'en vins à m'interroger sur l'interruption lourde de sens qu'il avait fait subir au vers du poème. Je me demandai s'il avait eu l'intention d'y glisser une critique à l'égard de Nina Milioukina, ou même de Milioukine lui-même.

— Mikhail disait que la même chose était devenue vraie du journalisme.

Elle parlait sans assurance, comme si elle aussi, elle avait décelé une pointe de sarcasme.

— Oui, dit Grouchko, en examinant une autre lettre, je l'ai entendu dire ça.

— Vous avez connu mon mari ?

— Oh oui !

— Il ne m'a jamais parlé de vous, colonel Grouchko.

— Non, eh bien, si j'ose dire, il ne souhaitait pas vous inquiéter. Mikhail Mikhailovitch nous a aiguillés sur un certain nombre d'affaires. Des affaires qui concernent la mafia. Vous pouvez être fière de lui. C'était un homme bien.

Nina Milioukina cligna tristement des yeux et hocha la tête sans enthousiasme, comme si ce que Grouchko venait de lui dire ne lui donnait guère de courage. Elle rougit de façon manifeste.

— C'était un homme bien. Un vrai héros, répéta-t-elle.

Il était évident qu'elle était à deux doigts de dire quelque chose qu'elle regretterait probablement.

— Ces menaces, dit Grouchko. Y en avait-il qu'il prenait particulièrement au sérieux ?

— Il les prenait toutes au sérieux. Vous comprenez, ce ne sont que des suppositions de ma part – il essayait d'éviter d'avoir à parler de ce genre de choses.

— Afin de ne pas vous inquiéter, oui, vous disiez...

— Mais dans les derniers mois, je pense que certaines choses le préoccupaient vraiment. Il a commencé à avoir des cauchemars. Et il s'est mis à boire énormément.

Grouchko fronça les sourcils en secouant la tête.

— Et il n'a jamais expliqué ce qui le perturbait ? Pas une seule fois, il n'a tenté de vous faire partager ses inquiétudes ? Je trouve cela difficile à croire. Oh ! je ne suis pas en train de dire que vous mentez, madame Milioukina. Non, mais je me pose des questions sur la nature de vos relations. Vous voudrez bien me pardonner si je vous le demande – je crains d'être obligé parfois de poser ces questions –, mais comment cela se passait-il entre vous deux ?

Nina Milioukina chercha de nouveau son mouchoir.

— Nous étions plutôt heureux, merci, dit-elle. Il n'y avait pas de problèmes. Du moins, pas de problèmes que quelqu'un d'autre...

— Ce sont des problèmes de cette sorte dont je parle, insista Grouchko. Les problèmes habituels.

Elle secoua la tête avec fermeté.

— Nous étions plutôt heureux, merci, répéta-t-elle sèchement. (Elle se tut un moment, puis ajouta :) Vous devez comprendre que Mikhail était un homme très traditionnel. Peut-être connaissez-vous la suite du poème : « Quand le sentiment vous dicte sa loi, vous avancez comme un esclave, pour arpenter la scène, et là s'arrête l'art, et la terre et le destin vous soufflent en plein visage. » Mikhail faisait grand cas du destin, colonel.

— Le destin nous emporte tous, murmura-t-il, puis il eut un geste vague vers les boîtes remplies de lettres. Il va falloir que je vous emprunte tout ceci pour un petit moment. Ainsi que tous les agendas, les calepins, les répertoires et les cassettes video qu'il peut avoir en sa possession. Pour moi, il est évident que cette mort est liée à quelque chose qu'il a écrit ou dit.

— Je suppose que maintenant, cela ne peut plus lui nuire, dit Nina Milioukina. Allez-y, prenez tout ce que vous voulez.

Elle se pencha pour attraper un sac de l'Aéroflot glissé sous le canapé et le tendit à Grouchko.

— Voilà, dit-elle. Vous pouvez le prendre pour tout emporter.

Nous la laissâmes assise dans un fauteuil, prête pour une bonne crise de larmes. Grouchko ferma soigneusement la porte derrière nous et nous nous retrouvâmes dans le vestibule délabré qui menait à la cuisine et à la salle de bains que les Milioukine partageaient avec les autres gens qui vivaient dans l'appartement. Deux bicyclettes et plusieurs paires de skis étaient posées contre le mur taché d'humidité, et derrière ces objets, il y avait un vieux monsieur, de haute taille et aux cheveux argentés, avec des lunettes, une barbe et une moustache à la Trotski, accompagné d'une femme dont la tête était couverte d'une écharpe en soie bleue, et qui devait être son épouse. Le vieux monsieur s'éclaircit la gorge et s'adressa à nous avec beaucoup de respect.

— Nous avons été désolés d'apprendre ce qui est arrivé à M. Milioukine, camarade colonel, dit-il, puis remarquant le regard interrogateur de Grouchko, il haussa les épaules d'un air d'excuse.

Les murs, ici, ne valent guère mieux que du carton.

Grouchko hocha la tête d'un air sévère.

— Dites-moi, monsieur... ?

— Poliakov. Rodion Romanovitch Poliakov. Et
voici ma femme, Avdotia Josefovna.

— Avez-vous remarqué récemment la présence
d'étrangers rôdant autour de cet immeuble ?

— Nous vivons dans cet appartement depuis
l'époque de Staline, répondit le vieux monsieur. Il
y a belle lurette que nous avons compris que la
vie est beaucoup plus sûre quand on ne remarque
rien. Oh ! je sais que les choses sont bien différentes aujourd'hui, camarade colonel...

— Appelez-moi simplement colonel, dit
Grouchko. Vous pouvez oublier le camarade,
maintenant.

Poliakov hocha poliment la tête.

— Vous n'avez rien observé d'inhabituel ces
derniers temps, M. Poliakov ?

Avant que son mari n'eût eu le temps de répondre, Mme Poliakova s'interposa :

— Mikhail Milioukine volait de la nourriture
dans notre réfrigérateur, dit-elle d'une voix pleine
d'amertume. Voilà ce que nous avons remarqué,
colonel.

Grouchko haussa les sourcils et soupira
avec lassitude. Ça, c'était une histoire banale.
Pratiquement tous ceux qui vivaient dans des
appartements communaux avaient un jour ou
l'autre une dispute à propos de la nourriture,

quels que soient les gens avec qui ils partageaient l'appartement. Je me souvins qu'une fois, j'en étais venu aux mains avec un colocataire à propos d'un bocal de cornichons.

— Advotia, s'il te plaît, gronda le vieil homme. Qu'est-ce que ça peut faire, maintenant ? Cet homme est mort. Essaye de manifester un peu de respect.

La femme détourna la tête. Elle s'appuya sur l'épaule osseuse de son mari et se mit à pleurer. Poliakov prit sa barbe à pleine main et collant son menton contre sa poitrine, il dévisagea Grouchko par-dessus ses lunettes.

— Je vous demande de bien vouloir excuser ma femme, colonel, dit-il. Elle n'est pas très bien en ce moment. Y a-t-il quoi que ce soit que je puisse faire ?...

Grouchko ouvrit la porte lourdement barricadée.

— Simplement, jetez un œil sur Mme Milioukina, s'il vous plaît.

— Oui, bien sûr, camarade colonel.

Grouchko hésita à le reprendre de nouveau.

— Si quelque chose vous revient, ajouta-t-il au bout d'un instant, enfin, quelque chose d'important (il jeta un coup d'œil significatif à Mme Poliakova), téléphonez-moi à la Grande Maison, perspective Liteiny. C'est là que vous pouvez me trouver en règle générale. Du moins, c'est là que ma femme m'envoie mon linge en ce moment.

Nous redescendîmes les escaliers puants jusqu'à la cour. Grouchko balança le sac de l'Aéroflot de Milioukine dans le coffre de la voiture et secoua la tête d'un air exaspéré.

— On ne peut pas apprendre à ces vieux singes de nouvelles grimaces, suggérai-je.

— Non, ce n'est pas ça, dit-il. C'est Mme Milioukina. Comment est-il possible qu'elle en sache si peu sur les affaires de son mari ? Elle ne l'entendait donc jamais parler au téléphone ? Elle ne lisait donc jamais les papiers qu'il laissait traîner dans leur chambre ?

— Ce n'est pas si difficile à croire, dis-je. Je ne savais pas que ma femme couchait avec le professeur de musique de ma fille. Ça durait depuis deux ans et je n'avais jamais eu le moindre soupçon. Et pourtant, moi, je suis enquêteur. On aurait pu penser que j'aurais remarqué quelque chose, non ? Mais pas du tout. Pas le moindre atome de soupçon. Ce n'est déjà pas drôle de perdre sa femme. Mais en plus, ça m'a donné l'impression que je n'étais pas très fort dans mon métier. Je veux dire, j'aurais dû me montrer soupçonneux...

— Alors, comment vous en êtes-vous aperçu ?

— À cause du jeu de ma fille, dis-je. Au bout de deux ans de leçons, n'importe qui aurait fait des progrès. Mais ma fille paraissait jouer tout aussi mal que lorsqu'elle avait commencé. Alors, je me suis aperçu qu'elle n'avait qu'une seule leçon par mois, au lieu des deux que je payais. L'autre leçon était réservée à ma femme. Vous vous rendez compte. Payer quelqu'un pour coucher avec votre femme.

Je me permis un petit sourire. Il y avait long-temps que cette histoire ne me bouleversait plus.

Grouchko me rendit mon sourire d'un air hési-tant.

— En ce qui me concerne, je n'ai absolument pas l'oreille musicale. Mais je suis encore capable de reconnaître une fausse note quand j'en entends une. Et je vous le dis, il y a quelque chose à propos de cette femme.

Je me souvins de la photo sur le panneau, les gros seins, presque parfaits, le ventre bombé et la toison rousse.

— C'est plus que probable.

5

Mon propre bureau était situé dans un immeuble qui jouxtait l'arrière de la Grande Maison. Pour aller de l'un à l'autre, il fallait repasser par la rue. Je me dis qu'en été, ce n'était rien, mais qu'en plein hiver, on pouvait penser que ce n'était pas une partie de rigolade. L'entrée se trouvait sur la rue Kalaieva, là où Grouchko avait garé sa voiture. Kalaieva était une des femmes qui avait participé à l'assassinat du tsar Alexandre II en 1881. Pour les Soviétiques, Kalaieva était une héroïne. Aujourd'hui, on dirait d'elle que c'est une terroriste.

Grouchko poussa une porte simple qui menait à une petite salle d'attente où, sous l'œil morne d'un jeune milicien, les témoins de tout un tas d'affaires différentes attendaient que des enquêteurs les interrogent sur leurs dépositions. Nous montrâmes nos laissez-passer, facilement reconnaissables dans leurs étuis en plastique rouge bon marché, et nous dirigeâmes vers la cage d'escalier. On était en train de la repeindre.

— Pourquoi faut-il toujours que ça soit vert ? se plaignit Grouchko à haute voix. Dans tous les bâtiments publics dans lesquels je me rends en ce moment, quelqu'un est en train de repeindre avec cette immonde couleur vert caca d'oie. Pourquoi est-ce qu'on ne pourrait pas faire ça d'une autre couleur, rouge par exemple ?

La femme qui était en train de peindre ôta lentement sa cigarette de sa bouche. Comme la plupart des travailleurs russes, il semblait qu'elle ne faisait jamais rien rapidement.

— Le rouge, c'est fini, dit-elle. Le vert, c'est tout ce qu'il y a.

Grouchko poussa un grognement et s'éloigna.

— Si ça vous pose un problème, cria-t-elle derrière lui, alors, allez en parler à mon chef ! Mais c'est pas à moi qu'il faut se plaindre. Moi, je ne fais que travailler.

Les rideaux étaient tirés dans le petit bureau minable qu'on m'avait attribué, mais ils n'étaient guère efficaces pour filtrer la lumière dure du Nord. Je jetai un coup d'œil par la fenêtre et je décidai de les laisser comme ils étaient. Des semaines plus tard, j'entendis quelqu'un attribuer les rideaux tirés à mes yeux sensibles – une hypothèse qui n'était pas déraisonnable, puisque je portais en permanence des verres teintés – mais en fait, c'était seulement parce que je préférais ne pas avoir à regarder à travers des vitres qui n'avaient pas été nettoyées depuis dix ans.

— Mikoyan est le patron des Enquêtes d'État, ici, à St-Peter, m'expliqua Grouchko. Seulement, il ne sera pas là pour vous accueillir. (Son nez court se fronça d'un air désapprobateur.) Pour l'instant, il est à Moscou, en train d'expliquer le rôle qu'il a joué dans le coup d'État de l'été dernier. Je peux me tromper, mais je ne pense pas qu'on le reverra. Donc, tant qu'un nouveau patron n'a pas été nommé, vous devez rendre des comptes directement à Kornilov. Mais si vous avez besoin de quoi que ce soit (il jeta un coup d'œil dans le bureau et haussa les épaules) en dehors, bien entendu, de quoi que ce soit qui coûte de l'argent, vous n'avez qu'à décrocher votre téléphone pour m'appeler.

Il fit un geste de la main vers la batterie de téléphones alignés sur mon bureau comme les touches d'une machine à écrire.

— Lequel ?

Il décrocha un des deux énormes appareils en bakélite noire.

— Interne, dit-il. Six lignes par poste. (Il reposa l'antiquité sur son récepteur grand comme une malle et s'empara d'un des téléphones plus modernes.) Ceux qui ressemblent à des jouets sont vos lignes extérieures.

Grouchko jeta un coup d'œil sur sa montre.

— Venez dans mon bureau juste avant 16 heures, dit-il. J'ai un rendez-vous avec Kornilov. Je vous présenterai. (Il se dirigea vers la porte.) Ah ! encore une chose. La cantine, ici, est immonde. Si vous devez manger, apportez quelque chose. C'est-à-dire, en supposant toujours que vous puissiez trouver quelque chose. Au fait, où allez-vous dormir ?

— Chez mon beau-frère, Porfiry. Ou plutôt, chez mon ex-beau-frère. Je ferais mieux de lui passer un coup de fil pour lui dire que je suis arrivé.

— Bon, mais il y a toujours un canapé chez moi s'il vous a oublié.

— Merci, répondis-je, mais Porfiry n'est pas du genre à lancer une invitation à la légère. Particulièrement quand il me demande cinquante roubles par semaine.

— Il est du genre sentimental, alors ?

— C'est cela.

— Toutes les familles heureuses sont pareilles, dit-il en riant avant d'ouvrir la porte.

Quand Grouchko fut parti, j'appelai Porfiry à son bureau pour lui dire que j'étais arrivé à Saint-Pétersbourg.

— Où es-tu donc ? demanda-t-il.

— À la Grande Maison. perspective Liteiny.

— Mon Dieu, dit-il en riant, qu'est-ce que tu as fabriqué ? Tu veux que je te prenne ce soir en rentrant à la maison ?

— C'est très gentil de ta part, sauf que je ne suis pas du tout sûr de l'heure à laquelle j'aurai fini ici.

— Ils te font déjà travailler sur une affaire ?

— Sur deux, en réalité. Je risque même de rentrer tard.

— Ne t'inquiète pas. Ce n'est pas comme si Katerina préparait quelque chose de spécial pour le dîner. (Il rit.) Ce sera comme tous les autres soirs, en fait. Tu as l'adresse ?

— Oui. Je l'ai prise dans le *Guide du bon hôtel*.

— Y a pas que toi, les rats aussi. À ce soir.

Je m'assis à mon bureau et j'allumai une cigarette. C'est étonnant la quantité de substances nourrissantes qu'on peut trouver dans une cigarette de nos jours. Celle-ci me remplit agréablement. Puis j'inspectai mes tiroirs pour vérifier si j'avais une bonne provision des différents mandats et protocoles qui constituent une partie importante du métier d'enquêteur : les protocoles de recherche, les protocoles d'identification, les mandats de perquisition, les mandats d'amener, les mandats de confiscation et les mandats d'avocat. Il y avait une vaste provision de toutes les paperasses indispensables, ainsi que quelques objets de luxe, comme des moutons de poussière, une gomme cassée, une patère en plastique, une boîte d'allumettes vide, une poignée de trombones et un unique comprimé contre la diarrhée.

Après avoir mangé le comprimé contre la diarrhée, qui avait meilleur goût que ce à quoi je m'attendais, je m'installais pour préparer mon « échiquier » – une grande feuille de papier divisée en carrés qui était censée m'aider à consigner la progression des nombreuses affaires sur lesquelles j'allais enquêter. Dans le premier carré

de la première colonne, j'inscrivis : « Chazov :
bombe incendiaire », puis dans celui d'en dessous : « Milioukine et Ordzhonikidze : meurtres ».
Ensuite, j'appelai le bureau du procureur d'État
pour me présenter et prendre rendez-vous pour
9 heures le lendemain matin.

À présent, je me sentais mûr pour boire un coup
de quelque chose et après avoir rapidement fouillé
l'armoire aux dossiers, je trouvai une plaque chauf-
fante et un pot en terre. J'avais apporté ma propre
boîte de café. Je me rendis aux toilettes pour avoir
un peu d'eau et je découvris que c'était un endroit
aussi désagréable que ce à quoi je m'étais attendu,
étant donné que le sol baignait dans plusieurs
millimètres d'eau et d'urine. Je remplis mon pot à
un robinet qui fuyait et repris avec précaution le
chemin de mon bureau, laissant derrière moi des
empreintes de semelles mouillées.

Après avoir mis l'eau à bouillir pour mon café,
je décidai de nettoyer les murs des coupures de
journaux et des pin-ups. Avec davantage d'embarras, j'ôtai le grand portrait de Lénine qui pendait
au-dessus de ma chaise et je le rangeai derrière
l'armoire aux dossiers. Le Parti avait beau être
décrété hors la loi, il y avait beaucoup de gens
pour qui Vladimir Illitch était encore un héros
national. Tandis que je m'activais à faire tout ceci,
j'appris quelque chose à propos du précédent
occupant de ce bureau. Il avait quitté le Bureau
central pour entrer au bureau du procureur
d'État, ce qui représentait un profil de carrière

ordinaire. La photographie de l'artiste de l'under-
ground, Kirill Miller, montrait qu'il devait s'agir
d'un homme non dépourvu d'un certain sens de
l'humour, tandis qu'un prospectus d'une association qui s'appelait le Club Gulliver semblait indiquer quelqu'un de très grand. Mais en revanche,
je me demandai comment il avait pu se permettre
de dépenser quatre-vingts roubles en trouvant
le paquet vide de biscuits au chocolat allemands
dans la corbeille à papier. Peut-être un cadeau
d'un étranger. Je sortis mon calepin et notai cet
incident.

À 15 h 50, je retournai à la Grande Maison, où
je trouvai Nicolaï et Sacha en train de taper leurs
rapports, et ils me racontèrent ce qui s'était passé
quand ils avaient visité l'appartement du Géorgien
assassiné.

Vaja Ordzhonikidze vivait au dix-septième
étage d'un immeuble faisant partie d'un vaste
ensemble, de l'autre côté de la Neva, au nord-
ouest de Saint-Pétersbourg, sur l'île Vassilievski.
Vus de la mer, ces immeubles élevés présentaient
une ligne continue de pierre grise et ressemblaient
de façon frappante à une rangée de falaises à pic,
tout à fait inaccessibles. Cette impression fut
d'autant plus forte pour les deux détectives qu'ils
empruntèrent un ascenseur qui grinçait comme
un panier à linge et qui tomba en panne pendant
qu'ils étaient dedans, les laissant dans l'obscurité
la plus complète entre le neuvième et le dixième

étage. Ou plutôt, ils pensèrent qu'il était tombé en panne jusqu'à ce que, deux ou trois minutes après s'être arrêté complètement, il y eut un peu de mouvement le long du câble qui tenait la cabine – les portes s'entrouvrirent et le visage d'un petit garçon apparut près du plafond de l'ascenseur.

— Hoï, monsieur, dit-il, combien pour que je remette le courant ?

Nicolaï Vladimirovitch, que les espaces clos rendaient mal à l'aise, même dans de meilleures conditions, répondit avec colère :

— Tu vas avoir des ennuis si tu ne le fais pas ! aboya-t-il.

Beaucoup plus pragmatique que son massif collègue, Sacha sortit son portefeuille et choisit un petit billet de banque.

— Que dirais-tu de cinq roubles ? dit-il en brandissant l'argent à hauteur du visage du gamin.

— Z'auriez pas des devises solides ? demanda le gosse, déçu. Des dollars ou des deutschmarks ?

— Je vais t'en donner, des devises solides ! aboya Nicolaï. T'as pas idée de leur solidité. Une fois que je t'aurai payé, tu pourras plus t'asseoir pendant une semaine.

Sacha sortit ses cigarettes et en ajouta deux à la rançon proposée.

— Cinq sacs et deux tiges, espèce de petit...

— D'accord, dit le gamin. Faites-les passer.

Les portes se refermèrent une fois le tarif acquitté, et la cabine fut de nouveau plongée dans l'obscurité.

— Ils ne t'ont donc rien appris à l'Académie de police de Pouchkine ? demanda Nicolaï. Il ne faut jamais céder au chantage.

À ce moment-là, la lumière vacilla en se rallumant et l'ascenseur reprit son ascension tremblotante dans un bruit de crécelle.

Quand ils appuyèrent sur la sonnette du Géorgien, la porte fut ouverte par une fille d'une vingtaine d'années au maquillage outrancier, vêtue d'une robe de chambre en soie noire et arborant une expression aussi sombre que son peignoir. Elle avait l'air du genre à pouvoir renifler des devises à l'intérieur même d'une bouteille d'anis. Une pute qui savait que ces hommes étaient des miliciens, rien qu'au grincement de leurs semelles de caoutchouc.

— Il n'est pas là, dit-elle en serrant sa robe de chambre sur sa poitrine généreuse et en mâchant son chewing-gum d'un air méfiant.

— Ça, on le sait déjà, dit Nicolaï en la repoussant pour pouvoir pénétrer dans l'appartement.

Les meubles étaient chers et m'as-tu-vu, avec une abondance d'appareils électriques, dont certains étaient encore dans leur emballage.

— Oh ben dis donc ! dit Nicolaï avec une admiration manifeste, c'est vraiment très confortable, ici.

Sacha se dirigea vers la fenêtre. Un gros télescope monté sur un trépied de bois était orienté vers la mer.

— Admire la vue, dit-il et il se baissa pour essayer le télescope. C'est panoramique, pas vrai ?

La fille acheva d'allumer sa cigarette et l'arracha avec colère de sa bouche écarlate.

— Vous avez un mandat de perquisition ?

— Pour regarder par la fenêtre ? demanda Nicolaï. Je ne pense pas.

— Alors, qu'est-ce que vous voulez au juste ?

Elle s'assit sur un canapé en imitation cuir qui grinça comme un arbre en train de s'abattre. Sa robe de chambre glissa, découvrant une longue cuisse blanche, mais elle ne fit aucun geste pour se couvrir. La fille savait que les miliciens étaient plus faciles à manœuvrer quand ils avaient quelque chose pour distraire leur regard. Elle déplaça son postérieur et laissa la robe de chambre glisser un peu plus jusqu'à être sûre qu'ils pouvaient voir ses dessous aériens.

— Tu es la petite amie de Vaja ? (Nicolaï s'accroupit devant la chaîne laser et s'amusa à ouvrir et fermer le tiroir automatique des compacts.) Ou simplement son associée dans les affaires ?

— Peut-être bien que je suis sa bon dieu d'astrologue, répondit-elle d'un air sarcastique. Mais en quoi ça peut vous regarder ?

Nicolaï abandonna la chaîne et regarda avec un intérêt non déguisé l'entrejambe de la fille.

— T'aurais dû surveiller de plus près son thème astral, ma jolie, dit-il. Les planètes de ton copain géorgien viennent de décoller pour une autre galaxie.

La fille fronça les sourcils et, sentant que quelque chose n'allait pas, commença à se couvrir.

— Écoutez, Vaja a des ennuis ou quoi ?

— Pas avec nous, en tout cas, répondit Sacha en allant dans la cuisine.

— Je crois bien qu'il est mort, ma belle, dit Nicolaï.

Elle laissa échapper un soupir puis se signa. Nicolaï prit une bouteille de vodka sur le bar et l'agita devant le visage de la fille. Elle hocha la tête. Il en versa une rasade dans une timbale carrée et la lui tendit.

Dans la cuisine, Sacha trouva une petite corde à linge accrochée au-dessus de l'évier. Trois préservatifs y étaient pendus, qu'on avait mis là à sécher après les avoir lavés comme des chaussettes un peu particulières. On voyait bien qu'ils venaient de l'étranger, car ils étaient d'une qualité jamais atteinte par leurs homologues russes – qu'on appelle vulgairement des « caoutchoucs » – et donc, cela valait le coup de les recycler. Un sac à main cher, en cuir, était ouvert sur la table de la cuisine. Sacha fouilla dedans et trouva la carte d'identité de la fille. En revenant dans l'autre pièce, il la tendit à Nicolaï et regarda la fille d'un air interrogateur.

— Ces capotes dans la cuisine, dit-il. Tu fais la pute ou quoi ?

— Va te faire mettre ! aboya-t-elle, au bord des larmes.

— Allons, allons, dit Nicolaï, ça ne sert à rien. (Il examina la carte d'identité de la fille.) Galina Petrovna Zosimova. Galina. C'est le nom de ma mère.

— Et comment tu pourrais le savoir ? demanda Galina.

Nicolaï sourit d'un air patient.

— Dis ce que tu veux, si ça peut te soulager.

Elle avala encore un peu d'alcool et lui rendit son regard.

— Alors, c'est quoi l'histoire ? demanda-t-elle.

— L'histoire ? Eh bien, Galina Petrovna, pour te dire la vérité, nous n'en sommes pas exactement certains. Mais la milice de Zelenogorski l'a trouvé ce matin de bonne heure dans les bois. Il avait été pique-niquer avec des méchants petits nounours qui ont essayé de lui faire attraper des balles avec ses dents. Tu vois ce que je veux dire – comme s'ils croyaient que c'était un informateur. (Il se tut pour ménager ses effets.) Ce genre de pratique est monnaie courante parmi la frange la plus dure de notre société.

Galina avala le reste de vodka.

— C'est bien, ma fille, dit Nicolaï. Ça arrondit un peu les angles, pas vrai ?

Elle tendit son verre et Nicolaï lui en versa une deuxième rasade. Il regarda l'étiquette. C'était de la bonne qualité, pas le genre qu'on est obligé de saupoudrer de poivre pour éliminer les impuretés.

— Je me joindrai bien à toi, seulement je me suis promis de ne plus jamais boire de bonne vodka en ce moment. Ça pourrait m'en donner le goût de nouveau, et alors là, ma femme n'aurait plus aucune monnaie d'échange.

Il prit un tabouret et s'assit en face d'elle, si près qu'il aurait pu faire glisser la mule de son petit pied pour le couvrir de baisers.

— Alors, où en étais-je ? Ah oui ! je suggérais que Vaja avait peut-être été un indic.

Galina secoua la tête avec fermeté.

— Laisse tomber. C'était pas du tout son style. C'était un dur, un vrai dur. (Elle renifla d'un air méprisant.) Je crois que vous feriez mieux de pointer vos fringues ringardes dans une autre direction.

— Quelqu'un a pensé qu'il était un indic, dit Nicolaï. Le gars qui l'a descendu n'était pas en train de rameuter de la clientèle pour les dentistes, ça tu peux me faire confiance.

— Est-ce que tu sais s'il avait des ennemis parmi les Géorgiens ? demanda Sacha.

Galina alluma une autre cigarette. Elle prit une grosse bouffée en plissant les yeux puis secoua la tête.

— Peut-être que Vaja fricotait avec la femme d'un de ses copains, suggéra Nicolaï. Tu sais comment sont ces Géorgiens. Ils sont toujours en train de courir après la minette. Ou c'était peut-être une vieille querelle de famille. La vengeance est un plat qui se mange froid avec ces Géorgiens. Qu'est-ce que t'en dis ?

— Non.

— Quand l'as-tu vu pour la dernière fois ?

— Hier soir. (Elle haussa les épaules.) Vers 19 heures. Juste avant que je sorte.

— Où allais-tu ? demanda Sacha.

— Dehors. Retrouver un ami. (Elle avala une nouvelle gorgée d'alcool en faisant la grimace.) Je ne sais pas pourquoi je bois ça. Je n'aime même pas la vodka. (Elle reposa son verre.) Il y a eu un coup de téléphone d'un gars qu'il connaissait. Ne me demandez pas comment il s'appelle, parce qu'il ne l'a pas dit. En tout cas, il a raconté qu'il avait tiré une super montre à un touriste japonais et il demandait si Vaja voulait l'acheter.

— Et alors ?

— Vous plaisantez ? Ces Géorgiens sont des vraies pies, ils adorent tout ce qui brille. L'or, les diamants, l'argent – ils en ont jamais assez sur eux. Pires que les Juifs, voilà comme ils sont. En tout cas, il lui a donné rendez-vous.

— Il a dit quand et où ?

Galina secoua la tête.

— D'après moi, il doit être la première victime de la mode dans cette ville, dit Nicolaï.

Galina sourit d'un air moqueur.

— Ouais, et c'est sûrement pas toi qui seras l'inspecteur le mieux fringué de l'année, Grasdub. Vaja, lui, il avait une sacrée classe.

— Pas la dernière fois que je l'ai vu, dit Nicolaï.

— Est-ce que tu l'as déjà entendu mentionner le nom de Mikhail Milioukine ? demanda rapidement Sacha.

— Le journaliste ? Celui qui écrit dans *Krokodil* ? Qu'est-ce qu'il a à voir là-dedans ?

— Il n'est pas en train d'écrire la notice nécrologique de Vaja, dit Nicolaï. Vaja et lui ont pris le même avion vers le nord.

— Non ? C'est pas possible. C'est vraiment dommage. J'aimais bien ce qu'il faisait.

— Et Vaja ? demanda Sacha. C'était un de ses fans ?

Elle lui décocha un regard plein de commisération.

— Vaja ? C'était un brave type, mais pas du genre à lire. Vous n'avez qu'à regarder ici. Les seuls journaux qu'il aimait, c'étaient ceux pour les gynécologues en chambre.

— Et le reste de l'avenue Rustaveli ? demanda Nicolaï qui faisait référence à la rue principale de Tbilissi, la capitale de la Géorgie. Où est-ce qu'on peut les trouver ?

— En général, on trouve toute la smala au coin de la rue, dit Galina, agitant la tête en direction de la fenêtre. À l'hôtel Pribaltskaia. L'après-midi, ils aiment bien se faire du muscle au gymnase. Et le soir, ils se soûlent à mort au restaurant.

Nicolaï se leva.

— Ce voleur, dit-il, celui qui a tiré la montre. Si tu te souviens de son nom...

— Sûr, dit Galina en se dressant à côté de lui. (Elle lui arrivait à hauteur de la poitrine.) Je t'enverrai un pigeon voyageur.

Elle les suivit jusqu'à la porte, qu'elle ouvrit.

— Promettez-moi de choper les salauds qui ont fait ça et je vous refile une information vraiment utile.

— On va les choper, c'est sûr, déclara Sacha.

— Vous promettez ?

— Promis.

— Alors, prenez l'escalier.

Et sur ces mots, elle leur claqua la porte au nez.

Le bureau du général Kornilov était au bout du couloir, derrière une double porte. S'il était plus grand que celui de Grouchko, il était aussi plus sinistre, avec seulement une petite lampe de bureau pour éclairer cette obscurité quasi sépulcrale.

Un stylo-plume élégant dans sa main osseuse, Kornilov était assis derrière un grand bureau au plateau recouvert de cuir. Un autre bureau avait été installé à angle droit de celui-ci, formant un T, et c'était là que nous nous étions assis, en attendant que le général ait fini d'écrire une note de sa plus belle écriture.

Plus très loin de la soixantaine, Kornilov avait une silhouette austère, des yeux froids et fossilisés dans un visage dur et dépourvu d'expression, qui évoquait un antique masque funéraire de bronze martelé. À le voir, on avait du mal à croire Grouchko quand il affirmait que le général avait été un démocrate engagé bien long-temps avant que le Parti ne soit réduit à néant. Kornilov semblait sortir du même moule dont s'était servi Staline pour fabriquer des assassins comme Yazov, Yagoda et Lavrenti Béria. Peut-être était-ce simplement parce que je le connaissais depuis un peu plus longtemps, mais quand il fit les présentations, Grouchko m'apparut d'un seul coup comme quelqu'un de plus chaleureux et de plus humain que son gnome de patron. Le géné-ral hocha la tête d'un air sombre en me serrant la main.

— Content de vous compter parmi nous, dit-il d'une voix qui s'accordait avec son bureau. C'est une sacrée bonne équipe avec laquelle vous allez travailler. Et vous pouvez être sûr que vous n'allez pas chômer. En ce moment même, il y a plus de deux cents bandes armées de la mafia qui opèrent dans cette ville. Le crime organisé constitue la plus grosse menace contre l'avenir démocratique de ce pays.

On avait l'impression d'un discours préparé pour les caméras de télévision, sauf qu'il était dépourvu du sourire d'accompagnement qui aurait comblé un spécialiste des relations publiques. Kornilov cligna lentement des yeux et alluma une cigarette roulée à la main.

— Evgueni, dit-il, sur combien d'affaires enquêtez-vous en ce moment ?

— Environ une trentaine, monsieur.

— Loin de moi de vous suggérer d'en abandonner une seule. Mais vous avez intérêt à faire du meurtre de Milioukine votre priorité absolue. Il comptait beaucoup d'amis dans la presse occidentale et évidemment, sa mort va y être annoncée. Ça ferait bon effet si on pouvait éclaircir cette affaire le plus vite possible.

— Oui, monsieur.

Grouchko tâtonna à la recherche d'une cigarette dans sa propre poche.

— J'ai discuté avec Georgi Zverkov, dit Kornilov.

— Ce charognard, marmonna Grouchko.

— Mais un charognard utile si cela peut nous amener des renseignements en provenance directe du public. Je veux que vous alliez parler du meurtre de Milioukine à son émission. Lançez un appel à information. Je suis sûr que vous connaissez la manœuvre. Simplement, ne le laissez pas vous transformer en carpette.

Grouchko, mal à l'aise, hocha la tête.

— Alors, que savons-nous de ce Géorgien ?

— Il était originaire de Svaneti, répondit Grouchko. C'est une région montagneuse de Géorgie, et les gens qui vivent là sont plutôt primitifs. Mais durs aussi. Le nom de la ville natale de Vaja, Ushgooli, signifie « un cœur qui ne connaît pas la crainte ». J'ai appelé le patron des services criminels à Tbilissi, mais vous savez comment c'est, monsieur. De nos jours, ils n'ont aucune envie de collaborer avec nous, alors il est difficile de dire à quoi Vaja s'occupait quand il était chez lui.

— Ces Géorgiens. (Kornilov hocha la tête et marmonna un juron.) Ils sont trop occupés à s'entretuer, je suppose.

— On dirait bien, monsieur, répondit Grouchko. Ici, Vaja a été plusieurs fois condamné pour vols et agressions. Des petites histoires, en fait, et qui datent toutes d'il y a plusieurs années. Nous savions qu'il était le chef d'une des bandes de Géorgiens, mais nous n'avons jamais pu lui coller une affaire sur le dos. J'ai discuté avec mes informateurs habituels, mais il n'en est pas sorti grand-chose à propos de ce gars-là. (Il alluma sa cigarette, qu'il laissa pendre au bord de sa lèvre.) Je ne sais pas. Peut-être que ses copains de la mafia ont pensé qu'il s'apprêtait à vendre une histoire à Milioukine.

Le front de Kornilov se plissa pendant qu'il réfléchissait à l'hypothèse de Grouchko.

— En tout cas, c'est ce que quelqu'un souhaite que nous pensions, ajouta Grouchko. Sinon, pourquoi le petit travail dentaire ? Il pourrait s'agir d'un simple règlement de compte, et que Milioukine se soit trouvé au mauvais endroit au mauvais moment. On a déjà vu plus bizarre.

— Très bien, Evgueni, dit Kornilov. Mais supposez un instant que ce ne soit pas un coup des Géorgiens. À qui est-ce que vous penseriez ?

Les spéculations de Grouchko commencèrent par un haussement d'épaules.

— Peut-être les Abkhaziens. C'est pas qu'en ce moment, ils soient très bien organisés, depuis qu'on a démantelé le racket des chauffeurs de taxi. Et puis, il y a les Tchétchènes. Personne ne hait davantage les Géorgiens que leurs voisins musulmans. Ça pourrait très bien être le début d'une nouvelle guerre de la mafia.

— Espérons que non. Mais, même en admettant que les Tchétchènes n'aient pas besoin de beaucoup de raisons pour tuer un Géorgien, qu'est-ce qu'ils pourraient bien avoir contre Mikhail Milioukine ?

Grouchko ouvrit le dossier qu'il avait apporté avec lui et en sortit quelques papiers et une photographie.

— J'ai jeté un coup d'œil dans mes dossiers pour voir les gens qui pourraient avoir une dent contre Milioukine, et assez bizarrement, ce type-là est un Tchétchène.

Il tendit la photographie à Kornilov.

— Il s'appelle Sultan Kadziev. Il y a environ cinq ans, avant même que notre unité contre le crime organisé n'existe, Sultan contrôlait presque toute la prostitution au nord de la Neva. En se faisant passer pour un marionnettiste – qu'est-ce que vous dites de ça ? – il a obtenu la permission de se rendre en Hongrie avec cinq assistantes. Seulement, c'étaient des prostituées, de celles qui se font payer en devises, et elles pensaient que leur maquereau les emmenait prendre quelques jours de vacances bien méritées. Quand ils sont arrivés à Budapest, Sultan s'est pris un appartement et il a mis les filles au travail.

« Mais les profits n'étaient pas aussi bons que ce qu'il espérait, et donc, au bout de deux mois, Sultan a vendu les filles et l'appartement à la mafia hongroise et il est rentré au bercail. Je ne sais pas de quel genre de filles il s'agissait, mais les Hongrois, eux non plus, n'ont rien pu en faire, donc ils ont emmené les filles à Bucarest et les ont vendues à la mafia roumaine.

« Pour finir, les filles ont économisé assez d'argent pour s'enfuir de nouveau à Saint-Pétersbourg, où elles ont été raconter leur histoire à Mikhail Milioukine. Il a fait un grand article sur elles dans *Ogoniok* et il a convaincu les filles de venir nous parler et de témoigner contre Sultan. En cours de route, Sultan a kidnappé une des filles et l'a à moitié enterrée vive pour l'empêcher de parler, mais Milioukine s'est débrouillé pour que le reste des filles parle quand même.

— Un vrai citoyen modèle, cet animal, dit Kornilov en regardant la photo.

— On lui a organisé des bonnes petites vacances, dit Grouchko. Dix ans à Perm.

— Rien qu'un court séjour dans un camp de travail pourrait constituer une raison suffisante pour tuer un homme. Mais si vous dites que ce type est encore sous les verrous...

— Ces Tchétchènes se serrent les coudes, monsieur, répliqua Grouchko. Peut-être est-ce un des amis de Sultan qui a tué Milioukine. Ils lui ont peut-être écrit une lettre de fan. Vous savez, d'après ce que j'ai vu, ce type recevait plus de lettres d'insultes que Raspoutine.

— Il faut voir les choses du bon côté, Evgueni, dit Kornilov. La nourriture est peut-être rare. Mais au moins, s'il y a une chose dont vous n'allez pas manquer, c'est de suspects.

6

Je passai la soirée à la Grande Maison, en compagnie de Grouchko et de Nicolaï, à lire les lettres d'insultes qu'avait reçues Milioukine. Après avoir réparti la pile de courrier entre nous trois, nous nous installâmes autour du bureau de Grouchko et, remontés par une consommation régulière de café, de cigarettes et d'une quantité considérable de miettes de pain sec que Grouchko gardait dans son placard, nous nous attelâmes à cette tâche désagréable. Nous lisions en silence, mais de temps en temps, l'un de nous déchiffrait à haute voix un extrait d'une lettre particulièrement venimeuse. Pour dire la vérité, il n'y en eut pas une seule qui nous ouvrit une piste intéressante. Mais, à la fin de la soirée, je pense que nous étions tous d'accord pour reconnaître que notre admiration pour Mikhail Milioukine avait considérablement augmenté, ce qui eut pour résultat de renforcer notre détermination à mettre la main sur ses assassins. Personne n'était aussi résolu que Grouchko lui-même. Je ne me souviens pas de toutes les lettres que Grouchko ou Nicolaï choisirent pour les citer. Cependant, les cinq qui suivent me parurent particulièrement déplaisantes et bien révélatrices de l'état lamentable dans lequel notre pays se trouvait.

Cher Mikhail Mikhailovitch,

À voir ton patronyme, on peut penser que tu as connu ton père, ce qui m'étonne, espèce de bâtard d'intellectuel ! Tu écris qu'il y a un problème de drogue chez les jeunes aujourd'hui, comme si quelqu'un nous obligeait à nous piquer. Ce sont des conneries. Comme la plupart de mes copains, ça me plaît de me défoncer. Héroïne, méthadone, coke, bouteille d'eau chaude – pour nous, on s'en fout, pourvu que ça marche. Franchement, tant qu'on peut se rincer la tête de toute la merde qu'on nous a apprise à l'école, on s'en tamponne. Tu te demandes à quoi est-ce qu'on peut bien croire. À la musique psychobilly, voilà en quoi on croit. Ça, ça t'aide vraiment à planer. Et à ce propos, laisse-moi te dire, la prochaine fois que je vois ta tête de crétin au Rock Club de Leningrad, je te coupe les oreilles et je te crache dans la cervelle. Je ne plaisante pas. J'ai une bonne lame bien aiguisée, et il n'y a rien qui me ferait davantage plaisir que de te la flanquer dans l'œil.

Cher Mikhail Milioukine,

Votre article dans Ogoniok *à propos de l'alcoolisme à Saint-Pétersbourg était un exemple typique du genre de journalisme qui fait de notre grand pays un objet de la risée internationale. De l'insecticide dans une bouteille de bière ! Du cirage sur une tranche de pain ! Faire bouillir un pied de table en bois avec du sucre ! Votre maudit article n'aura servi à rien si ce n'est à donner aux ivrognes de nouvelles idées pour se soûler. Et vous avez l'audace de faire porter le blâme de toutes ces beuveries illicites sur la campagne anti-alcool du camarade Andropov. Pourquoi faut-il donc que nous lavions ainsi notre linge sale en public ? Je pensais que vous étiez un homme raisonnable, mais à présent, j'attends avec impatience le jour où les forces de la loi et de l'ordre reviendront dans ce pays pour vous renvoyer, vous et vos semblables pourris, dans les camps de travail dont vous n'auriez jamais dû sortir. Et quand ce temps-là viendra, la balle que vous prendrez par-derrière, dans votre crâne d'idiot, sera encore trop bien pour vous. Je prie pour que votre tombe soit marquée seulement par l'étron de l'homme qui vous tuera.*

Camarade Milioukine,

Dans ton article paru récemment dans le magazine Krokodil, *tu compares le taux de criminalité de Saint-Pétersbourg à celui de New York.*

Mais ça vaut pas un clou. Ça n'a rien à voir. Et en plus, qu'est-ce qu'on en a à fiche ? La plupart du temps, c'est les gens des marais, les bronzés des républiques méridionales qui s'entretuent, pour des histoires de drogue ou de devises. Une telle racaille, ça ne manque à personne. Sauf à toi, peut-être, espèce de libéral mielleux. Laisse-moi te dire que je ne me suis pas battu en Afghanistan pour revenir au pays et me montrer coulant avec les criminels. Pour ces gens-là, il ne devrait exister qu'une seule sentence : la mort. Moi-même, j'ai descendu beaucoup de ces bêtes pour épargner la tâche aux tribunaux. Mais à présent, je comprends que le pays ne s'en porterait que mieux si on appliquait le même traitement à quelques-uns de ces soi-disant correspondants spéciaux. Alors, tu sais quoi ? Eh bien, mon salaud, je vais commencer par te suivre à la trace. Et quand je t'aurai mis la main dessus, je te ferai rentrer dans tes propres statistiques. Tu peux compter là-dessus.

Un patriote

Camarade Milioukine,

Est-ce que tu connais le supermarché Dieta, près de la place Maïakovski à Moscou ? Ce matin, j'ai été au comptoir de la boucherie et ils vendaient de la mortadelle à 168 roubles le kilo. Mon mari est instituteur. Il gagne 500 roubles par mois. Alors, je te le demande : comment pouvons-nous nous permettre d'acheter à des prix pareils ? J'ai fini par acheter dix œufs, et ça m'a coûté presque 18 roubles. Il y a quelques mois à peine, j'en aurais eu pour moins de 2 roubles. Voilà où je voulais en venir : tu as le culot de m'affirmer que les choses vont mieux aujourd'hui. Eh bien, laisse-moi te dire que ta nouvelle démocratie a détruit le vieux système économique mais qu'on n'a rien mis à la place. Comme je voudrais que Staline soit encore parmi nous et que vous soyez forcés, toi et tous tes copains les démocrates, de passer votre temps à travailler dans une ferme collective. Encore mieux, je pense que quelques années à Solovki te feraient le plus grand bien.

Mikhail Milioukine,

Ton intervention à propos de la « Cosa Nostra » de Saint-Pétersbourg était un des tas de conneries les plus stupides et les plus mensongères qu'on ait jamais entendu cracher à la télévision. Ça n'existe pas, un truc comme « la mafia russe ». Toute cette histoire de mafia a été montée par des gars comme toi qui essayent de se faire de l'argent en vendant des histoires à se faire dresser les cheveux sur la tête. Il y a seulement des hommes d'affaires qui fournissent aux gens ce qu'ils veulent et, tout aussi souvent, ce dont ils ont besoin – les articles qu'on ne peut pas trouver dans les boutiques d'État. En affaires, nos méthodes se doivent d'être parfois brutales uniquement parce que dans ce pays idiot et arriéré qui est le nôtre, personne n'est capable de comprendre les lois de l'offre et de la demande et celles de la libre entreprise. Si quelqu'un vous fait un coup fourré, il n'existe en fait aucun mécanisme légal qui fasse appliquer le contrat ou qui oblige le fautif à payer des dommages et intérêts. Donc, nous lui brisons les jambes, ou nous menaçons ses enfants. La fois suivante, il fera ce qu'il est censé faire. Si un homme ne refile pas une partie de ses profits à ses associés, nous brûlons sa maison jusqu'aux fondations. C'est ça, les affaires. Tu es un homme intelligent. Tu devrais comprendre ça. Et pourtant, tu continues à nous bassiner avec ta rengaine sur la mafia. Un certain nombre de mes partenaires en affaires sont très en colère. Ils ont l'impression qu'en t'obstinant à colporter ce genre de saloperies, tu commences à nous coûter un peu trop cher. Alors, prends ça comme un avertissement. Maintenant, il faut t'arrêter. Parce que la prochaine fois que tu choisiras de parler de joint-ventures, de négociants, d'hommes d'affaires privés, et de coopératives en disant que tout appartient à la mafia, tu ne vivras peut-être pas assez longtemps pour le regretter. Tu seras peut-être intéressé de remarquer que, étant donné le grand nombre de gens qui quittent l'armée, le prix d'un revolver est actuellement en train de baisser, à une époque où les prix de toutes les autres marchandises grimpent en flèche... Réfléchis-y bien.

— 22 heures, dit Grouchko une fois que la dernière lettre eut été lue.

Bâillant largement, il se leva et marcha jusqu'à la fenêtre. Le ciel était aussi clair qu'en plein jour et resterait encore comme cela plusieurs heures. Durant le mois de juin, en réalité, il ne fait nuit que pendant moins d'une heure.

— En général, j'attends cette période de l'année avec impatience, dit-il. Les *tchourki* n'aiment guère les soirées où il fait si clair. Ils ont plus de chance de se faire piquer, je suppose. (Il secoua la tête d'un air las.) Je ne sais pas. Peut-être que c'est simplement que je vieillis. Mais quand quelqu'un comme Mikhail Milioukine s'en va les pieds devant, alors je commence à penser que, quelle que soit l'identité des assassins, ils sont persuadés d'avoir de bonnes chances de s'en tirer. Je veux dire, ils devaient bien savoir qu'on n'allait pas s'endormir. Et pourtant, ils n'ont pas hésité à foncer. C'est à croire que, simplement, ils n'en ont rien à fiche. Qu'ils ne s'attendent pas à se faire pincer. Qu'ils se moquent de nous. C'est... c'est déprimant.

Il se tourna vers nous d'un air exaspéré.

Je haussai les épaules.

— Être policier n'est pas si mal. Les choses pourraient être pires. Vous auriez pu être cosmonaute.

Nicolaï grommela pour manifester son approbation.

Ces ex-héros étaient maintenant cruellement la risée de l'ensemble de la nation : la plupart d'entre eux étaient atteints de la maladie d'Alzheimer, à cause des expériences inutiles sur l'endurance auxquelles ils avaient été soumis dans des stations spatiales soviétiques insuffisamment protégées. Je pensai à une autre blague d'aussi mauvais goût qui faisait fureur à Moscou à cette époque.

— Pourquoi la police a-t-elle des chiens ? Parce qu'on a besoin de quelqu'un pour remplir les paperasses.

Cette fois, Nicolaï s'esclaffa bruyamment.

— Elle est bonne, celle-là, dit-il en tapant sur son énorme cuisse.

Grouchko sourit, secoua la tête et alluma une cigarette.

— Vous auriez dû être comique, dit-il.

— C'est vrai, mais ma mère dit que j'ai choisi quelque chose de presque aussi bien.

— Votre mère aussi, eh ? dit Nicolaï en riant.

Grouchko regarda sa montre.

— Je crois qu'on a fini. (Il ôta sa veste du dossier de sa chaise.) Où habite votre beau-frère ?

— Perspective Ochtinsky.

— Vous avez de la chance, le comique. C'est là que j'habite. Venez, je vais vous déposer.

Nous souhaitâmes bonne nuit à Nicolaï, qui avait encore des papiers qu'il voulait finir de remplir.

— Malheureusement, je n'ai pas de chien, dit-il en souriant. À demain.

Tandis que nous descendions l'escalier vers la voiture, Grouchko reparla des lettres que nous venions de dépouiller.

— L'écrivain russe a toujours mesuré l'ampleur de son succès au nombre d'ennemis qu'il a réussi à se faire. Qu'en pensez-vous ?

— Selon ce critère, on peut dire que Mikhail Milioukine a vraiment été un écrivain à succès.

Grouchko hocha la tête en souriant.

— Selon ce critère, il aurait dû remporter le prix Nobel de littérature.

Nous sortîmes de la Grande Maison et restâmes là, devant les énormes portes en bois, à profiter de l'atmosphère estivale. Un homme qui passait nous jeta un coup d'œil nerveux et accéléra le pas. Ce n'était pas le genre d'endroit près duquel on a envie de s'attarder. Grouchko suivit le passant des yeux d'un air soupçonneux.

— Nous pourrions avoir beaucoup plus de poids si les gens n'étaient pas toujours aussi nerveux à notre vue, grommela-t-il.

— Ça, ça risque de prendre un bon bout de temps.

— J'imagine.

Il alluma une cigarette. Son briquet en or brilla dans sa main et je me repris à penser à la générosité de la police suisse. Qu'avait-il bien pu faire pour eux pour recevoir en récompense un cadeau aussi généreux ? Ou bien la police suisse était-elle si bien payée ? Personne ne serait assez idiot pour afficher un briquet en or si celui-ci avait été acquis de façon malhonnête. Grouchko vit mon regard et parut percevoir ma curiosité. Après tout, il était peut-être vraiment capable de déchiffrer les lignes de la main.

— Un soir où j'étais à la maison, j'ai reçu un coup de fil de ce milicien à la Moskva, expliqua-t-il. (Nous descendîmes les marches de l'escalier et nous nous engageâmes sur le trottoir.) La police suisse s'était mise dans des sales draps. Des filles étaient venues dîner avec eux, qui les avaient bien aidés à dépenser pas mal d'argent – enfin, selon nos critères. Il y avait des bouteilles de champagne vides partout sur la table. Quoi qu'il en soit, à la fin de la soirée, les filles, qui étaient des prostituées payables en devises, vous comprenez, ont suggéré aux Suisses de monter à l'étage. Seulement, les Suisses n'ont pas voulu. Et les filles se sont dit qu'ils leur avaient fait perdre une soirée : qu'est-ce que c'est qu'un dîner gratuit à côté de cent dollars, hein ? Alors, elles ont raconté aux Suisses qu'elles étaient ouvrières, qu'elles avaient besoin d'argent et qu'elles s'attendaient à ce qu'on paye leur compagnie. Il n'y a rien de plus cupide qu'une pute russe. Mais les Suisses n'étaient pas du tout d'accord, et les filles ont appelé leur maquereau pour essayer de régler l'affaire. Un des Suisses a convaincu un milicien de me téléphoner. Donc, j'ai dû y aller et y mettre bon ordre. J'ai demandé aux miliciens d'enfermer les filles dans la cabine d'ascenseur de l'hôtel et j'ai menacé de coffrer le maquereau. (Il rempocha son briquet.) Et maintenant, vous savez comment j'en suis arrivé à posséder un tel briquet, acheva-t-il sur la défensive.

Je haussai les épaules.

— Je suis bien sûr que ça ne me regarde pas.

— Comme vous voudrez.

Nous trouvâmes la voiture de Grouchko et partîmes vers le nord, de l'autre côté de la Neva. Là où le soleil rougeoyant se fondait à la surface plombée et brillante de l'eau, on aurait dit que quelqu'un venait de nettoyer dans la rivière une hache meurtrière ensanglantée.

La perspective Ochtinsky, à l'est de Saint-Pétersbourg, était exactement semblable à l'endroit où j'avais habité à l'est de Moscou. Exactement semblable à n'importe quelle grosse cité en Russie, à bien y réfléchir. Une fois, alors que je rentrais en avion de vacances en Crimée, j'avais vu ma maison d'en haut. C'était comme si un géant était venu s'acheter des chaussures et qu'il avait essayé toutes les paires du magasin. (Ça n'aurait pas pu être dans un magasin russe.) Dans son désir de réussir une vente (décidément, ça n'aurait pas pu être dans un magasin russe), la vendeuse avait envahi de boîtes blanches toute la boutique jusqu'à ce que le sol en soit recouvert. Voilà à quoi ressemblait ma maison vue du ciel. Quelque chose qu'on avait laissé tomber à cet endroit, au hasard, sans avoir pris la peine d'y penser. Quelque chose d'irréel.

À l'intérieur d'une de ces boîtes, chacune d'elles ayant douze étages de haut et n'abritant pas moins de cinq cents familles, la vie n'était pourtant que trop concrète. Au numéro sept Sredne-Ochtinsky, où vivait Porfiry Zakharitch Lebeziatnikov avec sa femme et son enfant, l'habitat humain n'était que trop réel. Ce n'était pas que les murs fussent trop minces pour assourdir le bruit que faisait la famille voisine ; ce n'était pas que les pièces coincées entre les murs fussent trop petites. Ce n'était pas non plus que l'ascenseur minuscule et grinçant sentît l'urine ; ni que l'absence d'ampoules rendît les couloirs dangereux en pleine nuit. Ce n'était pas l'extrême homogénéité du paysage qu'on pouvait voir de la baie vitrée que Porfiry appelait en riant un balcon. Mais bien plutôt toutes ces choses qui, quand on les rassemblait, se combinaient pour que les habitants se sentent comme des rats dans un nid très grand et très sale.

Moi, j'avais l'habitude de me sentir comme un rat dans la pratique de mon métier.

En tant qu'un de « ceux qui avaient le droit d'aller à l'étranger », Porfiry Zakharitch était mieux loti que la plupart. Des voyages d'affaires fréquents à Stockholm, Helsinki et une fois à Londres pour le compte de son employeur, la Compagnie de Navigation Balte, lui avaient permis d'acquérir tous les biens de consommation de luxe et toutes les devises dont on a besoin pour bien vivre.

Je dis que c'est mon beau-frère, mais ma sœur et lui ont divorcé il y a longtemps parce qu'elle était alcoolique et c'était la première fois que je rencontrais sa nouvelle femme, Katerina. C'était une femme superbe, au visage mat et légèrement oriental, et aux seins les plus parfaitement moulés que j'aie jamais vus. Avec des seins comme ceux-là, il était difficile de ne pas avoir l'impression qu'ils représentaient la raison principale pour laquelle Porfiry l'avait épousée. Elle portait un pull décolleté qui semblait avoir été sculpté sur elle et un collier de corail.

Porfiry était nettement moins distingué. Âgé de dix ans de plus qu'elle, il avait les cheveux gris et il était légèrement empâté, avec une mauvaise peau grêlée, qui, par endroits, s'était épanouie en divers nævus et kystes, le moindre n'étant pas une tache de vin de la taille d'un timbre sur le côté de son cou épais. Il m'accueillit avec une accolade chaleureuse et un baiser sur les deux joues.

— Enfin, te voilà. Dis-moi, que penses-tu de Katia ? N'est-elle pas somptueuse ?

— Arrête, Porfiry, dit-elle en riant, rouge de honte.

— Elle est tout à fait somptueuse, répondis-je sans fausse politesse.

— Et que penses-tu de notre appartement ? continua-t-il.

Je jetai un coup d'œil autour de moi.

— C'est très confortable.

Porfiry désigna un élégant meuble en bois qui contenait un énorme poste de télévision et un magnétoscope.

— Finlandais, dit-il fièrement. On a le câble, aussi.

Il fit la démonstration des différentes chaînes dont il disposait à l'aide d'une télécommande qui était de la taille d'un petit ordinateur.

Après que Porfiry m'eut montré son ordinateur, le four à micro-ondes, la chaîne stéréo, son nouvel appareil photo et qu'il m'eut expliqué comment faire marcher la chaudière à gaz dans la cuisine, il me présenta son chien, Mikki, un énorme bull-terrier, tandis que Katerina me préparait un bol de semoule. Une fois que j'eus mangé la semoule, nous nous portâmes tous des toasts réciproques avec du cognac géorgien qui aida à faire passer le goût de la semoule.

Après avoir échangé toutes nos nouvelles, je leur racontai le meurtre de Mikhail Milioukine et ils me dirent qu'on en avait parlé à la télévision, au journal du soir.

— Le journaliste a dit que, d'après la milice, c'est l'œuvre de la mafia, dit Katerina.

— Ça en a certainement tout l'air, reconnus-je. Ils avaient plus d'une bonne raison.

— Et qu'en pense le grand Grouchko ? demanda Porfiry.

— Tu connais Grouchko ?

— Non, pas personnellement. Mais on le voit souvent à la télévision, il vient parler d'un crime ou d'un autre.

— Il y a beaucoup de criminalité par ici en ce moment, dit Katerina. On a peur de sortir. C'est pour ça que Porfiry a pris Mikki. Pour me protéger quand il s'en va pour affaires.

— Ou pour chasser, ajouta Porfiry. On va bientôt partir chasser, hein ?

— Formidable, dis-je. Si j'arrive à trouver le temps. Le meurtre de Milioukine nous donne beaucoup de travail. (Je finis mon verre de cognac et laissai Porfiry me resservir.) En plus, je suis censé observer la façon dont Grouchko procède.

Porfiry haussa les épaules.

— Même si vous attrapez ceux qui ont fait ça, dit-il, on ne pourra jamais écraser la mafia. Tu le sais bien, pas vrai ?

— Pourquoi dis-tu ça ?

— Parce que c'est la seule chose qui marche vraiment dans ce pays.

7

Le lendemain, j'avais rendez-vous au bureau du procureur de l'État et Porfiry, qui se rendait dans cette direction pour rejoindre ses bureaux du port, me déposa en voiture. Il avait une Zigouli rouge flambant neuve, dont il était aussi fier que de ses autres jouets. Tout au long du trajet, il me raconta comment il l'avait ramenée depuis Helsinki et je fus soulagé lorsque nous atteignîmes enfin la rue Yakubovica.

Les bureaux du procureur de l'État étaient situés dans un immeuble décrépit, qui ressemblait beaucoup à celui dans lequel je travaillais, rue Kalaieva, avec les mêmes murs verts, le même ascenseur antique et la même âcre odeur de pisse. Le cagibi qui tenait lieu de bureau à Vladimir Voznosenski était au deuxième étage, et il le partageait avec un four à micro-ondes cassé, plusieurs tonnes de papiers et une vieille carabine de l'armée avec laquelle il se vantait d'aller chasser, bien que j'aie du mal à croire que cette arme ait jamais pu tirer un coup. Voznosenski, un individu mince et blond avec une moustache bien fournie et un cardigan qu'en dépit de la température clémente, il portait fermé jusqu'au cou, m'accueillit avec cordialité.

— C'est moi qui suis chargé de suivre la plupart des affaires où le crime organisé est impliqué dans cette ville, m'expliqua-t-il. Donc, je suppose que nous allons nous voir très souvent. C'est une tâche ardue. Et le fait que mon prédécesseur soit devenu l'avocat numéro un des mafiosi de Saint-Pétersbourg ne facilite pas les choses.

— Loutchine ? Il travaillait ici avant ?

— Je vois que Grouchko vous a déjà parlé de lui, dit Voznosenski.

« Oui, Sémione Serguievitch Loutchine a été procureur-assistant à Leningrad pendant cinq ans. À présent, ce qu'il gagnait jadis en un mois, il le gagne en une heure. Et il n'est pas le seul à avoir quitté cet endroit pour aller travailler pour l'autre bord. (Il haussa les épaules et alluma sa pipe.) Aujourd'hui, tout est affaire d'argent, pas vrai ? Ah ! encore une chose : si vous pratiquez une arrestation, vous serez toujours confronté au même problème ; votre mafioso affirmera que quel que soit l'acte qu'il sera censé avoir commis, il s'agissait toujours d'une affaire personnelle. Il niera appartenir à une quelconque bande. Il a tué un autre gangster ? C'est parce qu'ils ont eu une discussion à propos d'une fille, ou d'une vieille dette de jeu, ou d'une injure échangée. Un meurtre lié à la mafia ? Impossible. Il n'a jamais entendu parler de la mafia russe : il pensait que c'était quelque chose inventé par le Parti pour essayer de discréditer le capitalisme et le marché libre. Mais notre plus grand problème reste encore l'intimidation des témoins.

Je hochai la tête.

— C'est la même chose à Moscou. Nous avons essayé de mettre sur pied un programme de protection des témoins, mais évidemment, on n'a pas assez d'argent pour que cela puisse fonctionner. Et rien ne pourra s'arranger tant qu'on ne changera pas la manière dont on traite les procès pour rackets devant les tribunaux. Nous avons besoin d'un système de jury adapté, avec des jurés indemnisés pour le temps qu'ils ne passent pas à travailler. Personne ne veut participer à un jury sans toucher un kopeck.

— Personne ne fait rien pour rien de nos jours.

— À moins de faire partie de la police, suggérai-je par pure provocation.

— Ne croyez pas cela, dit Voznosenski. Beaucoup d'entre eux ont la main tendue pour ramasser ce qu'ils peuvent. C'est le plus gros budget de la mafia. Ça et les armes.

— C'est quoi, *ça* ? Surtout du matériel militaire en échange de devises ?

Il hocha la tête.

— Et tout cela est de la meilleure qualité. Il y a assez d'artillerie dans les rues de cette ville pour déclarer la guerre.

— Dites-moi, est-ce que le procureur militaire intervient souvent ?

— De plus en plus. (Il laissa échapper un petit rire plein de mépris.) La poursuite judiciaire est un des seuls secteurs de l'activité militaire aujourd'hui en pleine expansion.

Il fit du thé et nous discutâmes encore : conversation de juristes, à propos de mandats, de preuve, de qui étaient les meilleurs juges et les derniers criminels en date.

— Parlez-moi de Grouchko, dis-je au bout d'un moment. Quel genre d'homme est-ce ?

— Il a gravi tous les échelons. La milice, ça a été toute sa vie. Et il n'y a jamais eu la moindre rumeur de scandale. Grouchko croit en ce qu'il fait. Avec lui, les choses sont noires ou blanches. (Voznosenski haussa les épaules en se frappant le front.) Sur ce plan-là, c'est un vrai stalinien. Vous savez, un peu rigide et inflexible, de temps en temps.

« Bien entendu, politiquement, il est complètement à l'opposé. Il n'a jamais hésité à dire ce qu'il pensait, quand c'était encore dangereux de le faire, particulièrement pour un milicien. C'est une histoire intéressante à raconter. Il y a deux ans, Grouchko a été choisi comme délégué du Bureau central de Leningrad au XXIIe congrès du Parti. Il a annoncé qu'il démissionnait du Parti pendant qu'il faisait un discours sur l'estrade. À l'époque, ça a provoqué un drôle de remue-ménage, je peux vous le dire. Après cela, environ la moitié des inspecteurs et des enquêteurs du Bureau central a quitté le Parti, y compris le général Kornilov. Aujourd'hui, le Bureau est partagé de façon à peu près égale entre partisans d'Elstine et partisans du vieux Parti. Voilà votre Grouchko.

— Et sa vie privée ?

— Il vit de façon tout à fait modeste. Il est marié, il a une fille à laquelle il tient davantage qu'à la prunelle de ses yeux. Tout l'argent qu'il a pu mettre de côté, il l'a dépensé pour que sa fille puisse suivre des études de médecine. Maintenant, elle est médecin dans un des grands hôpitaux de Saint-Pétersbourg.

— Diriez-vous de lui que c'est un homme sociable ? Je vous demande cela parce que je ne veux pas l'embêter, si je peux l'éviter. Mais s'il est du genre liant, alors, ça n'a pas d'importance.

— Je ne dirais pas que Grouchko est sociable, non. Mais c'est quelqu'un de droit. Il aime bien boire et même si je l'ai souvent vu boire beaucoup, je ne l'ai jamais vu soûl. Ah oui ! et Pasternak : il adore Pasternak.

À la Grande Maison, Grouchko était introuvable. Tout comme Sacha et Nicolaï. Dans le bureau qu'ils partageaient avec deux autres inspecteurs, je trouvai un officier plus jeune, qui passait en revue le Filofax de Mikhail Milioukine, téléphonant à chaque nom et à chaque numéro qu'il y trouvait inscrit. Raccrochant l'appareil, il se leva pour se présenter.

— Lieutenant Andrei Petrov, monsieur, dit-il en me serrant la main.

Mieux habillé que la plupart des hommes qui travaillaient avec Grouchko, Petrov était un de ces Russes blonds qui viennent du Nord.

— Et voici... (Il montra d'un hochement de tête un homme qui jouait d'un air désœuvré avec un automatique de l'autre côté du bureau. Celui-ci se leva et me tendit la main.) Voici le lieutenant Alek Svridigailov – un de vos enquêteurs.

— Heureux de faire votre connaissance, lieutenant.

Svridigailov était plus petit que Petrov et aussi sec qu'un cure-pipe. Il arborait le visage sinistre d'un limier sous-alimenté.

— Semi-automatique Glock, dit-il en faisant des commentaires sur l'arme. Fabriqué en Autriche. Tire treize coups avec des munitions de calibre .45 ACP. C'est mieux que tout ce qu'on a jamais eu. Vous voyez, il n'y a que trente-cinq pièces. Une arme de vraiment bonne qualité. J'adorerais posséder une telle arme. Ils l'ont récupérée sur un voyou yakoute. C'est proprement incroyable. On n'imaginerait jamais qu'un de ces salopards puisse être assez intelligent pour posséder une arme pareille, pas vrai ?

Andrei Petrov eut un petit rire.

— Tu sais ce qu'on dit à propos des Yakoutes ? La seule raison pour laquelle ils ne mangent pas de cornichons, c'est parce qu'ils ne parviennent pas à mettre leur tête dans le bocal.

Svridigailov regarda Andrei puis moi, en secouant la tête comme pour me demander de bien vouloir excuser son collègue.

— Grouchko est parti à la télévision, expliqua Andrei. Il enregistre l'émission de Georgi Zverkov. Quant à Nicolaï et Sacha...

Il fronça les sourcils en essayant de se souvenir de l'endroit où ils étaient partis.

Je m'assis devant le bureau de Nicolaï et jetai un coup d'œil sur ce qui s'y trouvait.

— Est-ce qu'il n'a pas un agenda ? demandai-je.

Il m'était venu à l'esprit que j'aurais pu noter un certain nombre de gens avec qui Nicolaï était en contact.

Andrei montra d'un geste le coffre-fort à côté du bureau de Nicolaï.

— Je suppose qu'il l'a mis en sûreté, dit-il.

— Je me souviens maintenant, dit Svridigailov. Ils sont partis à l'hôtel Pribaltskaia. Pour voir des Géorgiens.

Ouvert pour les Jeux Olympiques de 1980, l'hôtel Pribaltskaia se dresse sur la rive occidentale de l'île Vassilievski, face au golfe de Finlande, de l'autre côté. Construit en forme de triptyque, avec dix-sept étages et mille deux cents chambres, c'est un des plus grands hôtels de la ville et même si les citoyens de Saint-Pétersbourg n'ont absolument pas le droit d'y aller, la piscine de l'hôtel, le sauna, la piste de bowling, le gymnase et la salle de massage – sans parler des cinq bars, des cinq restaurants et des quinze cafétérias – l'ont rendu très populaire auprès de quelques éléments de la société locale, parmi les plus nuisibles. Pour que les méthodes de la mafia soient efficaces, cela exige des gros bras et, comme la plupart des racketteurs, les Géorgiens aiment s'entraîner et faire des haltères au moins une fois par jour. Grâce à des années de régime strict dans les camps – dans « la zone » –, beaucoup d'entre eux ont des physiques qui feraient envie à n'importe quel athlète olympique, et avec leurs survêtements haute couture et leurs chaînes en or, on ne risque guère de les confondre avec les malheureux qui oseraient se servir du gymnase au même moment. Le chef de la bande était un dur au visage basané, qui s'appelait Dzhumber Gankrelidze. Son lieutenant, Oocho, et lui semblaient arborer davantage d'or que tout le reste des malfrats réunis. Ces deux-là faisaient partie de ceux qui étaient en train de s'entraîner dans le gymnase de l'hôtel, avec un couple de poids lourds pour garder l'entrée, quand Nicolaï et Sacha se présentèrent, carte de la milice à la main.

— Ça va, dit Dzhumber, en essuyant son cou velu avec une serviette. Ces chiens doivent être là pour aboyer, pas pour mordre.

Nicolaï repoussa sur le côté l'homme qui lui obstruait la route.

— C'est qui ? Ton secrétaire ?

Dzhumber sourit, arborant une dent en or, symbole de son rang.

— Ouais, dit-il. Je le prends pour lui dicter un peu de courrier de temps en temps.

Oocho se mit à rire et continua à faire travailler ses biceps gros comme des pamplemousses.

— Ça ne m'étonne pas, dit Nicolaï. Il est bon en sténo ? Vingt coups à la minute ?

— T'es un rigolo, dit Gankrelidze en souriant. Tu devrais te produire dans le cabaret là-haut.

— Je suis très chatouilleux sur les gens que je fais rire, rétorqua Nicolaï.

Gankrelidze continua à sourire. Il avait l'habitude de se faire harceler par la police. Sacha pencha la tête pour déchiffrer l'étiquette sur le survêtement de l'un des Géorgiens.

— Sergio Tacchini, dit-il. Très joli. Vous vivez bien par ici, les gars.

— Tu sais ce qu'on dit, répliqua Oocho. C'est celui qui est assis près de la marmite qui mange le plus de *kacha*.

— J'ai l'impression que vous, vous n'êtes pas assis bien loin, fit remarquer Nicolaï. Toutes ces gonzesses dans le couloir. Les affaires ont l'air de marcher sacrément bien.

— Choisis une fille et dis-lui que tu viens de ma part, répliqua Gankrelidze d'un air désinvolte. Ce sera mon petit cadeau. Pour ton copain aussi. J'aime bien voir la milice s'amuser.

— C'est ça qui me plaît chez les Géorgiens, dit Nicolaï. Vous êtes très généreux avec vos mères et vos sœurs.

Gankrelidze cessa de sourire et ramassa un haltère. Il commença à le hisser vers son épaule massive.

— Qu'est-ce que tu veux ? dit-il d'une voix unie.

— J'ai la Géorgie en tête, dit Nicolaï. En particulier feu Vaja Ordzhonikidze. Commençons donc par l'endroit où vous étiez tous avant-hier soir. Et n'essayez pas de me baratiner. Ça vaut pas du tout le coup. On n'a pas besoin de faire partie des services secrets de Russie pour décoder la façon dont Vaja s'est fait tailler un costard en sapin. Quelqu'un a pensé que c'était un indic.

Gankrelidze laissa tomber le poids sur la natte et se redressa. Il était costaud, mais il avait une tête de moins que Nicolaï.

— Tu sais, normalement, je parle pas aux étrangers. Mais toi, t'as une bonne tête. Moi et les gars, on a passé toute la soirée dans le restaurant à l'étage au-dessus. C'est pas vrai, les gars ?

Il y eut un murmure d'assentiment général.

— Si tu me crois pas, demande à tes chiens de garde à la porte. Ils nous ont vus arriver vers 20 heures ; et aussi quand on est repartis vers 3 heures.

— Je ne doute pas qu'ils aient eu la patte bien graissée, répondit Nicolaï en reniflant.

Oocho se mit à rire en secouant la tête.

— Ouais, eh ben, on entend tout un tas de rumeurs abominables à propos de la milice de cette ville.

Le reste de la bande trouvait tout cela très drôle.

— Alors, et cette rumeur selon laquelle Vaja serait un indic ? demanda Nicolaï. Que ce sont ses propres copains qui l'ont descendu ; parce qu'il servait d'informateur à Mikhail Milioukine.

— Y a des gens qui boivent leur propre urine, dit Gankrelidze, parce qu'ils pensent que c'est bon pour eux. Mais c'est pas vrai pour autant. T'as pas enfourché le bon cheval, mon pote.

Gankrelidze ramassa sa serviette pour s'essuyer la figure.

— Je vais te dire ce que je vais faire, dit-il. Je vais te donner une invitation pour l'enterrement de Vaja. On lui offre une cérémonie vraiment géorgienne. Alors, est-ce qu'on ferait ça si on pensait que c'était un indic ?

Nicolaï alluma une cigarette en réfléchissant pendant un moment à l'argument de Gankrelidze.

— Est-ce que Vaja aimait les montres ?

— Il était sensible à la valeur de la ponctualité, si c'est ce que tu veux dire. Qu'est-ce que tu cherches au juste ?

— Seulement ça : quelqu'un lui a tendu un piège avec une montre chère comme appât.

Nicolaï ramassa une balle lourde et commença à la faire rouler entre ses mains grandes comme des assiettes.

Gankrelidze émit un bruit réprobateur.

— Il avait bon goût. Ça peut être une malédiction.

— Pas d'espoir que tu aies la moindre idée sur l'identité de celui qui a fait ça ?

— Eh, c'est toi qu'es là pour trouver. Moi, je suis un simple citoyen.

— C'est ça, t'es un citoyen, dit Nicolaï. Et moi, je suis la grande-duchesse Anastasia.

— Et après, on est partis, ajouta-t-il en ouvrant la serrure du coffre à côté de son bureau.

Il y rangea son arme dans un holster, en sortit son agenda et referma de nouveau le coffre.

— Qu'est-ce que vous en pensez ? demandai-je. Est-ce qu'ils descendraient vraiment l'un des leurs pour lui offrir ensuite un enterrement comme sait le faire la mafia, avec tout le décorum ?

— Si c'était bon pour les affaires, ils enterreraient le patriarche comme un mafioso, déclara Sacha. Ces salopards aiment à penser qu'ils sont des hommes d'honneur, mais c'est seulement parce qu'ils ont vu Al Pacino dans *Le Parrain*. En réalité, ils n'ont pas plus de respect ou d'honneur qu'un porc affamé.

— C'est vrai, dit Nicolaï. Ils se repassent sans arrêt la cassette. C'est comme un film d'entraînement pour eux. J'aimerais bien avoir autant de billets de dix roubles qu'il y a de *tchourki* qui se prennent pour Michael Corleone.

Le téléphone sonna. Nicolaï décrocha le récepteur, puis il me demanda si je me souvenais de l'homme à qui appartenait le restaurant dans lequel il y avait eu une bombe incendiaire.

— Chazov, non ? Vous espériez lui rafraîchir la mémoire ?

— Ça vous plairait de venir ?

Nous passâmes un après-midi infructueux avec Chazov, qui avait encore bien trop peur de la mafia pour ajouter quoi que ce soit à sa déposition initiale.

Lorsque Nicolaï lui expliqua qu'il allait y avoir une enquête officielle sur la provenance de ses stocks de viande, Chazov lui assura qu'il l'avait achetée de bonne foi à un fournisseur légal, même s'il était incapable, ou non désireux, de divulguer son nom. Face au dernier argument de Nicolaï, à savoir qu'il avait bien l'intention de découvrir si oui ou non la viande avait été volée au marché d'État, ce qui était contraire à l'article 92 du Code criminel de la R.S.F.S.R., un délit passible de quatre ans de privation de liberté ou de travaux forcés, Chazov se contenta de répondre par un haussement d'épaules. Et après qu'il eut quitté la pièce, Nicolaï assena un coup du plat de la main sur la table de la salle d'interrogatoire.

— Il sait que je n'ai rien, grommela-t-il. Si j'avais le premier brin de preuve que la viande a été volée, je l'aurais inculpé. Mais comment est-ce que je peux demander un mandat en me basant uniquement sur le fait qu'une telle quantité rend le stock suspect ? Il le sait très bien.

Il frappa de nouveau sur la table et je me dis que je n'aimerais guère qu'il me tape dessus.

— Mais j'en ai pas fini avec lui. Je vais le faire revenir ici jusqu'à ce qu'il en ait tellement marre de me voir qu'il n'aura plus qu'une envie, me dire qui le rackette.

Et j'étais convaincu qu'il en avait fermement l'intention.

8

Pierre le Grand a bâti Saint-Pétersnbourg pour que la Russie possède une fenêtre sur l'Occident. C'était avant la télévision. La télévision, c'est la fenêtre sur l'Occident de notre époque. Ce n'est pas qu'il y ait grand-chose d'intéressant à regarder, à moins qu'on n'apprécie les soap-opéras brésiliens. Qui sont la raison pour laquelle tant de gens mendient, volent et empruntent pour se procurer un magnétoscope.

La Télévision de Saint-Pétersbourg, qui s'adresse à plus de soixante-dix millions de personnes, depuis la Baltique jusqu'à la Sibérie, est restée l'exception au monopole de diffusion permanent de l'État. Lieu d'expression d'opinions tout à fait différentes de celles qui passent à la télévision nationale, elle a longtemps été le cœur de la nouvelle démocratie. Les studios de la Télévision de Saint-Pètersbourg se trouvaient sur l'île Petrogradski, près de l'extrémité de la perspective Kirov et Grouchko n'eut guère de mal à les trouver, puisqu'on les remarquait grâce à un énorme émetteur qui s'élevait au-dessus de la Neva, comme une version modèle réduit de la tour Eiffel.

Un homme presque chauve, entre deux âges, avec la cravate de travers et les manches relevées, accueillit Grouchko dans son bureau.

— Youri Petrakov, dit-il en se présentant. J'étais le producteur de Mikhail pour *Soixante Minutes*.

— Nous cherchons à rencontrer tous ceux qui étaient en contact avec lui, expliqua Grouchko en s'asseyant, dans l'espoir de découvrir s'il était en train de travailler sur quoi que ce soit qui aurait pu provoquer sa mort.

Petrakov alluma une cigarette en hochant la tête d'un air attentif.

— J'ai déjà téléphoné aux rédacteurs en chef de Mikhail Mikhailovitch, au *Krokodil* et à *Ogoniok*, à Moscou. Mais comme il fallait que je me déplace jusqu'ici de toute façon, j'ai pensé que je pourrais vous rencontrer, M. Petrakov. Est-ce que vous le connaissiez bien ?

— Oui, plutôt. C'était un de nos meilleurs journalistes, et je veux dire pas seulement ici, à la Télé de Saint-Pétersbourg. C'était un des meilleurs journalistes du pays. Le prix littéraire du Veau d'Or, le prix Ilf et Petrov pour le journalisme satirique, journaliste de l'Année pour la deuxième fois consécutive... Il n'y avait personne d'équivalent. En tout cas, pas en Russie. Je n'ai pas été tellement surpris quand j'ai appris qu'il s'était laissé séduire par la télévision nationale.

— Il allait quitter la chaîne ?

— Oui. Il m'en a informé exactement une semaine avant d'être assassiné. Bon, évidemment, il a toujours été indépendant. Comme vous le savez, il avait d'autres engagements en dehors d'ici. Mais, eux, ils le voulaient et ils étaient prêts à débourser une jolie somme pour l'avoir. Plus que ce que nous pouvions nous permettre, en tout cas. On n'est pas en aussi bonne position qu'eux, colonel. En fait, nous perdons de l'argent. Notre principale source de financement reste le budget d'État. J'ai bien peur que nous ne finissions comme partie intégrante de la grande société de diffusion russe. Ils possèdent déjà un cinquième de notre équipement et de nos moyens techniques. (Il secoua la tête.) Mais pour l'instant, vous n'avez pas envie d'entendre parler de nos problèmes, n'est-ce pas ?

— Est-ce que le départ de Mikhail provoquait des rancœurs ?

— Un certain nombre. Mais pas de la part de ceux qui le connaissaient. Mikhail n'était pas du tout quelqu'un de riche. Certaines personnes s'imaginaient que, parce qu'il était célèbre, il était riche. C'était purement et simplement faux. Mikhail n'était pas très doué avec l'argent. Il n'était jamais bien payé pour ce qu'il faisait. Alors, je ne lui en veux pas du tout d'avoir voulu partir. Et bien sûr, ce n'était pas le premier à se laisser entraîner. Bella Kurkova est partie l'année dernière. À mon avis, on ne va pas se donner le mal de chercher quelqu'un pour le remplacer.

— Savez-vous ce qu'ils voulaient lui faire faire ?

— La même chose qu'il faisait pour nous : cinq ou six documentaires par an. (Il haussa les épaules.) Pour dire la vérité, telle qu'il la voyait. Je suppose que c'est pour ça qu'il a été tué. Je ne suis pas certain qu'ils auraient vraiment su comment manipuler un homme comme Mikhail. De ma part, il n'a jamais eu à subir le moindre contrôle éditorial. Mikhail aimait à faire les choses à sa façon, et parfois, ça mettait les gens en colère.

— Oui, dit Grouchko. J'ai déjà un échantillon des lettres délicieuses qu'il recevait de ses fans. Est-ce que le jour où il vous a dit qu'il allait partir, c'est la dernière fois que vous lui avez parlé ?

— Il me semble bien que oui. Selon les termes de notre contrat d'origine, il lui restait un film à faire pour nous et donc, nous avons également discuté de l'idée qu'il avait pour un nouveau film à propos des prostituées payables en devises.

Le téléphone sonna. Petrakov écrasa sa cigarette et décrocha. Puis il raccrocha sans dire un mot.

— C'était Zverkov. Il faut que vous descendiez au maquillage dans dix minutes. Je vous montrerai le chemin tout à l'heure.

— Ce film à propos des prostituées payables en devises, dit Grouchko. Est-ce qu'il a fait allusion à une connection avec la mafia ? Les Géorgiens ?

— S'il l'a fait, ça m'étonnerait qu'on l'ait remarqué, répondit Petrakov en allumant une autre cigarette. Mikhail était devenu plutôt casse-pieds à propos de la mafia. Pour être tout à fait franc, il était complètement obsédé. Il voyait la mafia partout, dans tout.

Grouchko fut à moitié tenté de dire qu'il était d'accord avec cette affirmation. Au lieu de cela, il rappela à Petrakov que la mafia avait menacé Milioukine de mort à de multiples reprises.

— J'ai bien peur que ce ne soient les risques du métier pour n'importe quel journaliste, colonel, répondit Petrakov en haussant les épaules. Particulièrement en Russie. D'autant que la bêtise est à peu près la seule chose qui ne soit pas rationnée de nos jours.

— Est-ce que vous auriez été au courant s'il avait été vraiment effrayé par une menace en particulier ?

— Non. Et je pense qu'il les prenait toutes au sérieux. En tout cas, suffisamment pour se déplacer en taxi plutôt que d'utiliser les transports en commun. (Petrakov se mit à rire.) Il acceptait toujours les fantaisies des chauffeurs de taxi de Saint-Pétersbourg. Ça explique pourquoi il n'avait jamais un sou.

Il fronça les sourcils tandis qu'il tirait sur sa cigarette.

— Mais vous savez, maintenant que j'y pense, je me rappelle bien qu'il y avait quelque chose qui l'énervait tout particulièrement. Je ne sais pas si vous diriez que c'était vraiment une menace...

— Ah ? De quoi s'agit-il ?

— Il s'était aperçu que son téléphone était sur écoute.

— Sur écoute ? Par qui ?

— Le K.G.B., colonel. Ou le service de sécurité russe, ou quel que soit le nom que le service se donne de nos jours. Par qui d'autre ?

Il sourit à Grouchko comme s'il ne croyait pas vraiment que l'inspecteur pût ignorer une chose pareille.

— Vous avez l'air surpris, dit-il. J'aurais pensé que...

Grouchko secoua la tête avec irritation. Il détestait que les gens pensent que le Bureau central était toujours partie prenante des sales opérations que menait le Département.

— Comment est-ce qu'il savait qu'on l'avait mis sur écoute ?

— Eh bien, j'imagine qu'il pouvait très bien le deviner. Je veux dire, ils ne montrent guère de subtilité. Il y a des cliquetis sur la ligne et tout un tas de choses de ce genre.

— Mais pourquoi ?

— Le Département s'est débarrassé uniquement de ses communistes, pas de ses antisémites. Il y a des factions au K.G.B. qui aimeraient bien voir tous les juifs de Russie dans un avion à destination d'Israël.

— Et c'est pour cette raison que Mikhail Mikhailovitch pensait qu'on l'avait mis sous surveillance ?

— Oui.

— Je ne savais même pas qu'il était juif.

— Oh ! Milioukine, ce n'était pas son vrai nom. Son vrai nom, c'était Berdichevski. Quand il est venu vivre à Leningrad en 1979, il en a changé pour éviter la discrimination. À cette époque-là, c'était dur pour un juif d'écrire quoi que ce soit. La presse russe – en particulier la *Gazette littéraire de Russie* – est encore tout à fait antisémite. Même à présent, plus de dix ans après. Ils en sont encore à dire que Lénine était juif. Vous ne remarquez pas ces choses-là ?

— Je les remarque.

— Et alors ?

Grouchko haussa les épaules.

— C'est la Russie. C'est le berceau des théories sur la conspiration.

Il n'aimait guère qu'on l'oblige à donner ses opinions. Il avait le sentiment de savoir où étaient le bien et le mal, mais c'était une affaire entre lui et sa conscience. Il dissimula son froncement de sourcils irrité en tirant avec vigueur sur le dernier millimètre de sa cigarette.

— Vous connaissez bien Mme Milioukina ? demanda-t-il.

— Presque pas. Pourquoi ?

— Oh ! je me demandais juste pourquoi elle n'avait pas pensé à me raconter tout ça elle-même. (Il secoua la tête. La dernière bouffée avait été plus forte que prévu.) C'est triste, vraiment. Quand j'ai lu les lettres qu'il recevait, hier soir, j'ai pensé que j'avais abordé toutes les formes de haine possibles à l'égard de cet homme. Et maintenant, j'en découvre une autre, dans ma propre cour, dont je n'avais même pas idée : celle du Département.

Petrakov haussa ses sourcils en forme de brosse à dents.

— Ouais, eh bien, si vous prenez le temps de dresser la liste de tous ceux qui en voulaient à Mikhail, n'oubliez pas l'armée. Ses prises de position précoces contre la guerre en Afghanistan lui ont valu beaucoup d'ennemis. Beaucoup d'amis aussi, il faut le reconnaître. Mais personne ne vous traque jamais juste pour vous serrer la main et vous taper dans le dos. Pas en Russie, en tout cas.

Il jeta un coup d'œil sur sa montre et se leva.

— On ferait mieux d'y aller.

Grouchko suivit Petrakov hors de la pièce.

Une fois que les maquilleurs eurent fait de leur mieux pour adoucir la figure en coup de poing de Grouchko, celui-ci attendit dans le petit salon jusqu'à ce que Zverkov vienne lui parler.

C'était un homme séduisant, pas rasé, du genre macho. Vêtu d'un blouson de cuir élégant et d'un pantalon en jean, il ressemblait comme deux gouttes d'eau à un de ces « hommes d'affaires » qu'on peut rencontrer au marché Deviatkino. Mais ce qu'il y avait d'encore pire, c'était que Zverkov était arrogant à la manière de ceux qui se prennent pour des « créatifs ». S'il avait été Nijinski, il n'aurait pas eu meilleure opinion de lui-même. Il ne tendit pas la main à Grouchko et l'hospitalité du studio ne dépassa pas l'offre d'un verre de thé. Zverkov professait l'opinion que la milice avait bien plus besoin de son émission que lui n'avait besoin de la milice.

Cela ne s'était pas toujours passé ainsi. C'était Grouchko qui, le premier, avait demandé à Zverkov de venir filmer le lieu d'un crime, dans l'espoir de pousser le public à fournir des informations. Il avait à peine pris conscience que c'était sur cette base que Zverkov avait créé tout un style de journalisme télévisuel. De façon plus claire, cela signifiait qu'il fallait se trouver le plus près possible et le plus vite possible des auteurs et des victimes d'un crime. Rien n'était caché pour la caméra de l'équipe de tournage extérieur de Zverkov, avec le microphone de Zverkov qui était sur place pour enregistrer leurs plaintes, leurs confessions, leurs cris de douleur et assez souvent, leur dernier souffle. On appelait ça du réalisme. De la pornographie, disaient d'autres. Quoi qu'il en soit, Grouchko appréciait encore moins le travail de Zverkov que ses manières.

— Nous allons montrer quelques extraits des documentaires de Milioukine, expliqua Zverkov d'une voix calme. Et puis je vous demanderai de dire quelques mots sur les circonstances de sa mort, de lancer un appel à information. Vous voyez ce que je veux dire ?

— Le contraire serait étonnant, répondit Grouchko. (Il commençait à avoir un mauvais pressentiment à propos de cette interview.) C'est moi qui vous ai poussé à faire ce genre de choses.

Zverkov hocha la tête d'un air morne. Quelques minutes plus tard, Grouchko prenait place à côté de Zverkov et regardait la courte bande vidéo montée sur Milioukine : on le voyait en train d'interviewer ceux qui font du marché noir, des prostituées et en général, les gens dont on ne souhaite pas entendre parler ; on voyait des clichés de Tchernobyl après l'accident du réacteur nucléaire ; on le voyait, le visage baigné de larmes, traversant une salle d'hôpital pleine de pompiers atteints par des radiations mortelles ; on le voyait parler à des gens en train de faire la queue pour acheter de la viande à l'extérieur du supermarché d'État ; et enfin, on le voyait s'adresser directement à la caméra dans le grand hall de l'immeuble Smolny, là où la victoire de la révolution socialiste avait été proclamée la nuit du 25 au 26 octobre 1917.

De son vivant, Mikhail Milioukine avait été un homme de petite taille, à l'air vif, avec des cheveux noirs et bouclés, un visage de rongeur et, d'après ce dont Grouchko se souvenait, un nez assez violacé, un nez d'alcoolique. À le voir, on aurait dit une personnalité peu engageante, quelqu'un qu'on aurait pu trouver en train de brasser des paperasses dans quelque service oublié au fond d'un ministère. Mais si on l'avait tant aimé, c'était grâce à son humour décapant et son honnêteté obstinée, et pas à cause de son apparence. Tandis que Grouchko regardait la bande vidéo, il se dit que la sincérité habituelle de Milioukine était teintée d'un tel pessimisme qu'il n'était pas impossible de penser qu'il savait qu'il allait se faire tuer.

« Le besoin urgent de capitaux étrangers semble évident, disait Milioukine, mais qu'y a-t-il ici qui vaille la peine d'investir ? Nos usines sont désespérément dépassées. Nous manquons des rudiments de base d'une stabilité politique. Au niveau individuel, nous sommes dépourvus de quelque chose d'aussi banal qu'une éthique du travail : tout le monde connaît le proverbe « Ils font semblant de nous payer, et on fait semblant de travailler ». Mais même l'instinct humain le plus primaire – le profit – semble manquer à tout le monde, si ce n'est à une petite fraction de la société, qui ne respecte pas toujours la loi. Après soixante-dix ans de ceci (là, Milioukine fit un geste de la main en direction de l'énorme portrait de Lénine qui dominait le hall vide), beaucoup de gens commencent à comprendre que la tâche de redévelopper la Russie n'est peut-être pas simplement ardue. Elle est peut-être devenue purement impossible. »

Le film s'achevait sur les images de la Volga noire en pleine forêt et plusieurs gros plans immondes des deux cadavres, qui étaient la marque du style « réaliste » de Zverkov.

Celui-ci arbora une expression sobre sur son visage artistiquement mal rasé, et détourna les yeux du moniteur pour les reporter sur la caméra.

— L'enquête sur le meurtre de Mikhail Mikhailovitch Milioukine est menée par le colonel Evgueni Grouchko, des services criminels du Bureau central des affaires intérieures.

Zverkov se tourna pour faire face à Grouchko.

— L'autre homme qu'on a trouvé mort avec Mikhail Milioukine, Vaja Ordzhonikidze : c'était un mafioso géorgien, n'est-ce pas ?

— C'est exact, répondit Grouchko, en se tortillant sur sa chaise pivotante.

— Et je crois qu'on a émis l'hypothèse que les deux hommes ont été tués parce qu'Ordzhonokidze fournissait des informations à Mikhail ?

— Eh bien, c'est une possibilité, admit Grouchko, mais il est encore trop tôt pour qu'on puisse se permettre de la confirmer. Évidemment, nous souhaiterions que qui que ce soit ayant vu ou ayant été en contact avec l'un de ces deux hommes récemment, vienne nous voir le plus vite possible. Nous aimerions parler à toute personne susceptible de nous éclairer sur la nature du lien qui les unissait.

Zverkov hocha la tête. Son somptueux blouson de cuir crissa quand il se pencha pour jeter un coup d'œil sur ses notes posées sur ses genoux.

— Je suis sûr que les gens feront le maximum pour aider à traîner ces assassins en justice, dit-il avec calme. Mais à présent, permettez-moi de vous poser une question. (Sa voix se durcit, devint encore plus agressive.) Que fait donc la milice de Saint-Pétersbourg pour aider les gens ? Quand allez-vous mettre un terme aux activités de la mafia dans cette ville ?

En dépit de l'intuition qu'il avait eue à propos de son apparition dans l'émission de Zverkov, Grouchko ne s'attendait pas à recevoir un tel paquet. Mais il fit de son mieux pour occuper le terrain.

— Si nous parvenons à écraser la mafia, ce ne pourra être qu'en unissant nos efforts, déclara-t-il froidement. Le peuple russe et la milice agissant ensemble. Pour que nous puissions condamner à coup sûr des chefs de la mafia, il faut que les gens soient prêts à venir témoigner afin...

— Quoi, êtes-vous en train de dire que la milice n'est pas capable de faire le travail seule ? le coupa Zverkov en souriant d'un air méprisant.

— Non, ce n'est pas du tout ce que j'étais en train de dire.

— Mais, n'est-ce pas un fait que les gens à l'intérieur de votre propre service pensent que la mafia est à présent tellement forte que toutes les tentatives pour la combattre sont d'emblée vouées à l'échec ?

— Il est vrai, reconnut Grouchko, qu'il y a de tels individus. Mais je n'en fais pas partie. Non, je suis plus optimiste à propos de...

— Bien, nous dormirons tous plus tranquillement au fond de nos lits cette nuit en sachant que vous vous sentez plus optimiste, colonel Grouchko. Mais sur quoi repose donc cet optimisme ? Le cognac géorgien ?

— Une seconde... gronda l'inspecteur.

— Non, c'est à vous d'attendre. (Zverkov criait presque.) Vos flics ne sont même pas capables d'empêcher la mafia de voler la nourriture gratuite fournie par la Communauté européenne.

— Le délit précis auquel je pense que vous faites allusion a été commis à Kiev, répondit Grouchko. Je ne vois pas comment vous pouvez tenir pour responsable de ce problème la milice de cette ville. Si vous voulez savoir ce qu'il advient de l'aide alimentaire qui arrive à Saint-Pétersbourg en provenance de l'Occident, je vous suggère d'aller le demander aux conseillers municipaux. Quant à vous, (Grouchko se pencha pour tâter le cuir du blouson de Zverkov), je suis persuadé que nous aimerions tous pouvoir nous offrir un beau blouson de cuir comme celui-ci. Combien a-t-il coûté ? Quinze ? Vingt mille roubles ? Cela représente deux ou trois ans de salaire pour un de mes hommes. Et vous avez le culot de me faire la leçon à propos de...

— Ce n'est pas le problème...

— C'est exactement le problème, rétorqua Grouchko, dont le visage s'empourprait davantage à chaque seconde. C'est exactement le problème. Si vous et vos semblables n'étiez pas aussi acharnés à mettre la main sur les vêtements et les marchandises de l'Occident, la mafia n'aurait aucune chance de succès. Vous ne pouvez pas condamner la milice parce qu'elle livre un combat perdu d'avance avec la mafia alors que, vous-même, vous faites du commerce avec ces criminels.

— Vous admettez donc que la bataille est perdue ?

— Je n'admets rien de cette sorte.

La discussion continua ainsi pendant plusieurs minutes jusqu'à ce que Grouchko, incapable de supporter plus longtemps les injures de Zverkov, arrache le micro de sa cravate, quitte le plateau et sorte des studios.

Plus tard, lorsque Grouchko regarda l'enregistrement chez lui avec sa femme et sa belle-mère, sa colère céda rapidement le pas à l'abattement quand il se mit à réfléchir à ce que le général Kornilov penserait de sa prestation.

— Eh bien, soupira-t-il, je me suis bien fait avoir, hein ?

Lena, la femme de Grouchko, eut tendance à voir le bon côté des choses.

— Mais tu avais raison, dit-elle. Ce que tu as dit à propos du fait que la population et la milice doivent agir ensemble si on veut arriver à écraser la mafia.

— Si on perd son calme, on perd la bataille, telle fut l'opinion de la mère de Lena.

— Ne t'inquiète pas, mon chéri, dit Lena. Personne n'aime cet homme en ce moment. Même pas maman. Pas vrai, maman ?

— Il ressemble à un *tchourki*, répondit la vieille femme. À un *tchourki* ou à un Juif... Un de ces cosmopolites apatrides.

— Maman, dit Lena en souriant gentiment, il ne faut pas dire des choses pareilles.

Grouchko se versa un verre d'eau-de-vie faite maison et la sirota lentement. Jusque-là, il n'avait rien distillé d'aussi douceâtre, fabriqué à partir de légumes qu'il faisait pousser dans la parcelle qu'il partageait avec un inspecteur de la brigade des mœurs, mais ça avait un goût trompeusement doux. Il aurait bien voulu faire pousser du maïs pour en faire de l'alcool, mais la gnôle de bette-rave et le vin de concombre qui étaient en train de fermenter dans des bouteilles en haut de la citerne des toilettes valaient mieux que de faire la queue pendant des heures pour acheter de la vodka dans les magasins d'État – quand il y en avait. Le peu de vodka qu'il parvenait à acheter, il le gardait en général pour faire du troc. Donc Grouchko sirotait son eau-de-vie, au moins heureux de savoir qu'il n'était pas en train de boire de l'alcool tiré de colle ou de dentifrice, et se dit que, de ce point de vue, il avait de la chance.

La porte d'entrée claqua. C'était Tania, la fille de Grouchko. Elle pénétra d'un pas vif dans le salon minuscule.

— On l'a loupé ? demanda-t-elle en regardant la télévision.

— J'aurais bien voulu, répondit Grouchko.

— C'était comment ?

— Ton père a perdu son sang-froid, dit Lena.

Tania n'eut pas l'air très étonné, pas plus qu'elle ne fut surprise de l'air dégoûté que prit son père quand Boris, son petit ami, pénétra à sa suite dans la pièce.

— Boris, dit Lena avec chaleur, quel plaisir de te voir.

Grouchko se contenta de grommeler. Il ne cachait pas son antipathie pour Boris. Ce n'était pas que les manières ou l'apparence du jeune homme lui parussent déplaisantes. Boris était aussi bien élévé que bien habillé. Il avait un bon métier, aussi. En tant que courtier à la bourse d'échange des marchandises et des matières premières de Saint-Pétersbourg, vendant et achetant de tout, depuis des langues de bœuf jusqu'à des wagons de chemin de fer, Boris gagnait beaucoup d'argent. Ce qui ennuyait Grouchko, c'était d'avoir découvert qu'une place à la bourse qui avait coûté jadis la somme renversante de cinquante mille roubles coûtait à présent la somme astronomique de six millions de roubles.

— Regardez ce que Boris m'a offert, dit Tania en ôtant le bouchon d'un flacon de parfum de chez Christian Dior et en le mettant sous le nez de sa mère.

— Hmm, c'est délicieux, dit Lena.

Grouchko prit son temps pour renifler le parfum. Une grande partie de ce qu'on vendait comme parfums français ou américains n'étaient pas plus authentiques qu'une bouteille de son vin de concombre. Mais pas en l'occurrence. Il hocha la tête d'un air approbateur.

— C'est du vrai, dit-il. En devises, n'est-ce pas, Boris ? En tout cas, ça a dû coûter beaucoup d'argent.

Boris haussa les épaules avec nervosité. Le père de Tania le rendait toujours nerveux.

— Non, dit-il, pas tant que ça en réalité.

— Tu m'étonnes, Boris, dit Grouchko. Raconte-moi : comment se passent les affaires à la bourse ? Le patrimoine de qui avez-vous vendu aujourd'hui ?

— Papa, je t'en prie, dit Tania.

— Eh bien, je ne peux pas me plaindre...

— Non, je ne pensais pas que tu avais de quoi, Boris. Oh oui ! tu t'en sortiras...

— Ça suffit, Papa, d'accord ?

— ... quoi qu'il nous arrive à nous.

— Evgueni Ivanovitch, dit Lena sévèrement, ça suffit.

Le téléphone se mit à sonner. Grouchko savait parfaitement qui l'appelait. L'espace d'un instant, il fut tenté de ne pas répondre, puis il comprit que tout le monde voulait qu'il y aille, rien que pour le faire sortir quelques minutes de la pièce. Il se dirigea vers l'entrée.

— Sauvé par le gong, dit Boris en souriant, puis il jeta un coup d'œil à sa montre en or. Bon, je crois que ferais mieux d'y aller.

— Je suis désolée pour Evgueni, dit Lena. Georgi Zverkov lui a fait passer un sale quart d'heure.

— Et c'est pour ça qu'il se venge sur nous tous, dit Tania.

Le téléphone se trouvait à côté de la porte d'entrée et Tania s'ingénia à embrasser Boris avec une passion décuplée avant de lui dire bonsoir, juste pour en faire profiter son père. Puis elle entra dans la chambre qu'elle partageait avec sa grand-mère et ferma la porte sans ajouter un mot. Grouchko raccrocha et revint dans le salon, où il vida son verre.

— Evgueni Ivanovitch, qu'est-ce qui te prend de temps en temps ?

— Je suis désolé, ma chérie. Je n'arrive pas à aimer ce type. Je ne peux pas me sortir de la tête qu'une place à la bourse vaut six millions de roubles. Six millions. Alors, où va-t-il chercher une telle somme ? Où peut-on se la procurer ?

Lena leva les yeux vers une petite reproduction d'icône accrochée au mur, comme si la Vierge et l'Enfant pouvaient lui suggérer une réponse capable de le satisfaire. Elle tenait à ce que Grouchko apprécie un homme aux perspectives d'avenir aussi brillantes que celles de Boris.

— Il l'a peut-être empruntée, suggéra-t-elle. À la Gosbank.

— Peut-être que je pourrais aller les voir moi-même ? répondit-il en riant, puis il se servit un autre verre d'eau-de-vie.

— Qui a téléphoné ?

— Le général Kornilov. Il s'est contenté de me dire qu'il fallait que je me présente au rapport demain matin dans son bureau, à la première heure. Et puis il a raccroché. (Grouchko avala la moitié de son verre.) Il va sûrement m'appliquer le même traitement : me faire raccrocher...

Kornilov n'était pas du genre à montrer qu'il était en colère, même quand il était furieux. Grouchko aurait préféré ça. Au moins, on sait où on en est avec un homme comme ça. Mais Kornilov demeurait aussi impénétrable qu'un champ d'herbe à bison.

Lorsque Grouchko se présenta à la porte du général, celui-ci hocha la tête en lui désignant la rangée de chaises devant lui et continua à remplir le mandat qu'il était en train d'écrire. Grouchko s'assit, se mit en quête d'une cigarette puis décida de s'abstenir. Peut-être valait-il mieux ne pas avoir l'air trop à l'aise après ce qui s'était passé. Enfin, Kornilov posa son stylo-plume et croisa les mains sur son buvard. Grouchko remarqua que les ongles de la main droite de Kornilov étaient telle-ment tachés de nicotine qu'ils avaient l'air d'être en bois, ce qui renforçait encore le sentiment de Grouchko, que Kornilov était dur et inhumain.

— Bon sang, pourquoi être allé faire cette remarque stupide à propos des conseillers muni-cipaux ?

Grouchko secoua la tête et s'agita, mal à l'aise sous le regard scrutateur de son supérieur. On disait que Kornilov avait une fois fait perdre conte-nance à Bobov, qui était autrefois le président du K.G.B. Grouchko n'avait aucun mal à le croire.

— Il essayait de me provoquer.

— Je dirais qu'il y a sacrément bien réussi, non ?

Kornilov alluma une des Boyards qu'il aimait fumer. Grouchko regarda ladite fumée s'enrouler autour de l'extrémité des doigts de Kornilov. Ce n'est pas du bois, pensa-t-il, plutôt du poisson fumé. Kornilov fumait ses propres doigts. Il se demanda à quoi pouvaient bien ressembler les poumons de cet homme-là.

— J'ai eu Borzov, du bureau du maire, au téléphone pendant un quart d'heure ce matin, grommela Kornilov. Il ne m'a pas caché les sentiments que lui a inspirés votre prestation, Grouchko.

Celui-ci tressaillit. Quand Kornilov l'appelait par son nom de famille, c'était toujours mauvais.

— C'est vrai, monsieur ?

— Il suggère que nous réglions cette affaire Milioukine le plus vite possible, afin de démontrer que nous sommes en train de gagner la guerre contre la mafia. Sinon...

— Borzov, ricana Grouchko. Ce crétin. Il y a quelques années à peine, Borzov racontait à tout le monde, Milioukine compris, que la mafia soviétique, ça n'existait pas.

— Sinon, répéta d'une voix plus forte Kornilov, les choses pourraient se gâter pour nous au moment du vote du budget. Je n'ai pas vraiment besoin de vous rappeler les coupes sombres avec lesquelles nous devons déjà nous débrouiller. Essence, papier, menottes, photocopieurs, pour ne rien dire d'équipements adaptés aux loisirs des policiers en repos.

— Non, monsieur.

— Je veux des résultats, Grouchko. Et je les veux vite. C'est clair ?

— Oui, monsieur.

Kornilov reprit son stylo-plume. Ses doigts jaunis se remirent à écrire.

— C'est tout, murmura-t-il.

9

Une fois que le vieil homme, qui s'appelait Sémionov, eut répondu à toutes nos questions, Sacha le remercia d'être venu et, souhaitant lui faire un petit plaisir, lui demanda comment il avait acquis l'impressionnante rangée de décorations qu'il arborait sur sa veste.

— Pendant le siège de la ville, répondit le vieil homme. J'étais sur les hauteurs de Pulkovo. Pendant quatre ans, à affronter la 18e armée allemande. La plupart de mes décorations, je les ai eues en service. Mais celle-ci, on me l'a donnée parce que j'ai dirigé l'exécution de huit officiers allemands. Nous avions construit un gibet, ici même, en plein cœur de Leningrad, et après un semblant de procès, nous les avons mis dans quatre camions, deux par véhicule, garés sous la poutre et là, nous les avons pendus. La moitié de Leningrad est venue regarder. (Le vieil homme eut un sourire carié.) C'était la première distraction convenable qu'avaient les gens depuis trois ans.

Sacha hocha la tête d'un air poli, mais je vis bien qu'il était choqué. Aucun d'entre nous n'était assez âgé pour concevoir le siège, qui avait duré neuf cents jours et où plus d'un million d'habitants de Leningrad avaient péri, autrement que sous la forme de statistiques morbides, dont l'histoire amère de notre pays est truffée. Distrait de ses enquêtes téléphoniques incessantes par l'histoire du vieux Sémionov, Andrei hocha la tête d'un air lugubre.

— Quand même, je suppose qu'ils le méritaient.

— Ça, c'est sûr, dit Sémionov. C'étaient des criminels de guerre. La seule chose que je regrette, c'est qu'on n'en ait pas pendu davantage.

Grouchko émergea du bureau du général Kornilov où il venait de se faire passer un savon et se tourna vers Andrei, le visage cramoisi.

— Tu n'as pas encore fini de passer ces coups de fil ? aboya-t-il. C'est quoi, ton problème ? Tu as les manches trop longues ou quoi ?

Je souris. Les manches beaucoup plus longues que les bras de celui qui les portait étaient la marque d'un privilège particulièrement prisé des tsars, parce que cela montrait qu'ils ne travaillaient pas.

Andrei prit le téléphone et éteignit sa cigarette.

— Non, monsieur.

— Alors, continue donc. Et où est Nicolaï Vladimirovitch ?

Je me levai et je m'avançai vers lui. Je m'apprêtais à rappeler à Grouchko que Nicolaï et Alek Svridigailov avaient passé la moitié de la nuit à surveiller la bande de Géorgiens au Pribaltskaia, quand les deux hommes apparurent dans le couloir, juste derrière lui.

— Mais, bon sang, où étiez-vous donc passés ? dit Grouchko, mais avant même que l'un d'entre eux ait le temps de répondre, il se tourna vers moi. Et qui est ce héros de l'Union soviétique avec Sacha ?

— M. Sémionov, dis-je. Il pense qu'il a vu Milioukine la nuit où celui-ci a été tué.

— Mais bon sang, pourquoi est-ce que personne ne me tient au courant de ce qui se passe ici ?

S'avançant vers le vieil homme, il se plaqua une espèce de sourire renfrogné sur le visage.

— Bonjour, monsieur. Je suis le colonel Grouchko.

Le vieil homme se leva à moitié de sa chaise et toucha son front de l'index en manière de salut.

— Oui, dit-il. Je sais. Vous êtes passé à la télévision hier soir. Je vous ai vu. C'est pour ça que je suis venu.

Grouchko tressaillit à ce souvenir, et je vis Nicolaï et Sacha échanger un sourire.

— Il paraît que vous pensez avoir vu Mikhail Milioukine la nuit où il a été assassiné.

— C'est ce que j'étais en train de raconter à ces deux inspecteurs, répondit Sémionov. J'étais au restaurant Poltava, à la forteresse Pierre-et-Paul, en train de dîner avec des vieux amis de l'armée. Nous avons fait le siège ensemble, vous savez, et nous nous réunissons toujours à cette époque de l'année. Bien sûr, le Poltava est cher, et donc, nous sommes obligés d'économiser, mais ça vaut toujours le coup.

Grouchko hocha patiemment la tête.

— Milioukine était à une autre table et il avait l'air d'attendre quelqu'un.

— À quel moment était-ce exactement ?

— Eh bien, nous sommes arrivés là-bas vers 20 heures. Et d'après moi, il est arrivé peu de temps après nous. Il a attendu pendant près de deux heures, jusqu'à environ 22 heures.

Sémionov remonta sa manche sur son bras osseux, révélant une montre de l'armée toute neuve, semblable à celle qu'on peut acheter à n'importe quel trafiquant au coin de la rue.

— Je suis sûr des heures, parce que ma fille m'a offert cette montre pour mon anniversaire et que je n'ai pas cessé de la regarder pendant toute la soirée. En tout cas, celui que M. Milioukine attendait ne s'est pas montré. Lui aussi, il n'arrêtait pas de regarder sa montre. C'est à cause de ça que je l'ai remarqué. Je me suis demandé si, lui aussi, il avait une nouvelle montre.

— Et vous êtes sûr que c'était lui ?

Le téléphone sonna et Andrei décrocha.

— Oh oui ! dit Sémionov. C'était lui, sans aucun doute. Lui aussi, il passe à la télévision. Et je n'oublie jamais un visage que j'ai vu à la télévision.

— Merci, monsieur Sémionov, dit Grouchko. Votre aide nous est d'un grand secours.

— Je connais ce restaurant, monsieur, dit Nicolaï.

— Ça ne m'étonne pas.

Couvrant de sa main le micro du téléphone, Andrei le tendit à Grouchko.

— J'ai un certain lieutenant Kodirev en ligne, expliqua-t-il. Du commissariat 59. Elle dit que Milioukine est venu déclarer un cambriolage là-bas, deux jours avant le meurtre.

— Mais bon sang, où étaient-ils donc tous passés ? dit Grouchko. En vacances ?

— Vous voulez lui parler ?

Grouchko attrapa le téléphone puis eut l'air de se raviser.

— Non, dit-il en jetant un coup d'œil sur sa montre. Dis-lui de me retrouver à l'adresse de Milioukine dans une demi-heure. On pourra passer là-bas en allant à ce restaurant, Nicolaï.

Pendant qu'Andrei transmettait le message, Grouchko me regardait d'un air interrogateur.

— Oui, je vais venir.

— On dirait qu'on a quelques pigeons qui rentrent au bercail, dit Nicolaï.

— Tu as une voiture, hein ? demanda Grouchko à Andrei dès que celui-ci eut fini de téléphoner.

— Oui, monsieur.

Il n'y avait pas à s'y tromper, la jeune voix d'Andreï était pleine d'entrain. Un peu plus tard, Nicolaï me raconta que c'était son premier mois à la Criminelle.

— Parfait. Parce que je veux te faire faire quelque chose. Je veux que tu ramènes M. Sémionov chez lui.

Le visage d'Andreï se ferma, mais il savait qu'il n'était pas question de discuter avec un homme comme Grouchko.

Le lieutenant Kodirev était une jeune femme séduisante d'une trentaine d'années, avec des cheveux sombres ramenés en chignon sur la nuque et les dents les plus saines que j'aie jamais vues dans une bouche russe. Personne ne va plus chez le dentiste de nos jours : le coût du moindre soin est carrément exorbitant et la plupart des gens s'arrangent avec les remèdes de bonne femme et les croyances populaires quand ils tombent malades.

Elle était en civil et même si Grouchko paraissait trop préoccupé pour prêter beaucoup d'attention à Kodirev, il était facile de voir que Nicolaï était très attiré par elle, lui ouvrant toutes les portes, comme s'il avait appris les bonnes manières à la cour du tsar.

— Y a-t-il longtemps que vous êtes dans la milice, lieutenant ? lui demanda-t-il tandis que nous grimpions tous les quatre jusqu'à l'appartement de Nina Milioukina.

— Quatre ans, répondit-elle. Avant, j'étais gymnaste dans l'équipe olympique.

Ce qui expliquait son allure générale particulièrement saine.

— Colonel Grouchko, dit-elle, j'ai découvert quelque chose d'autre.

— Quelque chose d'autre que vous aviez oublié ? Ou avez-vous l'intention de nous éblouir avec vos capacités d'enquêtrice par épisodes ?

— Non, monsieur, répondit-elle patiemment. Le fait est que je viens juste d'être nommée au commissariat 59 et il m'a fallu un peu de temps pour me repérer ici. J'ai découvert cette autre chose juste après avoir téléphoné à la Grande Maison.

Nous arrivions sur le palier devant l'appartement.

— Bien, de quoi s'agit-il ?

— Il y a environ trois mois, avant que je n'arrive au commissariat 59...

— Très bien, dit Grouchko, j'ai compris. Rien de tout cela n'est votre faute.

— Merci monsieur. Mikhail Milioukine est venu au poste et il a demandé la protection de la police. Il disait que la mafia le poursuivait. Il aurait obtenu cette protection, seulement, mon prédécesseur, le capitaine Stavrogine, a reçu l'ordre de ne pas accéder à sa demande.

— Reçu l'ordre ? De qui ?

— De quelqu'un au Département. Je ne sais pas pourquoi exactement. Mais la raison officielle, c'était qu'on ne doit pas accorder à un citoyen russe des privilèges particuliers.

— J'aimerais bien m'entretenir avec ce capitaine Stavrogine, dit Grouchko d'un air pensif.

— J'ai bien peur que ce ne soit impossible, monsieur, dit-elle. Il est mort d'un cancer du poumon, il y a quinze jours. C'est d'ailleurs la raison de mon transfert. Tout ce que je sais, c'est que lorsqu'il a informé M. Milioukine de cette décision, le capitaine lui a conseillé de louer les services d'un garde du corps privé.

— Et Milioukine l'a fait ? Il a loué les services d'un garde du corps privé ?

Kodirev eut une moue de ses lèvres voluptueuses.

— Ça n'en a pas l'air, monsieur, dit-elle.

Grouchko hocha la tête sèchement puis appuya sur le bouton, déclenchant une sonnerie bruyante.

Nina Milioukina n'eut pas l'air particulièrement réjoui de nous voir.

— Je suis navré de devoir encore une fois vous déranger, dit Grouchko. Juste quelques questions supplémentaires. Il n'y en a pas pour longtemps.

—Vous feriez mieux d'entrer, dit-elle en se reculant pour nous laisser passer.

Nous pénétrâmes dans le vestibule et là, nous attendîmes poliment tandis qu'elle verrouillait la porte derrière nous.

— Voulez-vous du thé ? proposa-t-elle en nous guidant vers la cuisine communautaire.

Je fus déçu par l'invitation. J'avais espéré avoir encore une fois l'occasion d'examiner l'intérieur du bureau-armoire pour revoir cette photo d'elle que Mikhail Milioukine avait punaisée sur son tableau d'affichage.

La cuisine était installée de façon ordinaire. Deux réfrigérateurs, deux cuisinières, deux éviers et, pendus au mur, deux bassines. Accroché au plafond, il y avait un grand séchoir en bois sur lequel était étendue la lessive du jour, si tant est qu'elle pouvait sécher dans ce vieil appartement humide. Un grand samovar de cuivre, tout bosselé, était posé sur une table en bois bien brossée et, dans un coin de la pièce, il y avait un chat noir, aussi gros et décrépit que le samovar. Nina Milioukina trouva des verres et versa du thé qu'elle distribua à la ronde.

— J'ai bien peur qu'il n'y ait ni sucre, ni lait, dit-elle.

Nous secouâmes tous la tête, comme s'il s'agissait d'une inconvenance.

— Deux jours avant qu'il ne meure, commença Grouchko, Mikhail Mikhailovitch est allé déclarer un cambriolage.

Nina Milioukina redressa la tête et sourit.

— Un cambriolage ? Il n'y a pas eu de cambriolage ici. Vous avez sûrement remarqué la porte d'entrée ?

Le lieutenant Kodirev hocha la tête.

— D'après le rapport, M. Milioukine pensait qu'ils avaient réussi à entrer en se servant d'un trousseau de clés qu'il avait perdu.

— Oui, c'est vrai, il avait perdu ses clés, dit-elle pensivement.

— Apparemment, on a pris le trophée du Veau d'Or littéraire et cinquante roubles en liquide, dit Kodirev.

— C'est la première fois que j'entends parler de ça. Mais maintenant que vous me le dites, je m'étais effectivement posé la question à propos du Veau d'Or. Ça fait un moment que je ne l'ai pas vu. Quand bien même, je n'imagine pas que quelqu'un ait pu en avoir envie. Après tout, ce n'est pas de l'or. (Elle sourit tristement.) Sinon, nous l'aurions vendu.

— Eh bien en tout cas, celui qui l'a pris pensait manifestement que c'était du vrai, dit Grouchko. Est-ce que vous avez remarqué s'il manquait autre chose ?

Elle avala une gorgée de thé et secoua la tête sans dire un mot.

— Peut-être certains papiers ? Des bandes ?

— Comment est-ce que je le saurais ? Vous avez embarqué la plupart des affaires de Mikhail l'autre jour.

— Oui, c'est vrai, dit-il. Mais, avant ce moment-là ?

— Non.

— C'est du bon thé, dit Grouchko.

Je m'entendis grommeler un acquiescement.

— J'ai discuté avec Youri Petrakov à la Télé-vision de Saint-Pétersbourg l'autre jour.

— Oui, j'ai vu l'émission. Zverkov vous a fait passer un sale quart d'heure, n'est-ce pas ?

Nina souriait. J'eus presque l'impression que cela l'avait amusée : voir Grouchko se faire inter-roger.

— Zverkov est une brute, ajouta-t-elle. Mikhail ne l'a jamais aimé. Il disait que sous les appa-rences d'un individu favorable aux réformes, c'était en fait un pourri. Mais il n'y a qu'à regarder comment il travaille. Cet homme est un opportu-niste complet. Les gens ne l'intéressent abso-lument pas. Pour lui, ce ne sont que des histoires. Tout ce à quoi Zverkov s'intéresse, c'est Zverkov.

— Qu'est-ce qu'il pensait de Mikhail ?

— Entre eux, on peut dire qu'il n'y avait pas de gâchis de sentiment, dit-elle. Il y a deux ans, il y a eu une soirée organisée par la section de Leningrad du Fonds culturel soviétique, pour fêter le cinquantième anniversaire de la naissance de l'écrivain Josef Brodsky. Cela se tenait dans la bibliothèque publique de la place Ostrovskovo. À la fin, ils se sont bousculés mutuellement en échangeant quelques insultes. Zverkov avait dit quelque chose pour dénigrer Elstine. Que c'était un ivrogne ou une idiotie dans ce genre. Mikhail a traité Zverkov de fasciste. Il y a eu une bagarre et Mikhail s'est retrouvé avec un œil au beurre noir.

« Environ six mois plus tard, il y a eu un collo-que de trois jours à l'Académie des Sciences. (Elle eut un ricanement.) « L'homme dans un monde de dialogue » ou une bêtise dans ce genre-là. Et ils se sont encore pris de bec. Je crois que c'était à propos de l'indépendance de la Lituanie. Ou bien de la Lettonie ? Je ne m'en souviens plus. (Elle haussa les épaules.) De toute manière, qui s'en soucie ?

« Quoi qu'il en soit, personne n'a vraiment été blessé, mais Mikhail a flanqué un coup de pied dans la voiture de Zverkov et l'a abîmée. Depuis, plus rien. Ils ne se sont plus jamais parlé. Mais après l'échec du coup d'État en août, Mikhail n'a cessé d'intriguer pour qu'on se débarrasse de l'émission de Zverkov. Il disait que celui-ci avait été infiltré par le K.G.B. La seule raison qui ait poussé Mikhail à accepter un poste à la télévision nationale, c'était qu'il savait qu'ils envisageaient aussi Zverkov pour ce poste.

Grouchko demeura silencieux un moment, mais je savais à quoi il pensait : Zverkov avait-il suffisamment de raisons pour souhaiter la mort de Milioukine ?

— Je trouve extraordinaire qu'il n'ait rien dit de tout cela.

— Que peut-on attendre de la part d'un tel homme ? C'est un hypocrite, dit Nina.

— Youri Petrakov a dit que Mikhail s'était aperçu que votre téléphone avait été mis sur écoute par le K.G.B.

Nina haussa les épaules.

— Vous étiez au courant ?

— Oui.

— M. Petrakov a dit aussi que Mikhail pensait avoir été la cible d'une faction antisémite au sein du Département.

— C'est à eux que vous feriez mieux de poser la question, me semble-t-il.

Grouchko poussa un soupir.

— Madame Milioukina, j'essaye simplement de découvrir ce que croyait votre mari.

— Il croyait en toutes sortes de choses, colonel. Vraiment, vous n'en avez pas idée. D'une certaine manière, c'était quelqu'un de plutôt crédule pour un journaliste. Je suppose qu'il voulait que les choses soient vraies pour qu'il puisse écrire dessus. La guérison par la foi, par exemple. Savez-vous qu'il y croyait ? (Elle alluma une cigarette, et secoua la tête avec impatience.) De toute façon, à quoi ça sert de savoir en quoi il croyait, à présent ? Il est mort. Pourquoi ne pouvez-vous le laisser tranquille ?

— Ce qui paraît le plus important, riposta Grouchko, c'est de pincer les gens responsables de sa mort et de les punir.

Nina poussa un soupir théâtral et jeta un coup d'œil par la fenêtre crasseuse. Quand elle disait : « Pourquoi ne pouvez-vous le laisser tranquille ? » j'imaginais qu'elle voulait dire : « Pourquoi ne pouvez-vous *me* laisser tranquille ? » Mais Grouchko n'était pas du genre à se laisser décourager.

— A-t-il jamais parlé d'embaucher un garde du corps ?

— Un garde du corps ? répéta-t-elle en souriant. Regardez autour de vous, colonel. Nous ne sommes pas des gens riches. Nous n'avions même pas les moyens de nous payer une machine à laver, alors encore moins un garde du corps. Il s'agissait de Mikhail Milioukine, pas de Mikhail Gorbatchev.

Grouchko finit son thé et reposa le verre sur la table. Le chat avait quitté son coin. Il arqua son dos noir, avança sur ses pattes de velours et entoura de sa queue la jambe de pantalon de Nicolaï.

— Boulgakov, arrête, dit Nina en expédiant l'animal d'un coup de pied dans le couloir.

Elle aurait probablement aimé se débarrasser avec autant de facilité de la milice. Je souris intérieurement. Evidemment, un écrivain ne pouvait baptiser son chat d'un autre nom.

— Votre mari avait demandé à la milice locale de le protéger, vous savez, insista Grouchko.

— Alors, je ne vois vraiment pas pourquoi il aurait eu besoin d'embaucher un garde du corps, rétorqua Nina.

— La milice n'a pas pris sa demande en considération.

Nina lança à Grouchko un regard de vague désapprobation puis regarda de l'autre côté.

— Eh bien, j'imagine qu'il ne lui est même pas venu à l'idée de leur proposer de l'argent. Mikhail était parfois très naïf.

— Ce n'était pas une question d'argent, dit le lieutenant Kodirev.

— Non ? Alors, c'était une question de quoi ?

Kodirev ne répondit rien parce qu'elle se démenait pour trouver une explication qui aurait permis que son commissariat n'ait pas l'air de jouer les toutous du K.G.B.

— Je pense, dit-elle, que c'était simplement une question d'effectifs. La situation est déjà arrivée pratiquement à son point de rupture. Il y a des patrouilles de la milice qui ne quittent plus leurs commissariats parce qu'on manque de pièces de rechange, et...

— Maintenant, je comprends pourquoi vous vous déplacez à trois ou quatre, dit Nina. Ça économise de l'essence. Et ça permet de fournir des explications beaucoup plus facilement.

— Merci de nous avoir consacré du temps, répondit Grouchko d'un ton sec. Et merci pour votre thé.

Dès que nous nous retrouvâmes dehors, Grouchko tapa du poing sur le toit de sa voiture.

— Mais, bon sang, qu'est-ce qu'elle a, cette femme ? N'importe qui penserait que ça lui est égal, qu'on pince ou pas les assassins de son mari.

— Elle est bouleversée, dit Kodirev. Qui sait ? Peut-être qu'elle nous rend en partie responsables de sa mort. Parce que nous ne lui avons pas fourni de protection d'emblée.

— Et puis, dit Nicolaï, peut-être que tout simplement, elle n'aime pas la police. Ma femme est pareille.

— Si elle doit te supporter, je la comprends, dit Grouchko. Vous avez peut-être raison, lieutenant Kodirev, je ne sais pas. Pour l'instant, regardez si vous pouvez retrouver la trace du Veau d'Or. Avant Moïse.

— Pardon ?

— « Et il prit le veau d'or qu'ils avaient fabriqué, et le brûla jusqu'au cœur, et il le réduisit en poudre qu'il éparpilla à la surface des eaux et il demanda au peuple d'Israël de boire cette eau. »

Dressée sur une petite île au centre du delta de la Neva, la forteresse Pierre-et-Paul, vieille de trois cents ans, est le noyau autour duquel Saint-Pétersbourg s'était développé. Au moment où Grouchko s'engageait sur le pont Ivan, un pont de bois, pour se diriger vers l'entrée principale, on tira les coups de canon annonçant midi et instinctivement, nous vérifiâmes tous nos montres.

Cela semblait un drôle d'endroit pour ouvrir un restaurant. Il est vrai que les touristes fréquentaient beaucoup la forteresse, mais tant de gens avaient connu une fin tellement peu agréable entre ses murs de granit que je crois bien que j'en aurais eu l'appétit coupé.

Le restaurant Poltava, ainsi nommé d'après la bataille que Pierre le Grand remporta jadis sur les Suédois, était installé dans ce qui avait été jadis le mess des officiers. Nous grimpâmes l'escalier extérieur pour aller frapper à la lourde porte de bois. Le gros homme huileux qui ouvrit pratiquait visiblement l'obstruction systématique, sans aucun doute dans l'espoir que nous payerions davantage pour obtenir une table.

— Vous n'avez pas de chance aujourd'hui, dit-il. C'est complet.

Grouchko brandit sa plaque d'identité.

— Gardez ça pour les affamés, dit-il en se frayant un chemin à l'intérieur.

Le décor était plus dans le genre rustique que dans le genre militaire. Des vieilles gravures, y compris une qui représentait le mariage de Pierre le Grand, ornaient les murs d'une blancheur de neige sous des plafonds aux grosses poutres, d'où pendaient des lustres de fer forgé. Et dans l'air, flottait une odeur de pâtisserie qui faisait venir l'eau à la bouche.

— J'aimerais parler au gérant, s'il vous plaît, dit Grouchko.

— Je suis le gérant, répondit l'homme qui nous avait ouvert la porte.

Grouchko lui montra une photographie de Milioukine.

— L'avez-vous déjà vu ici ? Il s'appelle Mikhail Milioukine.

Le gérant prit la photo entre ses mains douteuses et la regarda attentivement pendant plusieurs secondes. Il secoua la tête.

— Trop mince pour être un de nos habitués.

— Nous pensons qu'il était ici il y a trois soirs.

— Si vous le dites.

— Il était censé retrouver quelqu'un, seulement l'autre n'est pas venu au rendez-vous.

— C'était une fille ? Parce qu'ici, nous avons beaucoup de couples d'amoureux.

— C'est justement ce que nous aimerions savoir, dit Grouchko. Peut-être pourriez-vous vérifier dans votre cahier de réservations ?

Le gérant nous mena dans un recoin où, sur une grande table de chêne, à côté d'un antique téléphone, il y avait un grand cahier recouvert de cuir. Il l'ouvrit, se lécha un doigt, tourna plusieurs pages en arrière puis fit courir le même doigt le long de la page, tachant ce qui était écrit au passage.

— Nous y voilà, dit-il. Oui, maintenant, je m'en souviens. Une table pour deux à 20 heures. Mais la réservation avait été faite au nom de « Béria ».

— Béria ? s'exclama Grouchko. Vous plaisantez ?

Le gérant tourna le cahier vers Grouchko.

— Voyez vous-même.

— Oui, vous avez raison. C'est juste que... C'était juste que Béria était le chef de la police secrète de Staline.

— Si vous le dites, répondit l'homme en haussant les épaules. Moi, je suis trop jeune pour m'en souvenir. Mais il vient toutes sortes de gens ici.

Pendant qu'il parlait, un homme au teint basané, de type méridional, avec une moustache tombante et un costume dernier cri sortit de la salle à manger, pour se diriger vers les toilettes.

Chaque crissement de ses chaussures de cuir verni suggérait qu'il appartenait à la mafia. Grouchko suivit l'homme des yeux – il l'aurait bien traité de *tchourki* – d'un air dégoûté.

— J'en jurerais, murmura-t-il, puis il tourna de nouveau son attention vers le cahier de réservations. Ce que je veux dire, c'est qu'il s'agit de toute évidence d'un nom d'emprunt.

— Ça n'est pas évident pour moi, dit le gérant.

— Comment la réservation a-t-elle été faite ?

— Par téléphone. Personne ne se déplace jamais pour réserver. Pas à moins d'être un habitué. Étant donné qu'on est sur une île, eh bien, on n'est pas exactement sur la route de quiconque.

Grouchko montra du doigt les lettres cyrilliques écrites au stylo bleu qui représentaient la réservation de M. Béria.

— C'est votre écriture ?

— Oui.

— Vous rappelez-vous quoi que ce soit concernant la personne qui a téléphoné ?

— C'était un homme, je suis au moins sûr de ça. (Il réfléchit un moment puis haussa les épaules.) À part ça, je ne me souviens de rien.

— Est-ce qu'il avait un accent ? Géorgien ? Tchétchène, peut-être ?

— Écoutez, je suis désolé, mais vraiment, je ne m'en souviens pas. Comme je vous le disais, nous voyons toutes sortes de gens ici.

— Lorsque M. Milioukine, l'homme de la photographie, est parti, est-ce qu'il a expliqué pourquoi l'autre homme n'était pas venu au rendez-vous ?

— Il a payé sa note et pris son manteau. Je l'ai aidé à l'enfiler. Je lui ai dit que j'espérais que nous le reverrions, et il a dit que lui aussi l'espérait. Je lui ai même ouvert la porte. Je pense qu'il était à pied – je veux dire, je ne me souviens pas avoir entendu une voiture démarrer.

— Bon, merci en tout cas, dit Grouchko.

— Eh bien, maintenant que vous êtes là, messieurs, pourquoi ne pas vous installer pour manger un petit morceau ? dit le gérant. Offert par la maison. Nous avons du potage Pierre fait maison...

— Du potage Pierre, répéta Nicolaï d'un air affamé. C'était ça que je sentais.

Le type de la mafia ressortit des toilettes.

— Non merci, dit Grouchko en regardant le type. En règle générale, nous préférons nous tenir à distance de nos clients pendant l'heure du déjeuner.

La déception se peignit sur le visage de Nicolaï, et à contrecœur, il nous suivit, Grouchko et moi, vers la sortie du Poltava.

Une fois dehors, Grouchko dévisagea carrément son imposant subalterne, comme s'il attendait de celui-ci une remarque désagréable pour avoir laissé échapper un repas gratuit.

— Alors ? finit-il par dire. Ton estomac ne nous fait pas de reproches ?

Nicolaï alluma une cigarette et contempla la flèche dorée de la cathédrale toute proche.

— Non, dit-il, vous aviez raison. La nourriture sentait meilleur que les clients. (Lentement, il resserra sa ceinture d'un cran.) Mais je n'ai pas peur de vous le dire, l'honnêteté, ça n'est pas de la tarte.

10

L'enquêteur ne peut se mettre au travail que lorsqu'un inspecteur a déclaré en bonne et due forme qu'un crime a été commis et qu'en conséquence, un homme doit être arrêté. Toute la procédure vient après cette déclaration qui tient en une phrase.

Après notre expédition au restaurant de la forteresse Pierre-et-Paul, je passai un après-midi fort occupé à établir plusieurs mandats d'amener pour deux inspecteurs du service de Grouchko. Une bande de Kazakhs s'était jetée sur des juifs qui s'apprêtaient à émigrer en Israël, les cambriolant la veille de leur départ, quand tous leurs biens étaient soigneusement – et, pour les voleurs, de façon bien pratique – rassemblés dans des cartons et des sacs. Un homme, qu'on surnommait « le Jars », avait tué une vieille femme juive de sang-froid, dans son appartement sur la perspective Bakounine, quand elle avait voulu résister à la bande.

Après avoir signé ces mandats d'amener, il fallait ensuite que je les justifie. Cela exigeait que j'établisse des mandats de perquisition au domicile des suspects et des protocoles relatifs aux interrogatoires. Pour fouiller l'appartement du « Jars » à la recherche des biens volés à la vieille femme, j'allais donc avoir besoin du mandat en rapport, qu'il fallait faire viser par le bureau du procureur de l'État. Je téléphonai alors à Vladimir Voznosenski puis je me rendis directement là-bas avec les deux inspecteurs dans leur voiture. Pour certains, toute cette procédure pouvait paraître assez bureaucratique, mais il ne faut pas oublier que l'enquêteur représente la meilleure garantie, pour un citoyen qu'on suspecte, que ses droits seront respectés.

Je n'étais pas revenu depuis bien longtemps à la Grande Maison que je reçus un coup de fil d'un vieil ami du G.U.I.T.I., le directeur en chef des établissements de redressement par le travail. Je lui avais téléphoné plus tôt ce jour-là pour vérifier où était Sultan Khadziev, le maquereau tchétchène que Mikhail Milioukine avait aidé à mettre à l'ombre. Mon ami, qui s'appelait Victor, avait réussi à découvrir que Khadziev avait purgé sa peine au Beregoi 16/2, un camp proche de la frontière kazakh, en Sibérie occidentale. Il téléphonait pour me dire que Sultan avait été relâché quatre semaines auparavant. Pour bonne conduite.

— Mais il n'avait pas dû faire la moitié de sa peine ! dis-je.

— Je ne comprends pas moi-même, répondit Victor. J'ai téléphoné au chef du camp et il m'a affirmé qu'il avait reçu un ordre de levée d'écrou, en bonne et due forme, autorisé par cette Direction. Crois-moi, j'ai tout à fait l'intention d'approfondir cette affaire.

— Est-ce que le commandant du camp sait où est parti Khadziev ?

— Apparemment, il a passé quelques jours à l'infirmerie, pour profiter des soins médicaux. Du train où vont les choses à l'extérieur de nos jours, quand on tombe malade, on a plus de chances de s'en tirer si on est un *zek*. Après ça, ils lui ont donné un chèque de salaire de soixante-quinze roubles et un billet de chemin de fer pour aller de Omsk jusqu'à Saint-Pétersbourg.

— Tiens-moi au courant de ce que tu découvriras, Victor.

Je m'apprêtais à appeler Grouchko pour lui faire part de ce que je venais d'apprendre quand le téléphone sonna de nouveau. Cette fois, c'était Nicolaï.

— Je suis en bas, expliqua-t-il. Il s'est passé quelque chose. Le patron veut savoir si vous pouvez venir avec nous.

— Je descends tout de suite.

Je trouvai Nicolaï, Sacha et Grouchko attendant dans la voiture de celui-ci dans la rue Kalaieva.

— On dirait bien que la guerre des gangs vient de commencer, dit Grouchko en tournant à gauche sur la perspective Liteiny. Deux mafiosi viennent de se faire tailler des costards en sapin.

Je leur parlai de Sultan Khadziev.

— Bonne conduite, hein ? dit-il. Eh bien, ça nous donnera un bon sujet de conversation une fois qu'on lui aura mis la main dessus et qu'on lui ouvrira tout notre sac à malices.

— Vous voulez qu'on le trouve, colonel ? demanda Nicolaï.

— À moins que tu n'aies oublié la triste défi-nition du métier d'inspecteur. Il ne reste plus qu'à espérer que ce n'est pas lui, la viande froide d'aujourd'hui.

Bordé par des immeubles et par l'hôtel Pulkovskaia, la place de la Victoire est en réalité un énorme rond-point à l'extrémité méridionale de la perspective Moscou. Une vaste zone pavée en forme de trou de serrure, semée de sculptures et marquant l'ancienne ligne du front de l'avancée nazie dans la ville, constitue un monument à la gloire des héroïques défenseurs de Leningrad. Au centre, se dresse à l'intérieur d'un cercle de gra-nit incomplet un obélisque de cinquante mètres de haut, à la base duquel on trouve un autre monument typiquement soviétique : un soldat de l'Armée rouge soutient une femme qui défaille de faim tandis qu'une épouse réconforte son mari blessé, et qu'une mère porte le corps sans vie de son enfant. Le jour du Souvenir ne datait que de deux semaines et on voyait encore plusieurs bouquets de fleurs au pied de ces silhouettes héroïques. À la base du socle de granit, reposaient les corps de deux hommes, hachés menu par une mitraillette au moins tout aussi destructrice que celle que portait le soldat de bronze. Chacun d'eux avait été touché quinze ou vingt fois, mais avant de s'enfuir, l'assassin, selon un témoin, s'était arrêté pour allumer une cigarette, prendre quelques fleurs sur le socle et les jeter sur les corps. Il y avait du sang partout, comme si quelqu'un avait lâché une barrique de cinq litres de vin du haut de l'obélisque. Un des deux cadavres tenait encore une poignée de dollars qu'il s'apprêtait à tendre à l'autre, tandis que les billets égarés volaient autour du cercle de pierre comme des feuilles mortes.

C'était vraiment de la viande froide, pensai-je. Il était difficile de penser à ces deux-là comme à des humains, à présent. Ils avaient l'air fin prêt pour le crochet du boucher.

L'homme accroché à ses dollars était basané, avec une moustache qui avait la même longueur, la même couleur et la même forme que ses sourcils. Dans la poche de poitrine de sa veste, il y avait une paire de lunettes de soleil genre aviateur et il avait fait un double nœud à sa cravate, ce qui la rendait trop étriquée, comme une cravate de collégien. Grouchko fouilla à l'intérieur de la veste tachée de sang de l'homme et en retira un portefeuille et une carte d'identité.

— Ramzan Doudaiev, dit-il. Ça ressemble bien à un nom tchétchène. Mais c'est difficile à dire avec ces salauds de *tchourki*.

Dans le portefeuille, il y avait plusieurs cartes de crédit volées et encore d'autres dollars, et Nicolaï découvrit un revolver coincé sous la ceinture en peau de serpent du cadavre.

— On n'est jamais trop prudent de nos jours, marmonna-t-il.

Le second homme était plus jeune, avec des cheveux hérissés et une barbe de plusieurs jours. Son costume en tissu léger était de meilleure coupe que celui de son ami, mais il n'était guère plus à l'épreuve des balles et il portait un gilet boutonné jusqu'en haut à la place d'une chemise et d'une cravate. Son portefeuille avait été proprement transpercé par une balle. Grouchko essaya de déchiffrer le nom inscrit sur la carte d'identité maculée de sang.

— Abu Sin... je ne sais quoi, dit-il. Sinbad, le marin sanglant.

Sacha avait récupéré un chapelet en perles d'ambre, une grosse liasse de roubles graisseuse, un cran d'arrêt et un petit étui à cigarettes avec l'image d'un mannequin nu gravée en relief sur le couvercle. Il ouvrit l'étui et renifla les cigarettes roulées qui s'y trouvaient.

— Des Kojaks, dit-il.

— Ces musulmans aiment le luxe, fit observer Grouchko.

Il se releva et se tourna vers moi.

— Alors, ça vous plaît, notre mafia de Saint-Pétersbourg ? Le tarif d'une tuerie de ce genre est de cinquante mille roubles. Ou dans les deux cent trente dollars, si vous voulez payer en devises. Pour un travail extérieur. Bien sûr, les Géorgiens ont très bien pu préférer régler ça eux-mêmes. Ils prennent leurs vengeances très au sérieux.

— Vous croyez que ce sont les deux types qui ont descendu Milioukine et Ordzhonikidze ? demandai-je.

Il prit son mouchoir pour essuyer le sang qui maculait le bout de ses doigts.

— À condition que les Géorgiens pensent effectivement que les Tchétchènes étaient derrière, non, j'estime que ces deux-là, ils les ont pris comme acompte. Au moins, jusqu'à ce qu'ils aient une idée plus précise sur l'identité de ceux qui ont descendu Vaja. Voyez-vous, avec la mafia, buter quelqu'un est presque aussi important que de buter la personne qui convient. Autrement, ça fait mauvais effet pour les affaires. C'est comme si on laissait les choses aller.

Je secouai la tête devant ce pur gâchis.

— Il vaut mieux que vous vous y fassiez. Vous pouvez être sûr que vous en verrez d'autres. (Il cracha généreusement, alluma une cigarette et se dirigea vers l'escalier qui permettait de sortir du cercle de pierre.) Et cela rend encore plus urgent de trouver Sultan Khadziev. Avant que les Géorgiens n'aient le temps de l'embarquer sur le même vol que ces deux-là.

— Sultan est un maquereau, monsieur, dit Nicolaï en le suivant. Y'a des chances qu'il se trouve une paire de putes et qu'il redémarre à zéro.

Pourquoi est-ce que Sacha et moi, on ferait pas des vérifications dans quelques hôtels ? Discuter avec des filles et leur faire pousser la chansonnette. Peut-être bien qu'elles pourraient nous indiquer la bonne direction.

— J'ai une meilleure idée, dit Grouchko. Vérifiez *tous* les hôtels.

Alors que nous débouchions sur l'esplanade, la camionnette du service scientifique du Bureau central s'arrêta près de l'entrée du cercle.

— Excusez-nous d'être en retard, monsieur, dit un des experts, mais notre camionnette est tombée en panne.

Grouchko haussa les épaules et continua son chemin. Quand il parvint à sa voiture, il jeta un coup d'œil circulaire sur le monument à la victoire.

— Avons-nous vraiment gagné ? dit-il en secouant tristement la tête. Ou les Frisés ont-ils simplement perdu ?

Grouchko avait raison en ce qui concerne l'ubiquité des meurtres de la mafia, quoique le suivant se produisît plus rapidement qu'on aurait pu s'y attendre. Moins de deux heures après être revenus à la Grande Maison, Grouchko et moi, nous fûmes appelés sur la scène d'un autre crime. Pendant ce temps, Nicolaï et Sacha étaient partis à la recherche de Sultan Khadziev.

Il était 19 heures quand nous parvînmes à la porte du monastère Alexandre Nevsky. À l'extérieur de l'hôtel Moskva, de l'autre côté de la rue, un petit orchestre de jazz jouait « When The Saints Go Marching In ».

— Tout à fait approprié, fit remarquer Grouchko.

Nous agitâmes nos plaques d'identité sous l'œil fatigué des jeunes miliciens qui tentaient de contenir une foule de badauds curieux, puis nous longeâmes une allée pavée de galets bordée par les murs de deux cimetières – le Lazarus et le Tivkin, où sont enterrés Dostoïevski, Rimsky-Korsakov et Tchaïkovski.

— Au moins, dit Grouchko tandis que nous approchions du monastère couleur terre-cuite construit de l'autre côté d'un petit fossé, vous ne pourrez pas dire qu'on ne vous aura pas montré notre magnifique ville.

Le petit pont qui traversait le fossé était plein d'experts et d'inspecteurs locaux. L'un d'entre eux, apercevant Grouchko, se détacha des autres et vint nous parler.

— Qu'est-ce que vous avez trouvé ? demanda Grouchko.

— Un autre *tchourki* assassiné, répondit négligemment l'inspecteur en crachant dans l'eau par-dessus le parapet. Celui-là ne remontera plus jamais l'avenue Rustaveli.

— Un Géorgien ?

L'inspecteur hocha la tête et nous conduisit sur le pont où, effondré contre un mur, avec un trou de la taille d'une soucoupe dans la poitrine, reposait le corps d'un jeune homme élégant.

— Il s'appelle Merab Lavrentivitch Zodelava, dit-il. Un dealer, apparemment. Ses poches étaient pleines. (Il nous montra un sac en plastique contenant beaucoup de pilules.) Amphétamines, je dirais. Les putes les achètent pour se tenir éveillées pendant les heures de travail. En tout cas, on dirait qu'il s'apprêtait à conclure une vente quand cet autre *tchourki* s'est amené et lui a fait éclater le caisson avec un canon scié. Il a tiré les deux coups, on dirait. Ça va faciliter l'autopsie, je suppose.

— Y a-t-il des témoins ?

— Juste celui-là. Mais ne vous excitez pas trop.

L'inspecteur désigna de la tête un vieil homme qui restait patiemment assis sur un cageot à bière vide, sous l'œil attentif d'un milicien. L'homme n'avait qu'une jambe.

— Vous voyez cette jambe unique ? dit-il. Eh bien, il n'a qu'un œil pour aller avec.

— Formidable, dit Grouchko.

— Il était là pour mendier quelques kopecks auprès des gens qui entrent dans la cathédrale. D'après moi, si le tueur n'a pas tiré sur ce vieil homme, c'est uniquement parce qu'il porte des lunettes noires. Il s'est dit que probablement, ça ne servirait à rien de descendre un aveugle.

— Il vous a fourni un signalement ? demanda Grouchko.

L'inspecteur ouvrit son calepin.

— Il n'y a pas grand-chose. Il n'a pas trop bien regardé parce qu'il avait peur de se prendre une volée de plomb. Bien habillé, âgé d'une trentaine d'années, cheveux sombres, moustache sombre, teint basané. (Il haussa les épaules.) Comme j'ai dit, un *tchourki*.

— Et l'arme ? demanda Grouchko. Il l'a emportée ?

L'inspecteur haussa les épaules.

— Faites quand même draguer le fossé, ordonna Grouchko, au cas où il l'aurait laissé tomber dedans. Et il vaut mieux vérifier dans les deux cimetières, si jamais il l'avait balancée par-dessus le mur.

— C'est quoi l'histoire, pour celui-là, monsieur ? demanda l'inspecteur. On a une autre guerre des gangs sur les bras ? Un des gars du service scientifique disait quelque chose à propos de deux Tchétchènes qui ont pris leurs tickets pour chez Allah cet après-midi.

— Je ne sais pas s'il s'agit ou non d'une guerre des gangs, répondit Grouchko, mais je sais que de là où vient ce type, il y a encore beaucoup de sang.

11

Le cortège funéraire de Vaja Ordzhonikidze représentait une petite fortune en véhicules automobiles : Mercedes, SAAB, Volvo, BMW – pas une seule de ces voitures n'aurait été à portée de bourse de tout un syndicat de miliciens, en supposant qu'ils ne soient pas corrompus. Pas dans cette vie.

Je repensai à ma vieille Volga toute cabossée, à Moscou, qui attendait une nouvelle tête de distributeur de l'usine à Nijni-Novgorod, et je maudis la chance qui avait fait de moi un homme honnête. Enfin, presque un homme honnête. L'honnêteté n'est pas toujours aussi facile à définir. La nature de ce que je fais exige parfois que j'aie, comme l'aurait dit Dostoïevski, un double, qui me permette de faire ce que l'autre partie de moi désapprouve, comme d'égarer une preuve ou de détourner les yeux de l'autre côté au moment propice. Ou de fouiller le bureau d'un homme pendant qu'il en est sorti afin d'essayer d'y trouver des traces de sa corruption : un carnet de banque, un nom dans un agenda, une lettre, une note d'un restaurant cher. Un homme qui peut très bien avoir travaillé à vos côtés et pensé que vous étiez son ami. Un mensonge peut parfois servir à faire éclater la vérité, bien que ça puisse être dur. Mais personne n'a jamais dit que le monde était parfait.

Les voitures descendirent la perspective Oktabrisky et se rassemblèrent à la porte du cimetière Smolenski. Plusieurs hommes bien bâtis, vêtus de costumes sombres et de chemises blanches, jaillirent des véhicules et examinèrent les alentours d'un air paranoïaque. Enfin persuadés qu'il n'y avait aucune menace planant dans les environs, ils firent sortir des voitures leurs chefs et leurs patrons, l'élite de la mafia géorgienne.

Postés de l'autre côté du canal, sur l'île du Décembriste, nous regardions l'enterrement géorgien à la jumelle – Nicolaï, Sacha, Dimitri, notre photographe, et moi-même. Grouchko fut le dernier à arriver, en compagnie de Kornilov.

Grouchko eut l'air extrêmement étonné de voir Dimitri et se pencha vers Sacha.

— Qui est-ce ? demanda-t-il. Où est Arcady, notre homme habituel ?

— Malade, dit Sacha. Voilà Dimitri.

Grouchko hocha la tête d'un air dubitatif et observa Dimitri, qui était en train de mettre au point un énorme téléobjectif.

— Ne vous inquiétez pas, monsieur, dit Sacha. Il faisait du travail de surveillance pour le K.G.B., mais il a été licencié.

— Ah ? Et qu'est-ce qu'il fait maintenant ?

— Surtout des mariages.

Grouchko poussa un soupir et leva ses jumelles.

— Des mariages, répéta-t-il d'un air sombre.

Un groupe de Géorgiens sortait Vaja du corbillard. Il reposait dans un cercueil ouvert, comme Lénine, couvert de fleurs. Ils le hissèrent sur leurs larges épaules ; précédé par un prêtre de l'Église orthodoxe géorgienne, qui lisait un livre de prières, tandis que son aide agitait un encensoir et qu'un troisième homme portait une icône, le cortège s'ébranla pour pénétrer dans le cimetière.

— Voilà Dzhumber Gankrelidze, dit Nicolaï. Celui qui redresse sa cravate. Le patron.

L'appareil de Dimitri ronflait sans discontinuer.

— Quel spectacle, fit remarquer le général. On ne dirait pas, à les voir, qu'ils considéraient Vaja comme un indic.

— Ce n'est rien comparé à l'enterrement du Petit Bohémien l'année dernière, à Sverdlovsk, dit Grouchko. Ils avaient transformé toute la ville en ville morte.

— Oui, dit Kornilov. Gregory Tsiganov. Par qui avait-il été tué ?

— Des Azerbaïdjanais.

— N'empêche, selon nos critères, c'est un sacré spectacle.

— Et puis, l'année d'avant, il y avait eu le frère de Bosenko.

— « Le Cygne Noir » ? J'avais oublié celui-là !

— Il avait été soufflé avec sa voiture, dit Grouchko. Il en restait à peine assez pour remplir une boîte à chaussures, alors pas question de cercueil, mais les Cosaques lui ont quand même offert des poignées en cuivre. (Il sourit.)

— D'accord, Evgueni, dit Kornilov. J'ai compris.

Il n'appréciait guère de recevoir des leçons de Grouchko.

— Est-ce qu'on sait où se tient la réception qui va suivre ?

— Nos informateurs nous ont dit qu'ils allaient dans un restaurant qui s'appelle « Tbilissi ». C'est un petit restaurant géorgien sur l'autre rive de la Neva, dans la Région de Petrogradski. J'ai fait équiper la salle de micros, juste au cas où ils diraient quoi que ce soit de cohérent.

Le cortège pénétra dans le cimetière et tous les hommes abaissèrent leurs jumelles. Dimitri commença à rembobiner sa pellicule.

— Et où est-ce qu'on en est avec le maquereau ? dit Kornilov en allumant une cigarette. Celui qui aurait pu avoir une dent contre Mikhail Milioukine. On a retrouvé sa trace ?

— Nous avons l'œil sur tous les hôtels de tourisme, répondit Grouchko. S'il se reconstitue un nouveau cheptel, alors on aura des chances de le trouver.

— Bien, parfait, ne faites pas traîner, Evgueni. Puisque vous avez évoqué Sverdlosk, souvenez-vous donc de ce qui s'y est passé. C'était une vraie guerre.

— Oui, monsieur.

— Ce qui m'intrigue, c'est comment il a réussi à sortir du trou si rapidement ?

— Selon mes contacts avec le G.U.I.T.I., dis-je, c'est quelqu'un du Département qui en a donné l'ordre.

— On a une idée de qui il s'agit ?

Je haussai les épaules en secouant la tête.

— Qu'est-ce qu'ils manigancent ? marmonna-t-il. Il ne nous reste plus qu'à espérer que vous avez raison en ce qui concerne ce Tchétchène, Evgueni. Sans lui, vous n'avez vraiment rien. Rien de rien.

Je me rendais compte que Grouchko n'aimait guère être tyrannisé par Kornilov devant nous, mais il se contenta de se mordre la lèvre en hochant la tête d'un air morne. Voilà pourquoi Nicolaï, Sacha, Andrei ou n'importe lequel de ses hommes acceptait les remontrances de Grouchko : ils savaient que lui-même subissait la même chose de la part de Kornilov.

— Au fait, dit celui-ci une fois que le cortège funèbre eut disparu. Cette icône qu'ils portaient. Ça représentait qui ?

Grouchko eut un sourire sans chaleur.

— Saint Georges, monsieur. Qui d'autre, pour des Géorgiens ?

Depuis l'époque de la Grande Catherine, sur l'emplacement de la Grande Maison, il y avait une prison. Après l'assassinat d'Alexandre II, cet emplacement, au numéro 6 perspective Liteiny, est devenu le quartier général de la police politique qu'on venait tout juste de créer, l'Okranka. Après qu'il eut été décidé que Leningrad ne serait plus la capitale du pays, le N.K.V.D. de la ville mit au point le complot pour assassiner Kirov, le rival de Staline, depuis les vieux bâtiments du numéro 6. Ensuite, on se servit de sa mort comme prétexte pour purger les instances locales du parti, et dans la foulée, celles du N.K.V.D. L'homme de confiance le plus célèbre de Staline, un Géorgien qui s'appelait Lavrenti Béria, a passé un temps considérable à travailler dans la Grande Maison qui venait alors d'être construite. Son bureau et sa machine à écrire étaient d'ailleurs toujours en usage. Cela n'étonnait personne quand on racontait en plaisantant que du haut de l'immeuble, on pouvait voir Solovki, le camp de travail le plus connu de tous les camps de Staline au bord du canal de la mer Blanche, où des centaines de milliers de gens avaient trouvé la mort ; et il était parfaitement approprié que le Département, même dans sa forme tronquée post-Parti, même si ce n'était plus que le service de sécurité russe, occupe les deux étages supérieurs du bâtiment.

Grouchko, tout en descendant le couloir, se disait que même à présent, alors que le Parti était mort, la situation n'en demeurait pas moins plus confortable pour le K.G.B. que pour ses parents pauvres des étages inférieurs. Il y avait là-haut des serviettes propres, du savon et du papier hygiénique dans les toilettes. Le sol était recouvert d'épais tapis bleus au lieu d'un linoléum marron et sale, et dans chaque bureau, on trouvait des ordinateurs, des fax et des photocopieurs.

Il pénétra dans un bureau où une femme âgée d'une quarantaine d'années, aux cheveux roux coupés court et vêtue d'un élégant tailleur bleu, était en train de descendre des livres d'une étagère pour les ranger dans des cartons. Vera Andreieva ressemblait plus à une journaliste de la télévision qu'à un major du K.G.B.

— Que se passe-t-il ? demanda Grouchko. Vous emménagez dans des locaux plus agréables ?

Andreieva sourit de la petite remarque ironique de Grouchko.

— C'est exactement ce que je fais, dit-elle. Je quitte le Département, Evgueni. En tout cas, ce qu'il en reste.

— Tu pars ? Ils ne se débarrassent quand même pas aussi de toi, Vera Fiodorovna ? Moi qui pensais que le Département allait utiliser ses meilleurs éléments pour combattre le crime organisé et la corruption économique.

— Oh ! c'est ce qu'ils font. Mais c'est aussi comme ça dans l'armée. Et dans la marine. Et d'après ce que je sais, également dans l'aviation. Et nous sommes tous à la recherche d'un nouveau rôle à jouer dans la vie. Et à nous marcher sur les pieds. (Elle secoua la tête.) Ce n'était pas Tchékov qui disait que lorsqu'on propose énormément de remèdes contre une maladie, c'est qu'on ne peut pas la guérir ?

— Je n'ai jamais beaucoup apprécié Tchékov, répondit Grouchko, qui saisit un livre sur son bureau. *Réformer l'économie soviétique : l'égalité opposée à l'efficacité.* (Il en prit un autre.) *La Nature et la logique du capitalisme.* Alors, tu t'en vas, Vera ? Qu'est-ce que tu vas faire ?

— On m'a proposé un poste dans une société de joint-venture russo-américaine, répondit-elle d'un air heureux. Ils ont décidé d'ouvrir une chaîne de restaurants d'authentiques hamburgers dans toute la Russie. Je suis responsable du recrutement.

— Une ex-major du K.G.B. responsable du recrutement ? Logique.

Vera se tourna vers Grouchko et le regarda, comme si elle prenait sa mesure.

— Je me demandais... dit-elle d'un air songeur.

— Quoi ?

— Et toi, Evgueni ? Est-ce que ça te plairait d'assurer la sécurité dans cette entreprise ? Un homme comme toi pourrait être très utile. Le prix de la viande étant ce qu'il est, la sécurité va être l'une de nos préoccupations majeures.

— Oh ! je n'en doute pas, répondit Grouchko en souriant. Mais tu parles sérieusement, hein ?

— Pourquoi pas ? Pense simplement à la paie. Tu sais ce que le Département va me donner le jour où je partirai en retraite ? Sept cent cinquante roubles par mois. Tu sais combien je gagne dans cette société de joint-venture ?

— Je t'en prie, ne me le dis pas.

— Trente mille roubles par mois. C'est quarante fois plus.

Grouchko eut un pâle sourire.

— Autant qu'un mineur, dit-il en plaisantant (tout en sachant que c'était de lui-même qu'il riait : depuis que les mineurs s'étaient mis en grève, ils gagnaient effectivement trente mille roubles par mois).

— Quelqu'un avec ton expérience peut sans aucun doute prétendre au même salaire.

— Qu'est-ce que je pourrais bien faire de tout cet argent ?

— Te connaissant comme je te connais, Evgueni Ivanovitch, toi, rien. Mais ta femme – ça, c'est une autre histoire. Je ne doute pas qu'elle trouve de multiples moyens de le dépenser. Même dans les magasins d'État.

— Il devient maintenant visible et même aveuglant pour nos yeux que l'énigme du fétichisme de l'argent est en fait l'énigme du fétichisme des marchandises.

Vera eut l'air interloquée.

— Je n'aurais jamais pensé que je vivrais suffisamment pour entendre ça, dit-elle. Toi, citer Marx...

— Impossible de me souvenir d'une quelconque citation de Tchékov. Écoute, Vera, merci pour ta proposition, mais je ne suis pas là pour parler de moi.

— Tu veux tout savoir sur tes Géorgiens, c'est ça ? Bon, j'ai eu une petite conversation avec nos amis du septième C.D. et la surveillance est en place. Donc, tu peux te détendre.

— Et toutes les informations concernant Mikhail Milioukine ?

Vera Andreieva posa un autre carton sur le bureau.

— Cassettes, transcriptions, dossiers, tout, comme tu l'as demandé.

Grouchko jeta un coup d'œil curieux dans le carton.

— Mais pourquoi est-ce qu'on a enregistré ses appels téléphoniques ? demanda-t-il. Je veux dire, pourquoi maintenant ?

Elle haussa les épaules.

— Oh ! je dirais plutôt que ça a toujours été en place et que personne n'a pensé à le supprimer. Les choses se passent un peu de cette manière en ce moment : on est embarqué dans un avion branché sur pilotage automatique, seulement le capitaine a déjà sauté en parachute. (Elle souleva toute une brassée de livres qu'elle laissa tomber dans un autre carton.) Bon, eh bien, maintenant, c'est mon tour.

— Et est-ce que cela signifie que tu peux parler librement ?

Le ton de Grouchko était prudent.

Andreieva alluma une cigarette et s'assit sur le bord de son bureau.

— Mets-moi à l'épreuve.

— Tes collègues...

— Correction : mes ex-collègues...

— Est-ce que tu dirais qu'il y en a beaucoup qui sont antisémites ?

— Le Département est bien fourni en préjugés, Evgueni. Exactement comme partout ailleurs.

— Très bien alors, permets-moi de te demander ceci : y a-t-il qui que ce soit ici qui ait pu avoir une dent contre Mikhail Milioukine ?

— Au point de le tuer ? Non, je ne crois pas.

— Au point de lui faire peur et de le harceler, peut-être ?

Elle y réfléchit attentivement pendant une minute.

— Je ne pourrai pas le répéter devant qui que ce soit. Du moins, pas devant un enquêteur.

Grouchko hocha la tête.

— Alors entre toi et moi, dit-il.

— Très bien. Je crois qu'il y a quelqu'un au deuxième C.D. qui a tenté de persuader Milioukine d'espionner un couple de journalistes anglais. Je pense qu'il a dû lui faire subir quelques pressions. (Elle haussa les épaules.) C'est comme ça qu'ils travaillent, évidemment. Mais pas ce que tu suggères. De toute façon, maintenant, ils sont partis. L'officier et les deux journalistes.

Vera Andreieva ramassa une élégante serviette flambant neuve en peau de porc et elle en sortit un exemplaire d'*Ogoniok*. Sur la couverture, il y avait la photo de Milioukine.

— Tu sais, il y avait beaucoup de gens dans ce Département qui admiraient Milioukine, dit-elle. Y compris moi.

— Mais toi, tu t'en vas, dit Grouchko. Ce ne serait pas la première fois que ce Département se débarrasse de ses libéraux.

— La moitié du K.G.B. va partir à la recherche d'un autre travail, répéta-t-elle avec insistance. Maintenant, ce n'est plus la politique qui mène le système. C'est le Fonds Monétaire International.

— Tu en sais sûrement davantage que moi sur le sujet.

Il ramassa le carton rempli des documents concernant Mikhail Milioukine et se dirigea vers la porte.

— Merci pour tout ça. Et bonne chance avec les hamburgers.

— Promets-moi de repenser à ce que je t'ai dit, rétorqua-t-elle.

Grouchko hocha la tête.

— Je te le promets. Mais si le chomâge est sur le point de subir une très forte hausse, alors, voilà de bonnes nouvelles pour la mafia. De la façon dont les choses se dessinent, Saint-Pétersbourg ressemblera bientôt à Chicago dans les années vingt. (Il sourit.) Et ce ne sera pas une vraie histoire s'il n'y a pas d'Elliot Ness.

Ce fut au moment de quitter la synagogue sur la perspective Lermontovski, après le service funèbre célébré pour son mari, que je m'aperçus pour la première fois de la beauté de Nina Milioukina. Dépassant d'une tête les amis et les parents qui l'entouraient, elle attendait les voitures qui devaient nous emmener au cimetière Volkov ; elle ne pleurait pas, mais son visage avait une expression de tristesse comme je n'en avais jamais vu. Jusque-là, j'avais pensé qu'elle avait simplement l'air intelligent. À présent, j'étais frappé par quelque chose de plus distingué, et même aristocratique, comme une princesse Romanov échappée de cette vieille tragédie, disparue depuis longtemps. Voilà une façon étrange de s'exprimer pour un juriste, mais il faut bien que je le dise, parce que ceci n'est pas seulement l'histoire de Grouchko, c'est aussi la mienne.

J'ignore si Grouchko était venu ou non à la synagogue, car je ne l'avais pas vu jusqu'à ce qu'on arrive au cimetière ; ce qui n'avait rien d'étonnant, car la foule était nombreuse, constituée en majorité par des lecteurs de Milioukine, venus lui présenter leurs respects. Même le maire de Saint-Pétersbourg s'était déplacé, après que son administration eut autorisé l'enterrement dans un des cimetières les plus anciens et les moins accessibles de la ville, là où reposent quelques-uns des meilleurs écrivains de notre pays : Belinsky, Blok, Tourgueniev et Kouprine.

On n'aurait pu imaginer enterrement plus différent de celui du Géorgien. La contribution de l'État – cent roubles – n'était rien en regard du coût du moins cher des cercueils : à deux mille roubles, on avait du mal à en trouver un, et si Grouchko n'avait pas organisé une collecte dans la Grande Maison, Nina Milioukina aurait sûrement été obligée de louer un cercueil pour amener son mari jusqu'au cimetière Volkov et ensuite de transférer le corps dans un sac en plastique pour l'enterrement réel. Aucune des voitures présentes, avec une petite exception pour la Zil du maire, ne provoquait beaucoup d'intérêt. Il n'y avait pas une seule couronne mortuaire, on ne voyait que des œillets isolés. Mais il n'y avait pas à s'y tromper, tous les gens qui se trouvaient là par ce chaud après-midi de juin étaient vraiment très malheureux.

Ensuite, tandis que la foule s'éloignait lentement, Nina resta debout à côté de la tombe de son mari, à regarder les fossoyeurs qui commençaient à la combler.

Grouchko s'adressa à Nicolaï, Sacha et moi.

—Attendez dans la voiture. Je vais essayer d'échanger quelques mots avec elle. S'il y a des choses qu'elle nous cache, maintenant, c'est le moment de lui faire subir quelques pressions.

Cela me parut manquer de sensibilité, mais je ne dis rien tant que nous n'eûmes pas regagné tous les trois la voiture.

— Comment peut-il faire une chose pareille ? demandai-je. Elle a quand même droit à un peu d'intimité pendant l'enterrement de son mari, non ?

Nicolaï me montra l'équipe de télévision qui avait couvert l'événement et qui était en train de charger son matériel dans une camionnette.

— Quelle intimité ? demanda-t-il.

— Non, il a raison, dit Sacha. Grouchko peut être un vrai salaud, de temps en temps.

Nicolaï fit la moue et alluma une cigarette.

— Je vais vous dire une bonne chose, dit-il. J'ai jamais rencontré un flic aussi réglo. S'il me disait qu'il pense que le patriarche lui-même était un escroc, alors, je le croirais. Si Grouchko estime qu'elle a besoin qu'on la mette un peu sous pression, alors, moi ça me suffit. En plus, ajouta-t-il, si elle ne nous a pas raconté toute l'histoire, c'est maintenant le meilleur moyen pour lui faire tout cracher. Quand elle se sent vulnérable. Personne ne peut dire combien de temps une femme comme celle-là est capable de nous faire tourner en bourrique.

Grouchko trouva Nina qui déambulait seule dans l'allée des Poètes.

— Puis-je vous parler ?

— Nous sommes dans un pays libre, à présent, soupira-t-elle. Enfin, à ce qu'il paraît.

Il prit une profonde inspiration et lui assena tout à trac :

— Je ne pense pas que vous vous soyez montrée complètement franche avec nous. Je me trompe ?

Elle demeura un moment silencieuse.

Grouchko répéta la question.

— Vous savez, colonel, quand j'étais plus jeune, je m'imaginais souvent que mon père était enterré là. Voyez-vous, c'était un écrivain lui aussi. On ne peut pas dire que je l'ai vraiment connu. Je n'étais encore qu'un bébé quand il a été arrêté. Nous n'avons jamais su ce qu'il était devenu. Ni où ni quand il était mort. J'aime à penser que s'il avait vécu, il serait devenu un assez bon écrivain pour reposer ici, avec tous les autres. (Elle sourit tristement.) Ironie du sort, n'est-ce pas ? Je n'aurais jamais imaginé épouser un homme qu'on enterrerait ici. Je doute fort que cela ait pu traverser l'esprit de Mikhail, d'ailleurs.

— Je ne savais pas, à propos de votre père. Je suis navré. Mais écoutez, à présent, les choses sont différentes.

— Vous croyez ? (Elle haussa les épaules.) Je ne sais pas. Peut-être.

— Alors ? Pourquoi pas quelques réponses directes ?

Elle leva les yeux vers le ciel bleu et Grouchko vit qu'ils étaient pleins de larmes.

— Vous aviez raison, dit-elle. Quand vous avez posé des questions à propos de ce garde du corps. Mikhail a bien essayé d'en engager un. Mais ce n'était pas parce qu'il avait peur de quelqu'un en particulier.

— Je ne suis pas bien sûr de comprendre.

— C'était plutôt un sentiment général. Voyez-vous, Mikhail n'était pas heureux tant qu'il ne travaillait pas sur une histoire qui comportait un certain degré de risque. Il courait toujours un danger, de tel ou tel côté. Il s'en trouvait bien. En dépit de toutes les menaces, de toute cette haine, il n'aurait pas donné sa place pour un empire. Comme je vous l'ai déjà dit, cela commençait à le miner. Mais l'idée d'avoir un garde du corps paraissait être un bon moyen pour l'aider à surmonter la pression provoquée par ses activités. Ceci et aussi le fait de boire. Alors, il a essayé d'embaucher un de vos propres voyous de la police : ceux dont on se sert pour mater les émeutes.

— La brigade O.M.O.N. ?

— Oui. Seulement, l'homme voulait trop d'argent. Voilà pourquoi je vous ai dit qu'on n'avait pas les moyens de se l'offrir. J'ai bien peur d'avoir été très en colère contre la milice, colonel. J'étais amère à l'idée que, pour quelques roubles supplémentaires, Mikhail pourrait être toujours en vie.

— Cet homme de la brigade O.M.O.N. : vous vous souvenez de son nom ?

— Georgi... Rodionov.

Grouchko nota le nom. Nina poussa un profond soupir et posa la main sur sa poitrine.

— Et maintenant, si vous n'y voyez pas d'inconvénient, j'aimerais vraiment qu'on me laisse tranquille un petit moment.

Tandis que nous attendions, Lena « la Dame de fer » téléphona de la morgue dans la voiture de Grouchko. Il y avait un corps qu'elle souhaitait qu'on vienne regarder. Quand Nicolaï eut fini de discuter avec elle, Sacha grogna bruyamment.

— Je déteste la morgue, dit-il.

Nicolaï se colla une nouvelle cigarette dans la bouche, l'alluma avec le mégot de la précédente et rit sous cape.

— Prends les choses du bon côté, dit-il. Au moins, ça te coupera l'appétit.

12

Parmi les deux ou trois cents personnes qui meurent chaque jour à Saint-Pétersbourg, la plupart sont emmenées au nord-est, de l'autre côté de la Neva, après le mémorial Piskarov, là où cinq cent mille victimes du siège ont été enterrées, jusqu'à l'Institut de médecine légale, qui se trouve, de façon très pratique, tout à côté.

L'après-midi était bien avancé quand nous empruntâmes la route triste de la perspective Piskarovski, puis un chemin plein d'ornières qui longeait un côté de l'hôpital Metchnikov, construit avant la Révolution. Vu de loin, ce bâtiment en forme de forteresse qui abritait l'Institut n'aurait pas pu avoir l'air moins morbide. La lumière du soleil réchauffait le rose de ses briques et illuminait les vitres teintées de jaune, si bien qu'on aurait cru un palais fantastique de sucre candi, échappé d'un conte de fées pour enfants. Il n'y avait certainement aucun autre endroit équivalant à celui-là en Russie. Grouchko me raconta que le directeur, le professeur Vitali Derzhavine (qui était un descendant du grand poète russe), affirmait que seuls Helsinki et New York possédaient un institut médico-légal équivalent. Croisant mon regard dans le rétroviseur, il ajouta :

— Vous vous ferez un ami pour la vie si vous suivez mon conseil : faites-lui un petit compliment sur cet endroit. Derzhavine en est très fier. Il en est même tellement fier qu'il a fait poser à l'intérieur de l'un des murs une capsule qui résiste à l'érosion du temps pour raconter son histoire et celle de toute son équipe.

Nous garâmes la voiture et on nous fit entrer dans le bureau du professeur Derzhavine. Tandis que nous attendions qu'il finisse sa conversation téléphonique, j'examinai sa collection de roubles en argent qui était exposés dans plusieurs vitrines le long des murs.

— Thallium, dit-il. Oui, c'est ce que je disais. Thallium 203. (De la main, il nous fit signe de prendre un siège.) Oh ! c'est hautement toxique. On a coutume d'utiliser le sulfate pour la mort-aux-rats. Bon, elle est professeur de chimie, n'est-ce pas, lieutenant ? Ça ne devrait pas être trop difficile pour elle d'en trouver un peu. Très bien alors. Pas de problème. Oui, vous aurez le rapport par écrit demain matin. Au revoir.

Il raccrocha le téléphone, se leva et vint nous serrer la main. Les cheveux gris et le teint légèrement bronzé, il portait une blouse blanche et son visage exprimait une certaine insouciance.

— Qu'est-ce que vous pensez de cela ? dit-il en ne s'adressant à personne en particulier. Je ne sais quelle garce a empoisonné les gens avec qui elle partageait son appartement. Au thallium. Simplement pour pouvoir récupérer deux pièces supplémentaires.

— C'est une bonne façon de s'y prendre ? demanda Grouchko. Si seulement mon voisin n'avait pas ce piano. Le gamin s'entraîne tout le temps, et il ne joue même pas en mesure.

Je pensai à ma propre femme et à son amant professeur de musique. Du thallium. Je n'avais jamais pensé à ça.

Le professeur sourit, ramassa son paquet de cigarettes sur le bureau et ferma sa blouse.

— Demandez donc à ma secrétaire de vous en commander, dit-il.

Derrière lui, nous traversâmes la pièce dans laquelle sa secrétaire travaillait. Elle leva les yeux de derrière une élégante machine à écrire IBM flambant neuve et sourit aimablement.

— Le colonel Tchelaieva vous attend dans la salle n° 5, annonça-t-elle avant de se remettre à taper.

Le professeur sortit le premier du bureau et tourna dans un long couloir en pente.

— J'ai ouvert ce type moi-même, expliqua-t-il. Nous l'avons laissé sur le marbre à votre intention, juste au cas où vous auriez eu envie de déjeuner.

— Très gentil de votre part d'y avoir pensé, répondit Grouchko.

— La milice l'a trouvé ce matin de bonne heure. Pas très loin de l'endroit où Mikhail Milioukine a été tué. Malheureusement, à cause de l'incompétence de je ne sais qui, le corps a été bougé et ramené ici avant qu'on ne réalise que ces deux homicides pouvaient être liés. Lena est folle de colère.

— Je n'en doute pas, dit Grouchko.

— Il est resté dehors pendant une semaine, d'après moi, et vous savez comme il a fait chaud. En plus, je pense qu'un petit animal est venu en manger un peu. Un côté de son visage est plus ou moins dévoré, donc, je vous préviens, messieurs, il ne ressemble en rien à une icône.

Nous passâmes de l'autre côté d'une double porte battante et nous nous trouvâmes plongés dans une forte odeur de formol, au cœur d'un encombrement de chariots, chacun d'eux portant un corps nu, prêt pour l'autopsie. Qu'ils soient morts de vieillesse ou de façon accidentelle, comme la plupart des corps rassemblés là, les Russes, même dans ce moment ultime, étaient encore obligés de faire la queue.

Le professeur s'arrêta devant une porte et l'ouvrit. Le colonel Tchelaieva se leva, rassembla ses papiers et nous rejoignit dans cet abominable couloir.

— Pourquoi avez-vous mis aussi longtemps ? demanda-t-elle à Grouchko.

— Nous étions à l'enterrement de Mikhail Milioukine, répondit-il.

— Vous y étiez tous ? dit-elle en fronçant les sourcils. Pour cet empêcheur de tourner en rond ?

Grouchko hocha la tête en signe d'assentiment.

Tchelaieva secoua la tête, offusquée par ce gâchis. Le professeur Derzhavine se mit à parler rapidement, comme pour désamorcer un désaccord potentiel.

— Nous sommes dans la pièce de dissection bleue, dit-il. Si vous voulez bien me suivre ?

En file, nous avançâmes dans le couloir, longeant un défilé de cadavres.

— Et au bleu, on est de quelle humeur ? demanda Grouchko.

— Efficace et organisée.

Grouchko m'expliqua que le professeur Derzhavine avait demandé à ceux qui avaient aménagé la morgue de carreler chaque salle de dissection d'une couleur différente ; il voulait épargner au personnel qui travaillait à l'Institut toute baisse de moral provoquée par un décor trop homogène.

Dans la salle, il y avait deux tables de dissection. Sur l'une d'elles, une jeune femme magnifique était en train de se faire ouvrir, son corps devenait un manteau jaune à moitié arraché du squelette charnu qui l'avait soutenu. Le personnel de Derzhavine travaillait en faisant du bruit, comme des ouvriers dans une usine de traitement de la viande, accoutumés à leur labeur, maniant les couteaux et tripotant les viscères de leurs doigts recouverts de caoutchouc ensanglanté, qui tachaient les mégots de leurs cigarettes de blasés.

Sur l'autre table, autour de laquelle nous nous rassemblâmes comme un groupe de prêtres en noir servant une messe de communion, il y avait un homme nu, d'environ quarante-cinq ans, la partie supérieure de son torse encore posée sur le bloc de dissection, les bras tendus comme s'il était tombé du plafond. Tout ce qui doit toujours demeurer à l'abri des regards – les intestins, les poumons et la cervelle – avait été rangé en paquet dans son estomac et le corps grossièrement recousu comme un morceau de cuir tanné par des Indiens d'Amérique.

Derzhavine n'avait pas exagéré à propos des blessures du visage. L'homme avait perdu une oreille, et sur la joue, ainsi que sur le dessous du menton, on voyait des blessures qui faisaient des trous de la taille d'une pièce de monnaie.

— On ne l'a pas encore identifié, dit le colonel Tchelaieva. Au fond de ses poches, on n'a trouvé que de l'air. (Elle ouvrit un dossier et tendit une photographie à Grouchko.) Mais je pense que nous pouvons être d'accord sur le fait qu'il ne s'agit pas de Sultan Khadziev.

Grouchko acquiesça sans rien dire.

— Pourtant, je vous ai demandé de venir parce qu'il semble bien que votre fumeur fanatique de l'hygiène se soit trouvé sur place.

Elle jeta à Nicolaï un coup d'œil chargé de sens, puis nous montra un sac en plastique qui contenait un autre paquet de Winston, lui aussi ouvert à l'envers.

— Ils ont trouvé ça près du corps.

J'allumai une cigarette pour m'aider à maintenir mon nez, mon esprit et encore plus important, mon estomac, à l'abri de l'odeur.

— Cause de la mort ?

— Il a pris une balle en pleine tête, dit le professeur Derzhavine. Au début, j'ai cru qu'il s'agissait d'une autre morsure d'animal. Mais si vous regardez au centre de son front, vous verrez le trou qu'y a fait la balle. Celui qui l'a tué a appuyé l'arme tout contre le crâne. Sous l'impact, la gueule de l'arme s'est enfoncée dans le scalp et a déchiré l'entrée de la blessure. Une exécution accomplie par un tueur.

— Il est trop tôt pour dire qu'il s'agit de la même arme, intervint Tchelaieva, mais ça ne me surprendrait pas beaucoup.

— Vous avez une idée du temps qui s'est écoulé depuis sa mort ?

— Environ une semaine, répondit le professeur. Peut-être un peu plus longtemps. Difficile d'être plus précis, avec le bain de soleil qu'il a pris.

— Une semaine ou un peu plus, répéta Grouchko d'un air pensif. Alors, il aurait pu mourir avant Milioukine ?

— Oui, c'est ce que je dirais.

— Et c'est quoi, ces marques triangulaires sur la poitrine et l'estomac ?

— Des traces de brûlures, infligées avant la mort, répondit Derzhavine.

— Avec un fer à repasser électrique, ajouta Tchelaieva.

— C'est comme ça que la mafia attendrit la viande, murmura Nicolaï.

— Absolument, dit Grouchko. Je me demande ce qu'ils voulaient savoir. (Il leva la main du mort.) Qu'est-ce que c'est que ça, sous les ongles ?

— De l'huile diesel, répondit Tchelaieva. Il y en a aussi sur ses vêtements et ses bottes.

Elle attira à elle un carton posé par terre et montra quelque chose à l'intérieur. Grouchko se pencha pour prendre une des bottes du mort. Il regarda à l'intérieur et fronça les sourcils en tentant de déchiffrer le nom du fabricant.

— Lenwest, finit-il par lire.

— C'était peut-être un mécanicien, monsieur, suggéra Nicolaï.

Grouchko hocha la tête sans rien dire, faisant tourner la botte entre ses mains, comme s'il s'agissait d'un fossile récupéré au cours d'une fouille par un paléontologue.

— Ou un chauffeur. Regardez la façon dont cette botte a été portée. Le talon droit est très usé. C'est peut-être à force d'appuyer sans arrêt sur un accélérateur.

— Un conducteur de car ?

— Peut-être. Ou un chauffeur de poids lourds.

— J'aurai des idées plus précises à vous soumettre quand on aura pris le temps de faire analyser cette huile, dit Tchelaieva.

— Oh ! encore une chose, intervint le professeur Derzhavine. (Il se tourna vers les membres de son personnel et héla une femme.) Anna, ce foie, tu pourrais nous en faire les honneurs maintenant ?

Anna était une petite personne rousse qui paraissait à peine assez âgée pour avoir le droit de voter, et sûrement pas pour disséquer un cadavre humain. Elle tira un seau de sous la table et y attrapa une masse gélatineuse rouge-noir qu'elle déposa sur la table de marbre au pied du cadavre.

— Il est sacrément gros, dit le professeur, donc j'ai pensé que son propriétaire devait boire énormément. Mais je me suis dit qu'il valait mieux vous attendre avant de s'en assurer.

La jeune fille s'arma d'un scalpel et se prépara à trancher le foie en deux.

— Au moment où elle va ouvrir le foie, je veux que vous le renifliez. (Nous nous penchâmes au-dessus du foie.) Très bien. Vas-y, Anna.

Tandis que le scalpel s'enfonçait parfaitement dans l'organe du mort, l'air se remplit d'une telle puanteur d'alcool rance que je crus que j'allais suffoquer. Nous reculâmes en chancelant, toussant et riant avec dégoût.

— Eh bien, il me semble qu'il n'y a aucun doute à ce sujet, dit le professeur en riant lui aussi. Mais ce qui est curieux, c'est qu'il semble avoir été végétarien.

— Oui, c'est inhabituel, acquiesça Grouchko.

— Oh ! je ne sais pas, dit Nicolaï. Vous avez vu le prix de la viande ces derniers temps ?

Sacha poussa un grognement quand un membre de l'équipe qui s'occupait du corps de la fille en face commença à lui ôter le sommet du crâne à la scie électrique.

— Je crois que je ne mangerai plus jamais de viande, murmura-t-il d'une voix faible.

Nicolaï avait demandé à Chazov de venir le voir de nouveau à la Grande Maison ; seulement, cette fois-là, il avait choisi une heure plus gênante pour le restaurateur, en début de soirée, quand normalement il aurait du être en train de se préparer à ouvrir pour le dîner.

Je les laissai tous les deux en train de discuter, et m'occupai de l'enquête sur la bande de Kazakhs qu'on venait d'arrêter pour le cambriolage des émigrants juifs et, en particulier, du « Jars ».

« Le Jars » était un homme de haute taille, avec la tête rasée et un long cou décharné : il était facile de comprendre d'où lui venait son surnom. Bien qu'il fût capable de parler russe couramment, je lui demandai s'il souhaitait utiliser les services d'un interprète. L'homme haussa les épaules en secouant la tête. Je lui lus alors les règles de son interrogatoire, comme il est stipulé dans l'article 51.

— Vous avez le droit de rester silencieux, lui dis-je. Vous avez le droit d'avoir un avocat. Vous avez le droit de faire appel au procureur de l'État pour dire que vous avez été arrêté à tort. Vous pouvez ajouter quelque chose à cette déclaration si vous le souhaitez.

« Le Jars » savait que les deux inspecteurs qui l'avaient arrêté possédaient toutes les preuves nécessaires pour le faire condamner, et il connaissait les règles du jeu depuis suffisamment longtemps pour exercer son droit au silence. Il signa donc la déclaration et on le ramena dans sa cellule. À une date ultérieure, il allait falloir que je présente de nouveau les charges qui pesaient contre lui, en présence de son avocat.

Après cela, ma femme téléphona pour dire que le joint de ma voiture était arrivé et quand donc est-ce que j'allais revenir à Moscou pour la réparer et l'emmener ailleurs ? Je lui répondis « dans quelques jours ». Je voulais lui dire qu'elle me manquait, mais quelque chose arrêta les mots dans ma bouche. Peut-être était-ce parce que ce n'était pas vrai. Ce qui me manquait, c'était mon lit, mon poste de télévision, mes cannes à pêche, mes livres et de manger des repas préparés à mon intention ; même ma fille me manquait. Mais elle ? En aucune façon.

— Alors, comment ça va à la maison ? demandai-je. Comment va ma fille ?

— Elle va bien. Elle t'embrasse.

— Qu'est-ce qui se passe à Moscou ?

— Les prix deviennent ridicules. Tout est tellement cher.

— Oui, c'est vrai, dis-je.

— Comment est-ce, à Leningrad ?

— Saint-Pétersbourg. On se fait mettre en tôle si on ne donne pas le nom qu'il faut à cette ville. Les choses se passent bien. Je suis déjà sur une affaire.

Elle grommela quelque chose. Elle n'avait jamais été très intéressée par mon travail d'enquêteur. Elle voulait toujours que je me lance dans une affaire à moi, comme homme de loi. Pour vraiment gagner de l'argent.

— Comment va Porfiry ? demanda-t-elle.

— Égal à lui-même. Plus mince.

— Tout le monde est plus mince.

— Est-ce que tu nourris Micha ?

Micha, c'était mon chien.

— Il a autant de bouillie qu'il peut en manger.

— Bien, j'espère qu'il aura un peu meilleure haleine.

— Quand tu reviendras pour ta voiture...

— Oui ?

— Est-ce que tu ne pourrais pas rapporter un peu de fromage ?

— Du fromage ?

— J'ai entendu dire qu'il y avait plein de fromages à Leningrad. Je veux dire Saint-Pétersbourg. Il n'y en a pas une miette à Moscou. Naturellement, je te rembourserai.

— Je vais voir ce que je peux faire. Quoi d'autre ?

— Je ne vois rien d'autre.

— Très bien. Je t'appellerai avant de venir. (Je me mis à rire d'une façon déplaisante.) C'est sympa de faire des affaires avec toi.

Un peu plus tard, je me rendis de l'autre côté du bâtiment pour retrouver Grouchko.

Il était dans son bureau. Sur la table, était posé un magnétophone sur lequel il avait écouté les enregistrements que le K.G.B. avait faits des conversations téléphoniques de Milioukine. Quelque chose semblait le troubler, et je m'apprêtais à lui demander quoi quand Sacha pénétra dans la pièce, brûlant de raconter ce qu'il venait d'apprendre.

— J'ai eu un coup de fil de la brigade des stups, expliqua-t-il. J'ai un ami qui travaille là-bas et il m'a dit que la nuit où Milioukine a été assassiné, on leur avait transmis l'information qu'un suspect après qui ils courent se déplaçait dans une Mercedes verte. Bon, ils ont vérifié avec le G.A.I. et ils ont découvert que dans tout Saint-Pétersbourg, il n'existe que trois voitures de ce genre. En tout cas, pendant qu'ils s'acharnaient à éliminer deux Mercedes, ils en ont vu une qui descendait la perspective Nevski, vers 23 heures ce jour-là. Celle-là est immatriculée au nom de Dzhumber Gankrelidze.

— Ça voudrait dire que les Géorgiens étaient drôlement loin de l'endroit où ils affirment s'être trouvés, dit Grouchko. C'est-à-dire au restaurant de l'hôtel Pribaltskaia.

Il alluma une cigarette et se pencha sur sa chaise.

Au bout de quelques instants, je désignai le magnétophone d'un signe de tête.

— Et là-dedans, il n'y avait rien pour nous ?

— Écoutez bien ça, s'il vous plaît. Cela a été enregistré une semaine avant le meurtre.

Il mit le magnétophone en route.

— *Mikhail Milioukine*, dit la première voix, facilement reconnaissable grâce aux nombreuses émissions de télévision.

— *C'est Tolia.*

— *Ah oui ! Tolia. J'espérais que vous alliez m'appeler.*

— *Vous avez reçu ma lettre ?*

— *Oui. Et ce que vous avez écrit m'intéresse beaucoup. Mais est-ce que c'est vraiment vrai ?*

— *Chaque mot. Et je peux le prouver.*

— *Alors, je crois que ça pourrait faire une sacrée histoire.*

— *Vous savez bien que oui.*

— *Écoutez, il vaut mieux ne pas parler de tout cela au téléphone. Où pouvons-nous nous rencontrer ?*

— *Que pensez-vous de la forteresse Pierre-et-Paul ? À l'intérieur de la cathédrale, disons, à 15 heures ?*

— *D'accord. J'y serai.*

Grouchko appuya sur le bouton arrêt et nous regarda d'un air plein d'attente, Sacha et moi.

— Ce Tolia a un accent qui pourrait bien être ukrainien, remarquai-je. Ces consonnes escamotées.

— C'est ce que je pensais, dit Grouchko.

Il jeta un coup d'œil sur son carnet puis fit avancer la bande magnétique jusqu'à ce qu'il parvienne à un certain chiffre sur le compteur de la machine.

— Maintenant, écoutez ça. Le coup de fil date du matin du jour où Milioukine est venu déclarer que son appartement avait été cambriolé.

— *Bonjour.*

C'était une voix de femme, et de femme cultivée. L'accent paraissait d'ici.

— *Bonjour, c'est Mikhail Milioukine.*

— *Oh ! ça fait longtemps, comment allez-vous ?*

— *Bien, merci.*

— *Sur quoi travaillez-vous en ce moment ?*

— *Eh bien, j'ai un petit boulot à vous confier, si cela vous intéresse ?*

— *N'importe quoi pour venir en aide à la presse, vous savez bien.*

— *Parfait.*

— *De quelle matière sommes-nous en train de parler ?*

— *J'aimerais mieux ne pas vous le dire au téléphone. Est-ce que je peux vous l'apporter ? C'est possible en fin de matinée ?*

— *Très bien.*

— *Alors, à tout à l'heure.*

— Qu'est-ce que tout ça pouvait bien vouloir dire ? demanda Grouchko.

Il fit avancer la bande encore une fois.

— Et puis, il y a ça. Notre ami ukrainien a rappelé le jour même où Milioukine a été assassiné.

— *Mikhail Milioukine à l'appareil.*

— *C'est moi, Tolia.*

— *Tolia, où étiez-vous ? J'avais peur que quelque chose ne vous soit arrivé.*

— *Euh, eh bien, quelque chose s'est passé. Hier soir, je me suis soûlé.*

— *Quoi, encore ? Vous ne devriez pas boire autant. Ce n'est pas bon pour vous.*

— *Qu'est-ce qu'il y a d'autre à faire ? En plus, ça me libère l'esprit de cet autre boulot.*

— *Vous n'avez pas l'air en forme. Vous devez avoir une bonne gueule de bois.*

— *Oui, c'est vrai. Écoutez, je me demandais si on ne pourrait pas se revoir ? Il y a quelque chose d'important dont je ne vous ai pas encore parlé.*

— *Certainement. Où ?*

— *Pierre-et-Paul. Vous connaissez le restaurant là-bas ?*

— *Le Poltava ? Oui, je connais.*

— *J'ai réservé une table pour 20 h 30, au nom de Béria.*

— *Béria ?* (Milioukine se mit à rire.) *Vous n'auriez pas pu choisir un autre nom ?*

Il y eut un moment de silence.

— *Pourquoi, qu'est-ce qu'il y a de mal à cela ?*

— Rien, n'y pensez plus. Vous êtes sûr que vous allez bien, Tolia ?

— C'est juste la gueule de bois. Vraiment. À tout à l'heure. D'accord ?

— D'accord.

— Eh bien ? dit Grouchko.

— Tolia... il avait l'air nerveux, cette fois, dit Sacha.

— Très, renchérit Grouchko.

— Maintenant, on sait qui Milioukine attendait, dis-je.

— Vous imaginez que quelqu'un puisse ignorer qui était Béria ? dit Grouchko. Est-ce que c'était simplement de l'ignorance ? Un faux nom que Tolia aurait trouvé dans l'air du temps ? Ou est-ce qu'il s'agissait de quelque chose d'autre ? Un signal, enjoignant à Milioukine de se montrer prudent, peut-être ?

— Un signal qu'il n'a pas interprété.

— Je me pose une question, dit Grouchko. Est-ce que ce ne pourrait pas être notre ami qui était à la morgue cet après-midi ? Ce Tolia pourrait très bien être le propriétaire de ce foie qui nous a tellement amusés.

— Si c'est le cas, dis-je, alors, ceux qui l'ont torturé auraient pu le faire parce qu'ils voulaient qu'il leur livre Milioukine. Peut-être lui braquaient-ils un revolver sur la tempe pendant ce dernier coup de fil ? Et alors, ce n'est pas malade qu'il se sentait, mais inquiet. Inquiet qu'on ne lui fasse sauter la cervelle dès qu'il aurait raccroché.

Et je soupçonne que c'est exactement ce qui s'est passé.

Je me tus, attendant de voir si Grouchko m'approuvait.

— Continuez, dit-il.

— Ils ont laissé Milioukine s'installer dans le restaurant et l'ont chopé à la sortie. La nuit, la forteresse est calme, donc, il n'y a pas eu de pépins. Le persuader de monter dans la voiture, ça n'a pas dû être trop difficile. À ce moment-là, ils avaient déjà mis la main sur Vaja Ordzhonikidze, donc ils conduisaient probablement sa voiture. Ensuite, ils les ont emmenés tous les deux dans la forêt et ils les ont tués.

Grouchko acquiesça d'un hochement de tête.

— Oui. Je pense que c'est ça. Sacha, demande à Andrei de téléphoner à toutes les sociétés de cars et de transports de la région. Dis-lui de chercher s'il y en a une qui emploie un chauffeur ukrainien qui s'appelle Tolia et qui ne se serait pas présenté à son travail depuis une semaine ou deux.

Il remarqua l'expression dubitative de Sacha et secoua la tête.

— Je sais que je te demande de te lancer dans une recherche plutôt vaste, étant donné ce qu'est l'absentéisme de nos jours, mais il faut qu'on trouve qui était ce type et dans quoi il trempait. Une fois qu'on saura ça, nous saurons pourquoi Milioukine a été tué. Et Ordzhonikidze aussi, j'espère.

Pendant encore une dizaine de minutes, nous discutâmes de quelques hypothèses, pour essayer de déterminer ce que Tolia pouvait vouloir raconter à Milioukine. Mais aucune ne nous parut vraisemblable. En même temps, j'étais impressionné par la manière démocratique dont Grouchko menait cette enquête. Il y a un vieux dicton russe qui dit : « Si je suis le patron, alors tu es un idiot ; et si c'est toi le patron, alors, c'est moi l'idiot. » Voilà le genre d'opinions sur lesquelles Grouchko ne devait guère s'appesantir.

Nicolaï entra dans le bureau, des photos à la main.

— Dimitri vient juste d'apporter les clichés de l'enterrement du Géorgien, monsieur, dit-il en les posant sur le bureau, devant Grouchko.

Il y en avait une en particulier sur laquelle il paraissait impatient d'attirer l'attention de Grouchko. C'était une photo de Dzhumber Gankrelidze, le patron de la bande des Géorgiens.

— Un beau salopard, hein ? dit Grouchko.

— Il s'est passé un drôle de truc, dit Nicolaï. Pendant que j'étais en train d'interroger Chazov, tout à l'heure, j'ai fait tomber ce paquet de photos par terre. Il a très bien vu celle de Dzhumber, monsieur, et je vous jure qu'il est devenu blême de terreur.

— Le restaurant de Chazov n'est pas très loin de la perspective Nevski, répondit Grouchko d'un air pensif. Cette bombe incendiaire, à quelle heure a-t-elle été signalée ?

— Vers 22 h 50, répondis-je.

— Dix minutes plus tard, l'Inspection automobile de l'État signale qu'on a vu la Mercedes verte de Dzhumber sur la perspective Nevski. Donc, c'est très possible qu'il ait été en train de se tirer de chez Chazov après y être venu lui secouer les puces avec quelques-uns de ses gars.

Grouchko se leva de sa chaise et se dirigea vers le placard. Il ouvrit la porte et commença à se laver les mains dans le petit lavabo.

— Vous savez, dit-il, si on ramassait les Géorgiens pour qu'ils nous donnent un coup de main dans notre enquête sur l'incendie volontaire... (Il s'interrompit pendant qu'il s'essuyait les mains à la serviette qui pendait à l'intérieur de la porte)... on se débrouillerait pour garder Sultan Kadzhiev en vie un petit moment. Au moins, jusqu'à ce qu'on le trouve.

Son regard croisa le mien, posant une question pour laquelle j'avais déjà la réponse.

— Je pense que si Nicolaï me montrait ses notes, alors, je pourrais signer un mandat d'amener. Mais souvenez-vous, vous ne pourrez les garder que trois jours.

Grouchko haussa les épaules.

— Notre ami Chazov sera peut-être plus enclin à collaborer une fois qu'il saura qu'on a mis les Géorgiens en garde à vue. Et dans l'état actuel des choses, on arrivera peut-être à les inculper avant que les trois jours ne soient écoulés.

Il enfila sa veste et redressa sa cravate.

— Vous êtes prêt ? me demanda-t-il.

J'acquiesçai et le suivis jusqu'à la porte.

— Vous allez avoir droit à un vrai festin, dit-il. Parfois, je me dis que j'ai épousé le Winston Churchill de la cuisine. En faire tant avec si peu...

13

Je me dis que Grouchko vivait modestement. Trop modestement, à ce qu'il paraissait, pour quelqu'un qui aurait pu se faire graisser la patte. Le poste de télévision couleur était vieux, mais pas aussi vieux que le tourne-disques. Il y avait davantage de livres que ce à quoi je m'attendais, mais la plupart d'entre eux étaient des livres de médecine. Le canapé et les fauteuils étaient en vinyle et auraient eu bien besoin de nouveaux ressorts ; quant au linoléum dans la minuscule entrée, il était déchiré par endroits. Il n'y avait que deux choses qui paraissaient neuves, c'était un magnétophone à cassettes dans la cuisine et un assortiment de verres à vin d'assez mauvais goût, dont on n'avait pas encore retiré l'étiquette collée sur le pied. Bien sûr, Grouchko pouvait très bien être du genre à ne pas se presser pour dépenser de l'argent sale. Peut-être qu'il planquait ses dollars sous son matelas, pour se payer des vacances à l'étranger ; ou encore, la retraite de la police étant tellement misérable, les gardait-il pour le jour où il ne travaillerait plus.

Mais il n'avait pas exagéré les talents de cordon bleu de sa femme. Nous mangeâmes une délicieuse soupe aux choux, suivie par un gratin de champignons et de pommes de terre, et pour finir, une boule de glace. Nous bûmes de l'eau-de-vie faite maison par Grouchko, qui était en réalité beaucoup plus forte que ce dont elle avait l'air, une découverte que je ne fis que le lendemain matin.

À l'exception de Tania, la fille de Grouchko, c'était une famille absolument typique : la vieille mère qui buvait juste un peu trop du vin géorgien que j'avais apporté ; sa fille, Lena, petite et tirée à quatre épingles, qui mangeait moins afin que son invité puisse manger plus, et qui semblait à peine assez âgée pour avoir une fille de vingt-quatre ans ; et Grouchko lui-même, dont la forte personnalité et l'autorité manifeste comptaient là pour du beurre, au sein de la famille qui est la plus matriarcale des institutions russes, car c'était Lena qui dirigeait la maison et il le savait parfaitement.

Tania, c'était une autre paire de manches : jeune, belle et intelligente, elle ressemblait à ces gens qui ont la possibilité de voyager – elle avait plus l'air d'une musicienne ou d'une danseuse de ballet que d'un médecin. Bien sûr, comme me le raconta Grouchko un peu plus tard, j'appris que si elle était aussi soignée de sa personne, ce n'était pas du tout grâce à son père, mais à son petit ami, Boris, qui semblait avoir un accès illimité aux biens de consommation en provenance de l'étranger. Ce devait être aussi une jeune femme assez capricieuse, car je ne puis trouver aucune autre explication au fait qu'elle ait choisi le soir où j'étais invité pour annoncer que Boris et elle avaient l'intention de se marier. À moins que ce ne fût simplement parce qu'elle savait que Grouchko maîtriserait mieux sa colère en ma présence. Ou peut-être était-ce une sorte de vengeance pour toutes les fois où il avait dû la mettre dans l'embarras en manifestant de façon si évidente son antipathie pour Boris. Aucune de ces explications ne me parut tout à fait satisfaisante. Mais il faut dire que je suis juriste.

En entendant ces nouvelles, Lena Grouchko et sa vieille mère eurent l'air enchanté. Grouchko, lui, eut du mal à se retenir de mordre sa serviette. Ses tentatives pour faire semblant d'avoir l'air ravi ne furent guère convaincantes, et n'excédèrent pas deux hochements de tête et un mince rictus qui voulait ressembler à un sourire. Mais Tania était bien décidée à ne pas le laisser s'en tirer sans un *Te Deum* complet.

— Tu n'es pas heureux pour moi, Papa ? demanda-t-elle.

— Eh bien, évidemment, je suis content pour toi, répondit-il au prix de grandes difficultés. Évidemment...

Il fronça les sourcils en essayant de trouver quelque chose d'agréable à dire. Au lieu de cela, il trouva matière à discussion.

— Mais avez-vous pensé à l'endroit où vous alliez vivre tous les deux ? Je veux dire, vous pouvez toujours vous installer dans cette chambre...

Je voyais bien que cette idée ne lui disait rien qui vaille.

— Excusez-moi, dis-je. Où sont les t... ?

— À gauche, en sortant de la pièce.

Je me levai de table et j'ouvris la porte des toilettes, mais sans y entrer. Au lieu de cela, je me rendis dans la chambre de Grouchko. J'écoutai leurs voix fortes pendant une seconde, puis je soulevai le matelas.

— Nous allons vivre avec les parents de Boris, déclara Tania. Du moins, jusqu'à ce qu'on puisse avoir un endroit à nous.

— Ça pourrait être plus difficile que vous ne l'imaginez, dit Grouchko. Les appartements ne se trouvent pas si aisément à Saint-Pétersbourg.

— Boris connaît énormément de monde, répliqua-t-elle avec désinvolture. Il va se débrouiller. Tu n'as pas à t'en faire.

— Où habitent les parents de Boris ? demanda Lena Grouchko.

— Place du Décembriste.

— Quel endroit agréable !

Il y avait environ cinquante dollars sous le matelas de Grouchko, du côté du lit où sa femme dormait. Mais cela ne voulait rien dire. Ma propre femme avait accumulé presque deux cents dollars avant que je ne déménage. Je rebordai les draps aux angles, tirai la chasse d'eau et revins m'asseoir à table.

— Pas dans cet immeuble moderne au coin ? demanda Grouchko.

— Si. C'est très bien.

— Mais ces appartements ont été construits pour les gens qui avaient été emprisonnés par le tsar et leurs descendants.

— Oui, dit Tania. C'était le grand-père de Boris, Cyril.

Grouchko secoua la tête avec impatience.

— Ce que je veux dire, c'est que ces appartements étaient réservés aux gens du Parti.

— Mais les choses sont différentes aujourd'hui. Le Parti est liquidé. C'est toi qui dis toujours ça.

— Peut-être, mais les gens qui appartenaient au Parti jouissent toujours de leurs vieux privilèges. Y compris un agréable appartement sur la place du Décembriste. Tu ne t'en rends pas compte ?

— Je ne me suis pas rendu compte qu'ils jouissaient de nombreux privilèges. Ils doivent toujours faire la queue pour le pain, comme n'importe qui d'autre. Et ils ne possèdent pas de voiture, comme toi.

— Étant donné l'endroit où ils vivent, j'imagine qu'ils n'en ont guère besoin, répondit Grouchko. En plus, Boris a une voiture. Une BMW.

La femme de Grouchko lui décocha un regard acéré.

— Evgueni Ivanovitch, dit-elle avec raideur.

Mais avant qu'elle ne puisse entamer sa réprimande, le téléphone sonna et Grouchko se leva pour y répondre.

Je souris poliment à Tania.

— Félicitations, dis-je, manquant d'imagination. J'espère que vous serez très heureux.

— Il faut que nous invitions Boris et sa famille à dîner, dit Lena.

Le regard de Tania dériva vers la porte et l'écho de la voix de son père au téléphone.

— Je ne suis pas sûre que ce soit vraiment une bonne idée, dit-elle. En plus, qu'est-ce qu'on pourrait bien leur offrir ? Un kilo de viande coûte une semaine de salaire.

— J'ai une boîte de savons anglais, dit Lena. Je pourrais les échanger.

— Oh Maman ! tu ne peux pas échanger ça. Pas tes savons anglais.

— De toute façon, ils sont beaucoup trop bien pour qu'on s'en serve jamais.

Quand Grouchko rentra dans la pièce, il enfilait déjà sa veste.

— J'ai bien peur d'être obligé de sortir, dit-il tranquillement.

— Que se passe-t-il ? demandai-je.

— Sultan Khadziev vient d'appeler Nicolaï à la Grande Maison, m'expliqua-t-il. Apparemment, il veut parler. Une occasion de se blanchir. D'après lui, il peut prouver qu'il n'a rien à voir avec la mort de Milioukine.

221

Je me levai de table.

— Vous n'avez pas besoin de venir, dit-il.

Je jetai un coup d'œil vers Lena et sa fille et me mis à sourire.

— Je suis bien certain que, toutes les deux, vous avez beaucoup de choses à discuter, dis-je en enfilant rapidement ma propre veste. Merci pour ce dîner si agréable.

Grouchko grommela quelque chose d'un air indifférent, mais j'eus le sentiment qu'il appréciait d'avoir de la compagnie.

— Alors, où allons-nous ? lui demandai-je pendant que nous descendions en ascenseur.

— Il veut nous rencontrer à l'extérieur, dit Grouchko en regardant sa montre. Il faut que je me trouve sur le pont de la Berge, de l'autre côté du canal Griboiedov, dans vingt minutes.

— Vous pouvez lui faire confiance ?

— On n'a rien à perdre. Et comme on n'a pas eu le temps de pister l'origine de l'appel, franchement, je ne vois aucune alternative.

— Alors, vous allez simplement vous planter là-bas et attendre qu'il se montre ?

— Ça serait peut-être une meilleure idée de quadriller le secteur avec des miliciens et de risquer de lui faire peur ; c'est ça, ce que vous proposez ?

— Vous pourriez vous équiper d'un micro.

Grouchko eut un petit rire.

— Vous êtes allé trop souvent au cinéma, mon ami, dit-il. Nous possédons une seule paire de talkies-walkies pour tout le service, et ils ne fonctionnent qu'en terrain découvert. Fabriqués en Union soviétique, tout comme cet ascenseur pourri.

Il frappa du poing avec impatience sur la paroi de la cabine qui empestait l'urine.

— Il y a environ un mois, on s'apprêtait à pincer un type au marché Koutznechni. On avait quadrillé le secteur, mais le bâtiment du marché faisait parasite et les talkies ne marchaient pas. Alors, il a fallu que je mette un homme à courir tout autour du bâtiment pour que tout le monde soit au courant de ce qui se passait. Qu'est-ce que vous dites de ça, pour une force de police moderne ?

— Est-ce que le K.G.B. ne pourrait pas... ?

— On peut juste les obliger à nous installer quelques micros. Comme pour cette veillée funèbre du Géorgien. Mais pas ça, non. Ce n'est pas que ce micro valait le dérangement, d'ailleurs. La plupart de ces Géorgiens étaient trop soûls pour qu'on comprenne ce qu'ils racontaient.

L'ascenseur arriva au rez-de-chaussée en cahotant et nous sortîmes d'un pas incertain dans le soleil de cette fin de soirée. Il faut un peu de temps pour s'habituer à ces nuits blanches. Tandis que nous nous dirigions vers le sud puis vers l'ouest en longeant la perspective Nevski, nous rencontrâmes si peu de gens dans les rues qu'on aurait presque pu penser qu'il venait de se produire un accident nucléaire épouvantable, du type Tchernobyl.

— Vous savez, ça ne m'embête jamais d'être obligé de sortir tard à cette époque de l'année, dit Grouchko. Ça me donne l'occasion de vraiment bien voir la ville. Cet endroit a dû être extraordinaire avant la Révolution. C'est durant des nuits comme celle-ci qu'on pourrait presque s'imaginer que tout ceci n'a été qu'un mauvais rêve. Que ça n'a jamais eu lieu.

En passant devant la gare de Moscou, nous vîmes un groupe d'enfants dépenaillés rassemblés devant les grandes portes en arche de la gare. L'horloge en haut de la courte tour carrée indiquait 23 h 30.

— Ces enfants restent dehors un peu tard, fis-je remarquer. Certains d'entre eux n'ont pas l'air d'avoir plus de dix ans.

— Ce sont des fugueurs. La ville en est remplie, dit Grouchko. Ils préfèrent se déplacer la nuit, comme des rats, quand ils ont moins de chances de se faire ramasser par la milice des mineurs.

Arrivés au bord du canal Griboiedov, nous nous arrêtâmes non loin d'un petit pont de bois suspendu, qui semblait sorti tout droit d'un village miniature. Les câbles qui le soutenaient étaient plantés dans la gueule de quatre griffons de fer forgé.

— Restez dans la voiture et répondez au téléphone si jamais ça sonne, me dit Grouchko. Et gardez la tête baissée.

Il mit la main dans la poche intérieure de sa veste et en sortit un énorme automatique. Il laissa l'arme tourner autour de son doigt dans le pontet, le rattrapa maladroitement et sortit le double magasin. Puis d'un coup sec du plat de sa main dure, il l'enfonça le long de la crosse, fit pivoter l'arme à plat sur sa paume, comme un cowboy, et fit fonctionner la glissière.

— Juste au cas où on serait à court de conversation, dit-il en glissant de nouveau l'arme dans son étui à l'épaule. Je déteste ne pas avoir le dernier mot.

Ramassant son paquet de cigarettes sur le tableau de bord, il sortit et traversa la route jusqu'au bord du canal. Arrivé au centre du pont, je le vis allumer une cigarette et se pencher en avant sur la rambarde. N'importe qui, le voyant là, en train de contempler l'eau verte et trouble, aurait pu le prendre pour un étudiant malade d'amour, envisageant de se suicider. Je ne doutai pas un instant que la soirée lui avait déjà donné beaucoup à penser et que se sentir malade d'amour avait probablement un rapport avec tout ça. En ce qui me concerne, j'en connaissais un sacré rayon.

L'heure prévue pour le rendez-vous de Grouchko vint et passa sans que Sultan ne se montre. Avec une patience de chasseur, Grouchko ne se déplaçait presque pas sur le pont et de temps à autre, seule la lueur d'une allumette, quand il prenait une cigarette, signalait qu'il continuait sa surveillance vigilante. Il était plus de 1 heure du matin quand le téléphone sonna dans la voiture.

Tandis que je répondais, je me rendis compte que Grouchko aussi l'avait entendu. Il se redressa avec raideur puis se dirigea lentement vers la voiture.

— Sultan ne viendra pas, dit Nicolaï.

— Que s'est-il passé ?

— Il a été tué. Devant le cinéma Titan, sur la perspective Nevski. Je vous retrouve tous les deux devant.

Quand je transmis le message à Grouchko, il cracha par terre et ressortit son pistolet. L'espace d'une brève seconde, je crus que la mort de son suspect principal allait se solder par mon propre assassinat. Cependant, il se contenta d'ôter le magasin et de faire fonctionner la glissière pour éjecter la cartouche chargée. Il renfonça la balle dans le magasin qu'il remit alors à l'intérieur de la crosse. En matière de sécurité dans le maniement des armes, Grouchko était carrément maniaque.

En silence, nous remontâmes le canal jusqu'à la perspective Nevski, ralentissant au moment de traverser le pont Anichkov, dont les chevaux de bronze se cabrent en permanence, et nous vîmes alors devant-nous les lumières bleues clignotantes. Nous nous arrêtâmes, et tandis que nous traversions le cordon de police qui maintenait en arrière la petite foule de badauds, je repérai Georgi Zverkov et une équipe de tournage. Il cria quelque chose à Grouchko, mais celui-ci ne réagit pas.

Entourant une Jigouli rouge, il y avait tout un groupe d'experts scientifiques du Bureau central. Deux d'entre eux faisaient passer un mètre à ruban à travers la vitre du conducteur pour mesurer la distance entre deux points imaginaires : entre l'arme qui avait tiré le projectile et la tête qui avait servi de cible. C'était le secteur du commissariat 59 et le lieutenant Kodirev était sur place pour fournir un premier rapport sur ce qui s'était passé.

— Trois balles en pleine figure, à bout portant, dit-elle, tirées d'une autre voiture en stationnement. Nous avons là un témoin qui affirme qu'il a tout vu.

Elle se tourna pour désigner un petit garçon qui se tenait nerveusement entre deux miliciens.

Grouchko attendit que les deux policiers aient terminé de prendre leurs mesures, puis il plongea dans la voiture par la fenêtre ouverte. Une fois qu'il eut vu tout ce qu'il voulait voir, j'y jetai un coup d'œil à mon tour.

Sultan Khadziev gisait, couché sur le levier de vitesses, et on avait du mal à distinguer son visage du siège du passager imbibé de sang. La portière côté passager était ouverte et un des experts explorait soigneusement le sol et le rembourrage de la porte à la recherche de balles perdues.

Quand je me relevai, je vis que Nicolaï était arrivé et je cherchai Grouchko des yeux. Il s'était accroupi devant le gamin.

— Comment tu t'appelles, petit ?

Le gamin regardait dans le vide, au-dessus de l'épaule de Grouchko, comme un chien affamé. Il était vêtu d'une veste en jean sale et d'un polo trop grand pour lui de plusieurs tailles. Il frotta sa tête aux cheveux très courts, presque rasés, puis ses yeux cernés de noir. D'après moi, il n'avait pas plus de douze ans. Il puait plus qu'un chien galeux.

— Allez, dit un des miliciens d'un ton bourru. Tu ne veux pas qu'on t'envoie dans un centre, hein ?

— Eh là, eh là, dit Grouchko, c'est mon témoin vedette que vous avez là.

Grouchko sortit son paquet de cigarettes et en offrit une au gamin. Celui-ci la prit, en approcha l'extrémité du briquet en or de Grouchko et tira une bouffée avec beaucoup d'assurance.

— Rodia, finit-il par dire. Rodia Goutionov.

— Eh bien, Rodia, dit Grouchko. Tu es un brave gars. La plupart des garçons de ton âge se seraient enfuis en voyant ce que tu as vu.

Le gamin haussa les épaules avec modestie.

— Moi ? J'ai pas eu peur, assura-t-il d'un air fanfaron.

— Bien sûr que non. Alors, qu'est-ce que tu as vu ?

Il fourra le reste de ses cigarettes dans la poche de la veste graisseuse du gamin.

— L'homme qui s'est fait descendre venait de s'arrêter au feu rouge, dit Rodia, quand quelques secondes plus tard, cette autre voiture est venue se ranger à côté de lui. Le passager qui était sur le siège avant s'est penché dehors en agitant une clope, comme s'il cherchait du feu. Alors, l'autre homme, celui qui s'est fait descendre, il a baissé sa vitre et il lui a passé des allumettes et c'est à ce moment-là que l'autre homme – celui qui avait la cigarette – l'attrape par un bras et commence à tirer. (Il secoua la tête avec agitation en mimant ce qu'avait fait le tireur.) Bam-bam-bam. Exactement comme ça. J'avais jamais entendu un bruit pareil. Bon, et après, ils se sont tirés, vite fait. La voiture est remontée un peu le long de la perspective Nevski, vers l'immeuble de l'Amirauté et là, ils ont fait demi-tour, avec les pneus qui crissaient comme si c'était un film.

— De quelle marque était la voiture, Rodia ?

— Une Jigouli. De couleur beige. Immatriculée dans la Région.

— Et il y avait combien d'hommes à l'intérieur ?

— Trois. Mais je crois que celui qui était à l'arrière, c'était une femme. (Il secoua la tête.) Je n'en suis pas sûr, parce que l'autre voiture me bouchait la vue. Et quand ils ont commencé à tirer, j'ai essayé de me planquer dans la porte là-bas.

Il désignait du doigt l'entrée du cinéma. On donnait un vieux film d'aventures des années soixante, avec Anthony Quinn. Son visage ressemblait un peu à celui de Grouchko.

— Tu as fait ce qu'il fallait, dit Grouchko. Dis-moi, Rodia, où habites-tu ?

— Bloc 1, 77, rue Pouchkinskaia, répondit le gamin. Appartement 25.

— Tu es dehors un peu tard, non ?

Le gamin regarda le bout de ses chaussures crasseuses.

— Mon père est marin ; il est en permission, dit-il. Et dans ces cas-là, il aime bien se soûler. Et après, il me tape dessus. C'est pour ça que je préfère me faire rare.

Grouchko hocha la tête. Cela semblait plausible. La rue Pouchkinskaia ne se trouvait qu'à quelques pâtés de maisons. Le père ivrogne était un cas de figure ordinaire dans les foyers russes. Chez moi, c'était ma mère.

— Très bien, Rodia. Tu peux partir maintenant. Mais sois prudent.

Le gamin sourit et s'éloigna sans hâte.

— La petite crapule, marmonna Grouchko. Il s'est sûrement enfui d'un centre quelconque, avec cette coupe de cheveux.

— Alors, pourquoi est-ce que vous l'avez laissé partir ? demandai-je.

— Parce que j'ai déjà été dans quelques-uns de ces centres et que je n'y laisserais pas une bête. En revanche, je me demande pourquoi il a pris le risque de se faire renvoyer dans son centre rien que pour nous parler. (Il se mit à rire en répondant lui-même à la question qu'il avait posée.) Par bravade, je suppose. Pour pouvoir frimer devant ses copains, ça ne m'étonnerait pas.

Grouchko se retourna pour aller inspecter de l'autre côté de la voiture le contenu des poches du mort, qui avait été étalé sur un grand sac en plastique. Il prit le revolver de Sultan.

— Milioukine a été tué avec un automatique, dit-il et il fit basculer le barillet pour examiner le canon. Ce n'est sûrement pas celui-là qui aurait pu tuer qui que ce soit. C'est une copie.

Nicolaï examinait un paquet de cigarettes Kosmos.

— Des clopes russes, dit-il et il tira un des bouts filtres hors de l'emballage en cellophane. Et ouvertes dans le bon sens, cette fois.

Grouchko déplia le portefeuille de Sultan. Il lança sur le sac en plastique une liasse de dollars, puis quelques tickets d'alimentation, un préservatif, un billet de chemin de fer et un article découpé dans le *Novy Mir* à propos de la mort de Milioukine. Une chose parut retenir son attention. C'était un petit morceau de papier avec un tampon à l'allure officielle.

— Tiens, tiens, dit-il tranquillement.

— C'est quoi ? m'enquis-je.

— L'alibi de Sultan. J'imagine que c'est de cela qu'il souhaitait me parler. C'est une levée d'écrou, qui vient de la Région de Petrogradski. Selon ce bout de papier, Sultan Khadziev a passé la nuit durant laquelle Mikhail Milioukine a trouvé la mort, soûl dans un L.T.P. de la région. Voilà pourquoi il se sentait aussi tranquille à l'idée de me rencontrer. Si ce papier est authentique, et qu'il a vraiment passé la nuit au poste à dessoûler, alors, il était innocenté.

Grouchko passa le document à Nicolaï.

— Tu ferais mieux de vérifier ça demain matin, dit-il. Simplement pour être sûr.

Il poussa un soupir et leva les yeux pour contempler le ciel qui devenait violet. Il allait bientôt faire noir, même si ce n'était que pour une cinquantaine de minutes environ.

— Et voilà.

— Mais alors, pourquoi l'avoir expédié dans l'autre monde ? demanda Nicolaï.

— Les Géorgiens ont calculé que deux plus deux, ça fait cinq, dit Grouchko. Exactement comme on l'a fait. (Il haussa les épaules.) Ou c'est ce qu'ils veulent qu'on pense. D'une manière ou d'une autre, on en est revenu au point de départ.

— Vous voulez toujours qu'on ramasse les Géorgiens demain ?

Grouchko regarda sa montre.

— Tu veux dire aujourd'hui ? murmura-t-il d'un ton las. Oui. Plus que jamais.

— On a quelques bonnes nouvelles, monsieur, annonça le lieutenant Kodirev.

— Eh bien, ne nous faites pas languir.

— Nous avons trouvé notre voleur. Un de mes hommes l'a pincé ce soir. Au marché Autovo. Il était en train d'essayer de vendre le Veau d'Or de M. Milioukine.

— Qui est-ce ?

— Il s'appelle Valentin Bogomolov, répliqua-t-elle. C'est un jeune délinquant, il vit avec ses parents dans le même immeuble que les Milioukine.

Grouchko hocha la tête d'un air approbateur.

— Bien joué, lieutenant, dit-il. Et... lieutenant ?

— Monsieur ?

— Pardonnez-moi... pardonnez-moi de vous sauter dessus de cette manière. La journée a été longue.

— Aucune importance, monsieur.

— La première chose que je veux que tu fasses ce matin, Nicolaï, c'est de venir l'interroger avec le lieutenant.

— Et pour les Géorgiens, monsieur ?

— Tu peux les laisser à Sacha et aux gars de la brigade O.M.O.N. Je veux que cette petite frappe nous pousse sa chansonnette avant l'heure du déjeuner. C'est bien compris ?

— Bien, monsieur.

À présent, Zverkov et son équipe avaient réussi à franchir le cordon de police. La caméra était aussi proche du cadavre de Sultan que le permettait l'objectif. Zverkov était debout à côté, en train de décrire la scène au micro. Une expression intense se peignait sur son visage, et il souriait comme un fou, comme si ce qu'il voyait l'excitait. Il me faisait penser au petit gamin fugueur, Rodia, qui rôdait toujours près du lieu du crime. Une fois de plus, Zverkov apostropha Grouchko et nous suivit tandis que nous nous dirigions vers la voiture.

— Colonel Grouchko ? Pouvez-nous dire ce qui s'est passé ici, s'il vous plaît ? Pour la Télévision de Saint-Pétersbourg. (Zverkov couvrit le micro.) Allez, Grouchko. Vous n'allez pas bouder à cause de ce qui s'est passé l'autre soir, quand même. Je faisais simplement mon boulot. Exactement comme maintenant. En train d'essayer de découvrir ce qui s'est passé ici. Est-ce que c'est un meurtre lié à la mafia ?

Grouchko s'arrêta et regarda Zverkov avec un dégoût manifeste. Sa lèvre se plissa et l'espace d'une seconde, je crus qu'il allait lui balancer un coup de poing. Au lieu de cela, il se contenta d'un signe de tête dans la direction de la voiture et du corps de Sultan.

— Posez-lui donc la question, dit-il.

14

La brigade O.M.O.N. était une unité spéciale, une espèce de commando de la milice. Ses membres étaient vêtus d'uniformes de style militaire, avec des casques, des gilets pare-balles bleus et ils étaient armés de mitraillettes et de AK47. Tandis qu'ils attendaient l'ordre de foncer, ils s'étaient installés dans une vaste salle de la Grande Maison pour regarder un film d'Arnold Schwarzenegger, leurs armes nichées au creux de leurs bras puissants comme des écoliers en train d'imiter leur héros à l'écran. Le film, *Predator*, était en anglais, mais seule l'action paraissait revêtir de l'importance. La plupart des membres de cette brigade semblaient âgés d'une vingtaine d'années. De bonne humeur, mais légèrement nerveux, ils ressemblaient davantage à une équipe de football essayant de se détendre un peu avant un grand match qu'à un groupe de tireurs d'élite de la police. En revanche, il n'y avait aucune trace d'amateurisme dans la manière dont ils s'attaquaient aux criminels et il était rare que quiconque se montre enclin à offrir à ces jeunes gens sans pitié plus qu'une résistance symbolique.

Grouchko passa la tête par la porte et s'adressa à un moustachu qui fumait une cigarette et semblait moins s'intéresser au film que les autres.

— Pavel Pavlovitch, dit-il, je voudrais vous dire un mot, s'il vous plaît.

Le lieutenant Pavel Pavlovitch Klobouiev, qui était le commandant de l'unité, écrasa sa cigarette et suivit Grouchko dans le couloir.

— Est-ce que vous avez un Georgi Rodionov dans votre brigade, Pavel ? lui demanda Grouchko.

— Il ne fait plus partie de la brigade. Il a pris une balle dans la jambe il y a un an. Vous vous en souvenez ? C'était au moment où on a descendu Koumarine et sa bande.

Grouchko acquiesça d'un air vague.

— En tout cas, il a été réformé de l'O.M.O.N. Maintenant, il est instructeur au centre d'entraînement de la police à Pouchkine. C'est un des meilleurs tireurs que je connaisse.

— Est-ce que vous croyez qu'il est du genre à pouvoir mettre sur pied une petite société privée de sécurité ?

Klobouiev se tourna pour observer la salle. Ses hommes poussaient des cris d'enthousiasme à la vue d'Arnie se déchaînant, une lourde mitraillette à la main.

— Monsieur, la moitié de ma brigade fait du travail au noir. (Il haussa les épaules.) C'est comme ça, c'est la vie, les salaires étant ce qu'ils sont. À deux cent vingt-cinq roubles par mois, je n'aurais aucun reproche à leur faire s'ils posaient comme mannequins mâles pendant leurs périodes de repos. L'homme dont vous parliez, Rodionov, vous savez quel a été le montant de son indemnité quand il a été blessé ? Rien. Rien du tout.

— Comme je dis toujours, répliqua Grouchko, il n'y a rien de plus coûteux que des forces de police mal payées.

Je retrouvai Grouchko dans l'escalier, sous l'œil vigilant de Félix, « l'Homme de fer ».

— Vous avez déjà visité le centre ? me demanda-t-il.

Je lui répondis que je n'y étais pas encore allé.

— Vous, les Moscovites, dit-il en hochant la tête avec commisération, vous ne possédez rien de comparable. Je vais vous montrer le palais de Catherine, c'est sur le chemin de l'Académie de police.

Il m'expliqua où on en était avec Georgi Rodionov une fois que nous fûmes dans la voiture.

— Est-ce qu'il est au courant de notre visite ?

— Grand Dieu, non, dit Grouchko. Ça va lui faire une jolie surprise, vous ne croyez pas ?

Il eut un petit rire sadique.

Pouchkine est situé à environ vingt-cinq kilomètres au sud de Saint-Pétersbourg et a été ainsi baptisé en 1937, en hommage au célèbre poète. Pour Staline, les meilleurs poètes étaient toujours ceux qui étaient morts depuis au moins un siècle. C'était une bourgade tranquille et ombragée, avec des parcs magnifiques et non pas un, mais deux châteaux royaux.

L'Académie de police de Pouchkine n'était pas loin du palais de Catherine, un peu plus à l'est, et pourtant, on aurait eu du mal à trouver dans toute la Russie deux bâtiments plus contrastés : d'un côté, le palais avec sa façade de trois cents mètres de long, recouverte de stuc bleu et blanc, ses coupoles dorées et ses grilles en fer forgé doré ; et de l'autre, le bâtiment de l'Académie, avec la brique brune qui s'effritait, sa cour creusée de nids de poules, son toit qui fuyait et sa peinture qui s'écaillait.

Je n'ai jamais été communiste, mais il n'y avait pas besoin d'être Lénine pour comprendre qu'une dynastie capable de se faire construire de tels palais tandis que les paysans mouraient de faim, se préparait des lendemains un peu difficiles. Et pourtant, j'étais heureux que de tels lieux existent encore : sans ces magnifiques souvenirs de nos gloires passées, on aurait du mal à se percevoir autrement que comme une république bananière du tiers-monde, manquant par ailleurs singulièrement de bananes.

Le directeur de L'académie était un homme fort comme un bœuf, avec une grosse moustache sombre qui aurait pu servir de guidon de moto. Il avait le sourire amical du type dont les dents écartées sont censées lui porter chance et, comme j'allais le soupçonner rapidement, un flair pour repérer l'argent qui lui permettait de sentir qu'il y avait dans son académie autant d'occasions de faire des affaires qu'il y avait de trous entre ses dents.

Son bureau était vaste et glauque, extraordinairement soviétique dans ses moindres détails, excepté en ce qui concerne les étranges tableaux accrochés sur les murs jaunes. Quand le téléphone sonna, j'en profitai pour les regarder de plus près.

Bien qu'elles fussent encadrées de façon onéreuse, aucune de ces toiles à l'huile et au pastel ne semblait particulièrement réussie. Mais le manque de talent n'a jamais empêché aucun artiste de vivre en Russie. En même temps, ce qui avait été dessiné était aisément reconnaissable, et même familier, à qui que ce soit ayant vu des bandes dessinées de science-fiction. Il y avait quatre tableaux en tout ; ils formaient une suite qui racontait l'histoire d'un homme qui conduisait une voiture la nuit, dont le voyage était interrompu par l'arrivée d'un vaisseau spatial extraterrestre et qui entrait en grande conversation avec un de ces êtres étranges avant d'être emporté dans la soucoupe volante pour faire un voyage d'une journée sur une drôle de planète. Les O.V.N.I. font partie d'un certain nombre de sujets qui passionnent les gens : en plus des O.V.N.I., il y a les illuminés de la foi, le spiritualisme, Nostradamus, la puissance de la pyramide et le satanisme. Quand il s'agit de croire à l'impossible, nous sommes un peuple des plus crédules. Peut-être n'est-ce pas tellement surprenant. Après tout, nous nous sommes entraînés pendant soixante-dix ans.

En me retournant, je vis que Grouchko était à côté de moi. Il hocha la tête pour manifester poliment son opinion tandis que le directeur raccrochait le téléphone.

— Vous avez vraiment choisi un jour où il se passe beaucoup de choses pour nous rendre visite, dit le directeur. Une fois que le prêtre de la région aura fini de bénir notre nouvelle cantine, les journaux vont venir photographier ces tableaux et m'interroger sur mon expérience à propos des O.V.N.I.

Je sentis ma mâchoire en tomber de surprise.

— J'imagine que c'est là que nous trouverons Georgi Rodianov, ajouta-t-il.

— Quoi ? m'entendis-je dire. Dans un O.V.N.I. ?

Le directeur se mit à rire.

— Non, à la cantine. Vous allez rester déjeuner, j'espère ?

— Eh bien..., dit Grouchko en regardant sa montre.

— Mais j'insiste. Notre cantine est excellente. Vous n'en trouverez pas de meilleure. Nulle part. Pour être honnête, nous faisons honte à beaucoup de restaurants coopératifs. Georgi et vous, vous pouvez tout à fait avoir votre petite conversation dans la salle à manger des officiers.

Grouchko était encore tellement sous le coup de la surprise qu'il était incapable de réagir.

— Euh, bien, dit-il et nous suivîmes le directeur dans le couloir.

— J'espère qu'il n'a pas d'ennuis. Georgi est un brave garçon. Un des meilleurs instructeurs en matière d'armement que j'aie jamais rencontré.

Nous passâmes devant un groupe de femmes qui replâtraient le mur.

— Nous voulons juste lui poser quelques questions, dit Grouchko. À propos d'une vieille enquête.

Le directeur s'arrêta brusquement et ouvrit une porte à toute volée. Plusieurs cadets levèrent les yeux des appareils de musculation sur lesquels ils étaient en train de s'entraîner.

— Continuez ! leur cria-t-il. (Puis il nous regarda tous les deux en souriant.) Qu'est-ce que vous en pensez ? J'ai réussi à obtenir de deux ouvriers métallurgistes qu'ils copient des équipements américains. Autrement, on n'aurait jamais pu s'offrir un gymnase comme celui-ci. Le soir, cet endroit devient un club de santé et de remise en forme pour les habitants de la région. Ou du moins pour ceux qui sont prêts à payer le montant de l'adhésion au club. Tout cet argent est réinvesti dans l'académie. Pas mal, non ?

Grouchko et moi, nous reconnûmes qu'il s'était bien débrouillé. Le directeur commençait à m'intéresser d'une manière tout à fait inattendue.

Nous continuâmes à avancer dans le couloir et de nouveau, il s'arrêta et ouvrit une autre porte à toute volée. Cette fois, c'était une vaste salle de conférences avec un écran de cinéma.

— À la fin de la semaine, dit-il sans manifester la moindre gêne, ça devient le cinéma de la ville. Schwarzenegger, Stallone, Madonna – tout. Pour seulement deux roubles par personne.

— Vous semblez avoir pensé à tout, dis-je.

— Pour gérer un endroit comme celui-ci, il faut être un excellent homme d'affaires. La nouvelle cantine a coûté cinquante mille roubles. Il faut bien que l'argent vienne de quelque part. Il ne vient certainement pas du ministère. (Il rit avec amertume.) Il faut en trouver par tous les moyens possibles. Et c'est une chance que je connaisse pas mal de moyens.

Je me demandai combien l'histoire des O.V.N.I. allait bien pouvoir rapporter. Les tableaux représentaient une façon ingénieuse de compléter l'affaire : ils allaient probablement doubler de prix. Ce directeur commençait à me plaire. Ce que les gens pensaient de lui le laissait indifférent tant que cela lui rapportait l'argent nécessaire pour améliorer les équipements destinés à ses cadets. En même temps, je compris que le succès de son histoire d'O.V.N.I. reposait sur le fait qu'il n'admettait jamais la vérité devant quiconque. L'homme n'était pas corrompu, c'était un génie. On aurait dû lui confier l'intégralité du budget de la police. Il aurait probablement imaginé une manière de le doubler, celui-là aussi.

Dans la nouvelle cantine, il y avait déjà près de trois cents cadets assis aux tables de réfectoire. Comme leurs instructeurs et les femmes de service, ils attendaient l'arrivée du prêtre vêtu de noir. Dans toutes les cérémonies russes, il faut toujours beaucoup attendre. Grouchko et moi, nous suivîmes le directeur au centre de la pièce et puis brusquement, comme par magie, le prêtre et son acolyte se retrouvèrent parmi nous.

Le prêtre était un homme jeune, d'une trentaine d'années, qui avait une tête de plus que tout le reste des gens dans la cantine, si bien que le regard acéré de ses yeux bleus semblait se poser sur chacun. Il portait une barbe et, comme c'était la tradition, les cheveux longs et noués en queue de cheval sur la nuque. Il était vêtu d'une vaste soutane noire, avec des grandes manches mandarin, d'une longue étole de soie blanche brochée et il portait une grande croix au bout d'une chaîne en argent. Séduisant et plus jeune que la plupart des prêtres que j'avais rencontrés jusque-là, il était aussi le portrait tout craché de Raspoutine.

Son acolyte était dans l'ensemble moins distingué, parce qu'il était plus jeune, plus gros, rasé et avec un air plutôt endormi, comme s'il sortait tout juste d'un lit tiède et gras.

Le directeur aboya quelque chose en direction des cadets qui, comme un seul homme, se levèrent pour se mettre au garde-à-vous. Ils n'étaient pas complètement silencieux et j'entendis quelques remarques, suivies de quelques rires étouffés, tandis que le prêtre, prenant les choses du bon côté, adressait un bref sermon à ses étranges ouailles.

Particulièrement selon les critères de l' Église orthodoxe russe, ce n'était pas un long sermon, puisqu'il ne dura que trois ou quatre minutes ; et la bénédiction, avec les répons chantés par l'acolyte à la voix nasale, et qui dura peut-être six ou sept minutes, n'était pas une longue bénédiction. Mais étant donné que la soupe et les saucisses refroidissaient déjà sur les tables, le petit service du prêtre sembla interminable.

Enfin, comme pour s'assurer que la nourriture avait refroidi, ils firent tous les deux solennellement le tour de la cantine, aspergeant généreusement cadets, tables, murs et nourriture avec des giclées d'eau bénite. Un léger murmure de protestation s'amplifia au fur et à mesure que l'amusement montait et le directeur profita de cette agitation pour trouver Georgi Rodionov ; puis il nous conduisit tous les trois dans une annexe de la cantine principale, qui était la salle à manger des officiers. Il nous installa à sa propre table et, avec un grand sens de l'hospitalité, nous servit lui-même trois assiettes de soupe. Mais il ne se joignit pas à nous, affirmant, d'une façon qui ne semblait pas déraisonnable, qu'il suivait un régime sévère.

— Une sacrée personnalité, fit remarquer Grouchko, une fois que le directeur nous eut laissés.

— N'est-ce pas ? dit Rodionov en avalant bruyamment sa soupe.

— Est-ce qu'il est sérieux ? À propos des O.V.N.I. ?

— Oh oui ! (Rodionov leva les yeux de son bol et haussa les épaules avec résignation.) En ce moment, nous sommes tous obligés de faire des choses bizarres pour pouvoir gagner notre vie.

Tandis que Grouchko lui posait les questions qu'il souhaitait, j'observais l'instructeur de l'Académie. Rodionov était un homme à l'allure puissante, avec des cheveux blonds, des yeux bleus, un nez large et des lèvres épaisses et sensuelles. Excepté ses pommettes hautes, il aurait pu passer pour un Allemand ou un Polonais. Il avait un visage distingué, rêveur, qui aurait mieux convenu à un poète qu'à un policier.

— Alors, racontez dit Grouchko en prenant un peu de soupe.

Rodionov se gratta le nez d'un air embarrassé et regarda de tous côtés. Il s'apprêtait à répondre quand Grouchko l'interrompit.

— Pourquoi n'êtes-vous pas venu nous voir ? demanda-t-il calmement. Vous saviez que nous cherchions à rencontrer tous ceux qui avaient été en contact avec Mikhail Milioukine, dans la période qui a précédé sa mort. Alors, quelle est donc votre excuse, mon vieux ?

L'appétit de Rodionov s'était envolé. Il se cala au fond de sa chaise et croisa les bras dans une attitude défensive.

— S'il apparaissait dans un rapport que j'ai fait du travail au noir, je risquerais de perdre mon emploi. (Il parlait d'un ton morne, comme un collégien qu'on a surpris en train de voler des fruits.) J'ai d'ores et déjà perdu toute perspective d'avancement à l'intérieur de la milice. Je suppose que vous êtes au courant que j'ai été réformé de la brigade O.M.O.N. sans toucher la moindre indemnité ?

— Je suis au courant.

— J'ai une femme et une famille, et je ne peux pas me permettre de perdre cet emploi. J'ai besoin de cet argent. Et de tout ce que je peux gagner en supplément. (Il alluma une cigarette.) En plus, ce n'est pas comme si j'avais beaucoup de choses à vous raconter.

— Pourquoi ne me laissez-vous pas seul juge pour en décider ?

— Très bien.

Rodionov se versa du jus de pomme de la cruche qui se trouvait sur la table. En fait, ce n'était guère plus que de l'eau avec quelques tranches d'épluchure de pomme qui flottaient dedans.

— J'ai mis sur pied un petit groupe de miliciens qui proposent aux gens les services d'une société de sécurité privée. Vous connaissez le genre de choses dont je vous parle. Nous nous adressons essentiellement à des commerçants, des restaurants coopératifs, et des sociétés de joint-venture – des gens qui essayent de gagner leur vie honnêtement et qui se trouvent en butte à la mafia. De temps en temps, on décroche un client individuel. Comme Mikhail Milioukine.

« C'est lui qui m'a contacté. Il disait qu'il avait été menacé par des gens. Au début, j'ai pensé qu'il parlait de la mafia, mais plus tard, il s'est avéré que c'était des individus du Département qui lui fichaient la trouille. Il n'a pas dit ce qu'on lui voulait, simplement qu'on essayait de l'intimider. Apparemment, il y avait un mafioso, un maquereau que Milioukine avait aidé à envoyer dans les camps, et ces gens du K.G.B. l'avaient prévenu : ils allaient se débrouiller pour que le gars obtienne une libération rapide. Milioukine se faisait du souci : si ce type sortait, il allait venir lui chercher des crosses.

« Bon, j'ai été chez lui et on a discuté. Je lui ai proposé un plan et un tarif, mais il a dit que c'était trop cher. Il m'a offert cinquante roubles en liquide, comme acompte – et j'ai refusé. (Rodionov haussa les épaules.) Ce n'est pas plus compliqué que cela, monsieur.

— Quand était-ce ?

— Deux jours avant qu'il ne soit tué.

— Le matin ou l'après-midi ?

Rodionov réfléchit pendant un moment.

— Le matin. Entre 9 et 10 heures.

— Ce devait être juste avant le cambriolage, dis-je.

— Un cambriolage ? Les journaux n'ont pas parlé de cambriolage. (Son expression de surprise se transforma en inquiétude.) Quoique, à y repenser, il y a eu...

— Racontez-nous ça, reprit Grouchko.

— C'était au moment où je quittais l'immeuble où habitait Milioukine. J'ai croisé quelqu'un dont je connaissais le visage. Un type avec un casier judiciaire, spécialisé dans les vols mineurs. Surtout un pickpocket, mais je sais qu'il a un peu tâté de la cambriole à une certaine époque. Il s'appelle Piotr Mogilnikov. En tout cas, il discutait avec ces deux gars dans une voiture garée juste devant. Mais sur le coup, je n'ai pensé à rien du tout. Je veux dire, Milioukine avait peur de se faire tuer, pas de se faire dépouiller.

— Vous pourriez nous décrire les deux hommes dans la voiture ?

— Je n'ai fait que leur jeter un coup d'œil, monsieur. Mais ils étaient bruns et l'un deux fumait des cigarettes américaines. Je me souviens qu'il a jeté le paquet hors de la voiture.

— Quelle marque de cigarettes ?

Rodionov haussa les épaules en secouant la tête.

— Quelle était la marque de la voiture ?

— Euh... une vieille Zim. Noire. Intérieur rouge. Une jolie voiture, bien propre. (Il écrasa sa cigarette avec une certaine férocité.) Vous savez, monsieur, l'un dans l'autre, je ne suis pas très fier de moi – étant donné ce qui est arrivé à M. Milioukine. Je veux dire, c'était un type bien. Mais cinquante roubles, c'était vraiment pas suffisant, pour notre groupe.

Grouchko hocha la tête d'un air sombre. Il essuya son bol de soupe avec un morceau de pain noir, qu'il avala.

— Eh bien, nous ne dirons rien de plus à ce sujet, cette fois, dit-il et, comme moi aussi, j'avais fini de manger, il se leva de table.

Au même moment, une des femmes de service arriva, portant trois assiettes de saucisses fumantes.

— Merci pour la soupe, dit Grouchko, mais il faut que nous partions, maintenant.

— Voyons, et vos saucisses ? s'exclama Rodionov.

— Mangez-les, dit Grouchko. Avec deux emplois, vous en avez sûrement besoin.

15

Quand nous revînmes à la Grande Maison,
le couloir devant le bureau de Grouchko était
encombré par les hommes de la brigade O.M.O.N.
et par les Géorgiens qu'ils avaient arrêtés dans
le gymnase de l'hôtel Pribaltskaia. Nous aper-
çûmes Sacha, toujours vêtu d'un de ces nouveaux
gilets pare-balles qu'on venait juste de fournir au
Département des services criminels, et Grouchko
lui fit signe de nous rejoindre.

— Vous n'avez pas eu de problème ? demanda-
t-il.

— Il y en a un qui a réussi à filer, monsieur,
avoua Sacha. Mais on va le récupérer.

— J'y compte bien.

Nous observâmes la bande tandis qu'elle
pénétrait dans la salle des interrogatoires. On
peut dire qu'ils attiraient l'attention avec leur
belle allure basanée, leurs vêtements élégants et
leur crânerie macho. Les Géorgiens font toujours

cet effet-là. En voyant Dzhumber Gankrelidze, Grouchko ajouta :

— Je voudrais bien discuter avec celui-là. Il y a pas mal de choses que je voudrais qu'il m'explique.

Sacha hocha la tête.

— Est-ce que Nicolaï Vladimirovitch est déjà de retour ? demanda Grouchko.

— Il est dans le bureau. Le lieutenant Kodirev est avec lui. Il y a un gamin aussi.

Nous nous éloignâmes dans le couloir. La porte du bureau des inspecteurs était ouverte. En apercevant Grouchko, Andrei, qui était toujours absorbé par ses enquêtes téléphoniques, se dressa nerveusement, comme s'il s'attendait d'emblée à se faire rappeler à l'ordre une nouvelle fois.

— Je n'ai encore rien à signaler, monsieur, déclara-t-il d'une façon maladroite.

Grouchko grommela, réservant manifestement son attention au jeune garçon assis devant Nicolaï et Kodirev, la main gauche menottée à une statue de Lénine. Il était vêtu d'un blouson de cuir noir, avec une effigie de Bouddha dans le dos, et il portait plusieurs boucles d'oreilles. Ses cheveux étaient coiffés en banane, tout à fait à la mode, et on avait l'impression qu'il avait pleuré. Il était en train de lire la déposition qu'il avait faite devant Nicolaï.

— Si ce qu'il y a d'écrit là te satisfait, alors, tu n'as qu'à signer, dit Nicolaï en lui tendant un stylo.

Le jeune hocha la tête en reniflant d'un air malheureux. Il prit le stylo, en humecta l'extrémité sur sa langue jaunâtre, étala la déposition sur le bureau et la signa avec application. Nicolaï ramassa la déposition, vérifia que Mickey Mouse avait bien donné son autographe et apercevant alors Grouchko, se leva pour venir à notre rencontre.

— Est-ce que c'est le gamin qui a piqué le Veau d'Or de Milioukine ?

— Oui, monsieur. Il s'appelle Valentin Bogomolov. C'est un bouffeur de chanvre.

Grouchko fronça les sourcils. Avant de se joindre à l'équipe de Grouchko, Nicolaï avait passé plusieurs années à la brigade des stupéfiants. Il connaissait l'argot des consommateurs de drogue comme personne.

— Je veux dire, ça lui arrive de fumer du hasch.

— Merci, grommela Grouchko.

— Il vit avec son papa et sa maman dans l'appartement au-dessus de chez les Milioukine.

— Et qu'est-ce qu'il raconte ?

Nicolaï tendit à Grouchko la déposition de Bogomolov. Grouchko la parcourut des yeux puis il acquiesça d'un signe de tête.

— Peut-être que cela vaudrait mieux si j'entendais ceci de mes propres oreilles, dit-il en s'asseyant sur un coin du bureau de Nicolaï.

Il prit le Veau d'Or, fit un signe de tête à Kodirev, puis se tourna vers le jeune homme d'un air sévère.

Nicolaï sortit son paquet de cigarettes et en introduisit une dans la bouche de Bogomolov, comme s'il était en train de nourrir un bébé.

— Voilà le colonel Grouchko, expliqua-t-il tout en allumant la cigarette. Je veux que tu lui racontes tout ce que tu nous as raconté. Commençons par la première fois que tu as vu ces hommes devant la porte de Milioukine.

Bogomolov tira une bouffée maladroite sur sa cigarette et hocha la tête d'un air humble.

— Eh bien, j'étais en train de descendre l'escalier quand je les ai vus, dit-il d'une voix chevrotante. Ces trois hommes. Au début, j'ai pensé qu'ils pouvaient être des miliciens en civil ou des gens comme ça. Je veux dire, ils ne ressemblaient pas à des voleurs, mais je savais bien qu'ils n'habitaient pas cet appartement. Plus le fait qu'ils avaient les clés. Il y en a deux qui sont entrés dans l'appartement, et le troisième est resté dehors. Il avait bien l'air de faire le guet et je pense qu'à ce moment-là, j'avais compris qu'ils étaient en train de faire un coup. En fait, il paraissait moins bien habillé que les deux autres, et il ressemblait plus à un voleur, si vous voyez ce que je veux dire.

Il poussa un profond soupir et fit passer la cigarette dans le coin de sa bouche. Avec ce blouson de cuir, il ressemblait tout à fait à James Dean. Mais si à un moment quelconque, il avait fait montre de bravade et de désinvolture, c'était bien fini.

— Continue, dit Grouchko.

— Je restais là à regarder pour voir ce qui allait se passer. Vous comprenez, il faisait assez sombre dans l'escalier, donc, ils ne savaient pas que j'étais en train de les observer. En tout cas, je pense qu'ils sont restés là-dedans dix minutes, un quart d'heure, et quand ils sont ressortis, ils avaient pas mal de papiers et puis des trucs dans un sac en plastique...

— Quels trucs ? demanda Grouchko.

— Je sais pas. Probablement d'autres papiers. Il y en a un qui a dit quelque chose de bizarre – quelque chose à propos de « revenir à la mouette ».

— La mouette ? (Grouchko regarda Nicolaï.) C'étaient sans doute des inconditionnels de Tchékov, c'est ça ?

— Je suis sûr que c'était ça qu'ils ont dit, reprit Bogomolov. Même si pour moi, ça n'avait aucun sens.

— « Mouette », c'est de l'argot militaire pour désigner une voiture, monsieur, expliqua Nicolaï.

— Intéressant, murmura Grouchko. Mais c'est aussi une de ces vieilles copies de voitures américaines que Zim ou Zil avaient l'habitude de fabriquer. Une Mouette, je crois que c'était une copie de Buick. On ferait bien de vérifier.

Grouchko jeta un coup d'œil à Bogomolov en fronçant les sourcils.

— Eh bien ? Qu'est-ce qui s'est passé ensuite ?

— Ils ont décampé, en laissant la porte d'entrée ouverte. Ben, c'était l'occase pour moi. Je me suis dit que j'allais juste entrer pour voir s'il n'y aurait pas quelque chose d'intéressant à ramasser. J'ai trouvé de l'argent sur la table – environ cinquante roubles – et cette espèce de vache en or. J'ai piqué ça et l'argent et j'ai filé.

Il agrippa la manche de Grouchko d'une main couverte d'eczéma. Grouchko plissa le nez de dégoût.

— C'est la vérité vraie, monsieur, je le jure. Je voulais vendre la vache pour m'acheter de quoi faire des joints, mais je ne suis au courant de rien à propos de meurtre. S'il vous plaît, monsieur, dites-le-lui, à elle, je vous en prie. (Il secoua la tête d'un air terrifié en direction du lieutenant Kodirev.) Elle a été raconter toutes sortes de trucs, mais rien n'est vrai, monsieur.

Grouchko hocha la tête et ôta la main scrofuleuse du gamin de sa manche. Il descendit du bureau et se dirigea vers le seuil de la porte où je me tenais. Nicolaï le suivit.

— Tu crois qu'il dit la vérité ? demanda Grouchko.

— Après le savon qu'Olga lui a passé, j'en suis sûr.

— Olga ? dit Grouchko en souriant.

— Le lieutenant Kodirev. C'est un flic de première, monsieur. Elle a menacé le gamin avec tout l'arsenal. Meurtre, vol de bien appartenant à l'État.

— De quel bien appartenant à l'État s'agit-il ? demandai-je.

— Le Veau d'Or, dit Nicolaï. C'est une récompense littéraire importante. Vous voyez, au début, il affirmait qu'il l'avait simplement trouvé par terre, dans la rue, mais le lieutenant Kodirev, elle...

— On a compris, Nicolaï. Tu n'as pas besoin de lui décerner l'ordre de Lénine.

Il jeta un regard dans la pièce, derrière lui.

— Gardez-le ici une minute, dit-il, et il retourna dans son propre bureau.

Il décrocha le téléphone et demanda à la standardiste de la Grande Maison de bien vouloir lui passer le département des fichiers de criminels.

— Est-ce que c'est l'un des hommes que tu as vus ?

Bogomolov fixa la photographie que Grouchko avait sortie du dossier pour la lui mettre sous le nez.

— Il faisait sombre, dit-il, mais je pense que c'était celui-là qui avait les clés : celui qui est resté dehors et qui faisait le guet pour les deux autres.

— Celui qui ressemblait à un voleur, d'après ce que tu as dit.

Bogomolov acquiesça et Grouchko sourit.

— Tu es un brave garçon, dit-il. Et maintenant, qu'est-ce que tu dirais de voir si tu es capable d'identifier les deux autres hommes que tu as vus ? Je veux dire, en faire défiler un certain nombre devant toi.

Bogomolov haussa les épaules.

— Ça me va. Mais écoutez, qu'est-ce qui va m'arriver, une fois que cette histoire sera terminée ?

Grouchko se tourna vers le lieutenant Kodirev.

— Est-ce que le dossier est déjà parti chez un enquêteur ? demanda-t-il.

— Non, monsieur, dit-elle. Pas encore.

— Alors, qu'est-ce que vous en pensez ?

— Vous voulez dire s'il nous aide correctement dans notre enquête, monsieur ? Étant donné les circonstances, je serais disposée à abandonner les poursuites.

— Tu entends ça ? dit Grouchko à Bogomolov. Tu pourras rentrer chez toi une fois que tu auras regardé ces hommes. Mais attention, regarde-les bien. Et ne va pas raconter que c'est eux juste parce que tu veux te montrer coopératif. Compris ?

Bogomolov acquiesça de la tête.

Nous retournâmes dans le bureau de Grouchko.

— Nous allons voir s'il reconnaît l'un de nos séduisants amis géorgiens, expliqua Grouchko.

— Vous voulez que j'organise l'opération ? proposai-je.

— Je vous en prie.

— Nicolaï, regarde l'homme de la photo que Bogomolov a identifié de façon positive.

— C'est lequel, monsieur ?

— Un type qui s'appelle Piotr Mogilnikov, répondit Grouchko. Un pickpocket. Georgi Rodionov l'a vu rôder autour de l'immeuble de Milioukine le jour du cambriolage. Il était avec les deux hommes dans la Volga noire. D'après moi, ces deux types l'ont payé pour subtiliser les clés de Milioukine dans sa poche. Il a dû le bousculer dans la rue ou quelque chose dans ce genre. Et pendant qu'il faisait le guet sur le palier, eux, ils ont dû entrer tout simplement par la porte.

Il regarda une fois de plus la déposition de Bogomolov.

— Je parierais que l'un de ces types est notre fumeur de Winston si soigneux, suggéra Nicolaï. Vous savez, celui qui sort ses clopes du mauvais côté du paquet.

— Rodionov a déclaré que l'un des deux hommes dans la Volga fumait des cigarettes américaines, dis-je.

Du bout de l'index, Grouchko tapota la photographie que Nicolaï avait à la main.

— Alors, il faut faire circuler ça, dit-il. Je ne veux pas que ce *zek* subisse le même sort que Sultan Khadziev. Il faut qu'on le court-circuite, et vite fait. (Il frappa du poing dans sa paume.) En piste. Allons faire le tri de ces Djougachvili.

Les Géorgiens bénéficient d'une réputation qui n'est pas imméritée auprès des femmes : on dit que ce sont des individus au sang chaud, passionnés et cyniques. Les Géorgiens sont souvent les héros des anecdotes ou des blagues où il est question de prouesses sexuelles. Il y a encore deux autres choses que la plupart des gens savent à propos de la Géorgie. La première, c'est que cette région produit un excellent cognac. La seconde, c'est que la Géorgie fut le lieu de naissance de Joseph Staline. Seulement, à cette époque, il s'appelait Joseph Djougachvili. Jadis, les gens considéraient aussi que la Géorgie était un lieu de villégiature fort agréable. Mais depuis l'effondrement de l'Union soviétique, il n'y a plus que les mercenaires pour avoir encore très envie de s'y rendre.

Une fois, il y a bien des années, quand j'étais un petit garçon, mes parents m'ont emmené en Géorgie passer des vacances au bord de la mer Noire. Je me souviens qu'il faisait chaud et que les gens chez qui nous habitions étaient très gentils. Mais aujourd'hui, tandis que je regardais les visages brutaux des hommes qu'on avait traînés à la Grande Maison, cela semblait presque impossible de les associer à cette terre lointaine et chaleureuse dont le souvenir datait de mon enfance ; et, en revanche, très facile de les associer avec la lutte violente pour conquérir le pouvoir en Géorgie qui avait suivi la fin du communisme. Mais, en dépit de leurs mines sombres et de leurs bâillements las, les mafiosi géorgiens se conduisaient avec dignité ; et, comme ils traitaient les hommes de Grouchko avec politesse, ils s'aperçurent qu'en échange, on les traitait aussi avec politesse.

C'était, à ce que je compris, un type de relation né d'un respect mutuel. Les Géorgiens savaient que les hommes du Bureau central n'appartenaient pas au genre de miliciens dont on a l'habitude de faire des gorges chaudes – le genre que l'on peut voir se pavaner dans les rues, siffler, agiter leur matraque et coller des amendes pour des délits imaginaires, simplement pour arrondir leurs fins de mois. De même, les hommes du Bureau central savaient que ces mafiosi étaient des vrais durs, la plupart d'entre eux avaient fait des séjours en camps de travail où, en dépit de ce que stipule le Code des travaux forcés, on traite les hommes à peine mieux que des bêtes. Ayant réussi à survivre après des expériences aussi inhumaines, la plupart des mafiosi possédaient suffisamment de ressource pour qu'on ait du mal à les coincer.

Il y avait sept Géorgiens retenus en garde à vue et comme le règlement de la police en matière de confrontation de témoins exige seulement que le suspect se retrouve au milieu de deux autres personnes, cela signifiait qu'il fallait trouver à présent quatorze individus pêchés dans le public. Grouchko expliqua que pour mener de la façon la plus correcte possible une procédure que tout le monde s'accordait à reconnaître comme fruste, il fallait souvent se rendre sur les marchés noirs de Autovo et de Deviatkino pour y recruter des citoyens convenablement basanés ; il y avait parmi ces gens, cependant, un manque d'enthousiasme bien compréhensible à l'idée d'approcher d'une manière ou d'une autre de la Grande Maison, et du coup, tous les hommes qui étaient à présent volontaires pour participer aux confrontations organisées par le Bureau central, c'étaient des cadets qui vivaient dans les casernes de la région.

Ce n'était pas qu'il y eût vraiment un défilé organisé : le suspect attendait dans une pièce avec deux des volontaires et plusieurs miliciens. On demandait aux trois hommes de bien vouloir se lever ; le témoin était amené dans la pièce ; et là, on l'interrogeait pour savoir s'il reconnaissait un des trois hommes debout devant lui. C'était aussi simple que ça.

Valentin Bogomolov examina les sept Géorgiens de cette façon. Il prit son temps et on n'exerça aucune pression pour le contraindre à sélectionner un visage. Et sept fois, il secoua la tête. Avec le dernier des Géorgiens, le chef Dzhumber Gankrelidze, Grouchko demanda à Bogomolov s'il était absolument sûr de lui et Bogomolov le lui confirma.

— Très bien, dit Grouchko, et Nicolaï fit sortir Bogomolov de la pièce.

Une fois que les deux cadets de l'armée qui avaient participé à la confrontation furent partis, Dzhumber alluma une cigarette en souriant.

— Alors, de quoi s'agit-il, colonel ? demanda-t-il.

N'ayant rien qui lui permette d'impliquer les Géorgiens dans le cambriolage de l'appartement de Mikhail Milioukine, Grouchko décida d'en revenir à un stade antérieur de l'enquête.

— Vous avez déclaré à mes hommes que la nuit où Vaja Ordzhonikidze a été tué, vous aviez passé toute la soirée à l'hôtel Pribaltskaia.

Dzhumber haussa les épaules.

— Vraiment ? Je ne m'en souviens pas.

— Mais en fait, vous étiez au restaurant Pouchkine.

Dzhumber montra du doigt la porte qui venait de se refermer derrière Valentin Bogomolov.

— Pas si l'on en croit Elvis, dit-il.

Grouchko ne se donna pas la peine de corriger l'erreur que commettait le Géorgien sur les buts de la confrontation.

— Vous ne vous êtes rendu au Pribaltskaia que beaucoup plus tard, déclara-t-il. Votre voiture a été vue sur la perspective Nevski quelques minutes avant 23 heures.

— Vous aviez pris votre Kodak à l'enterrement de Vaja, n'est-ce pas ? soupira Dzhumber. Vous avez vu la cérémonie d'adieux qu'on lui a offerte. Alors, pourquoi aurions-nous fait une chose pareille si c'était nous qui l'avions tué, hein ?

Il détournait la conversation : pas question de parler du restaurant Pouchkine ni de la bombe incendiaire.

— Je ne sais pas, dit Grouchko. En tout cas, pas encore. Mais dire une chose et en faire une autre, c'est bien la méthode géorgienne, pas vrai ? Staline, Béria, ils venaient tous les deux de votre coin du monde.

Dzhumber sourit de toutes ses coûteuses dents en or et secoua la tête.

— Vous parlez exactement comme les journaux. Taper sur Staline, c'est simplement un moyen pour vous, les Russes, de taper sur la Géorgie.

— Au naturel, vous êtes des gens très contradictoires, s'obstina Grouchko. Tout le monde sait ça. Même votre mot « maman » signifie père. Double discours et fourberie font partie de la psychologie du Géorgien.

— Mais dites-moi, qui êtes vous : le psychiatre de la police ?

— Vous savez ce que je pense ?

— Allez-y. Étonnez-moi.

— Je pense que toute cette affaire a été montée de toutes pièces comme prétexte pour déclarer une guerre des gangs aux Tchétchènes. Vous tuez Vaja et ensuite, vous les recherchez pour les punir de ce crime.

Cette théorie ne m'inspirait guère. Je n'étais pas sûr que Grouchko lui-même y crût vraiment : il avait l'air désireux de provoquer Dzhumber d'une manière ou d'une autre. Peut-être tout cela faisait-il partie de sa tactique pour mener l'interrogatoire. Mais Dzhumber n'était guère plus convaincu par l'idée de Grouchko que moi.

— Vous avez l'imagination fertile, dit-il. Pour un Russe.

— C'est ce que nous avons nous-même pensé pendant un moment. À propos des Tchétchènes. Sultan Khadziev avait l'air d'être un sacrèment bon suspect. Seulement, il n'aurait pas pu, matériellement, tuer Vaja. Il a passé la nuit du meurtre dans un L.T.P. après avoir fait la bombe pendant deux jours.

— C'est pour ça que du coup, vous vous rabattez sur nous ?

Dzhumber regarda par la fenêtre d'un air las puis il se tourna vers Grouchko.

— Eh, Sultan Khadziev n'était pas le seul Tchétchène à Saint-Pétersbourg, vous savez. Vous avez peut-être raison : ce n'est pas forcément lui qui a tué Vaja. Ça pouvait être quelqu'un d'autre. Ces caftans puants n'ont pas besoin de beaucoup d'encouragements pour s'en prendre aux Géorgiens. Et même, depuis que le Bureau central nous a débarrassés des Arméniens, ces salauds de musulmans ne pensent qu'à remplir ce vide.

— Notre succès a entraîné d'autres problèmes, dit Grouchko en haussant les épaules.

— Moi, je dis que si on rate un Mohammed, il faut en chercher un autre. Sultan n'aurait pas pu le faire, vous dites ? Parfait. Alors, c'était un autre Tchétchène.

— Je m'en souviendrai.

— Vous feriez bien.

— Peut-être avions-nous aussi tort à propos de cette bombe incendaire, dit Grouchko. Je ne sais pas. Le propriétaire, un certain M. Chazov, ne nous aide pas beaucoup, alors c'est difficile de savoir quoi penser.

— Allez-y. Racontez-moi vos problèmes.

— Vous n'avez rien à voir là-dedans non plus, c'est bien ça ?

— C'est bien ça. Nous n'étions absolument pas dans les environs du restaurant Pouchkine.

— Qui a dit quoi que ce soit à propos du restaurant Pouchkine ?

— Vous, répondit Dzhumber en fronçant les sourcils. Vous venez d'en parler.

— Non, j'étais en train de parler d'une bombe incendiaire. (Il secoua la tête.) Je n'ai pas du tout dit que ça avait un rapport avec le restaurant Pouchkine. C'est vous qui avez opéré le rapprochement entre le Pouchkine et M. Chazov, pas moi.

Dzhumber remua les mâchoires d'un air mal à l'aise. Il ne savait pas si Grouchko l'avait pris au piège et poussé à dire quelque chose qui l'incriminait ou pas.

— Je veux voir mon avocat, déclara-t-il.

— Peut-être demain matin, dit Grouchko. Mais ce soir... Vous êtes nos invités.

Katerina était toute seule, en train de regarder la télévision quand je revins enfin à l'appartement de la perspective Ochtinsky. Je trouvai la viande en boîte et les spaghetti qu'elle m'avait laissés et je vins la rejoindre sur le canapé, bien que je n'aie eu qu'une envie : déplier cet engin et m'endormir illico. Elle remarqua que je réprimai un bâillement.

— Fatigué ?

— Comme si j'avais écouté un discours de Gorbatchev. Qu'est-ce que tu regardes ?

— *Hamlet*.

Hamlet était en train de se démener pour violer Ophélie, ou sa propre mère, je ne savais pas exactement laquelle. De toute façon, il s'agissait de la traduction de Pasternak, dans la célèbre mise en scène du Théâtre des Arts de Moscou et c'était le genre de pièce que Katerina, qui travaillait pour Lenfilm sur la perspective Kirovski, ne pouvait regarder que lorsque Porfiry était parti à l'étranger pour un de ses fréquents voyages d'affaires. Porfiry préférait regarder des vidéos du genre de celles qu'affectionnait la brigade OMON.

— Quand revient-il ? demandai-je.

— Demain, dans la journée.

Elle haussa les épaules et j'eus une agréable vue plongeante sur son décolleté.

— Il faut que je retourne à Moscou demain soir, dis-je. Pour récupérer ma voiture. Ils ont envoyé la pièce détachée que j'attendais. Je vais prendre le train de nuit.

— Pendant que tu seras là-bas, est-ce que tu pourrais chercher de l'aspirine ? On n'en trouve plus du tout dans les pharmacies ici.

— Tu as besoin d'autre chose ?

— Eh bien, des ampoules électriques, c'est toujours utile, même si elles sont grillées. Figure-toi que celles-là aussi, on a du mal à les trouver.

C'était un vieux truc : les gens échangeaient les ampoules grillées contre des ampoules en état de marche sur leur lieu de travail.

— Je ne suis pas si sûr de cette histoire, répondis-je en plaisantant. Selon l'article 69, ça s'appelle du « sabotage ».

— Ce que c'est que d'avoir un flic chez soi, dit-elle en riant. Très bien. Demain matin, je regarderai la télévision pour voir quelles sont les dernières pénuries prévues. Mais vraiment, avec Porfiry qui s'en va aussi souvent, c'est agréable que tu sois là. Il y a tellement de cambriolages par ici en ce moment.

— Peut-être que si les couloirs étaient moins sombres, dis-je d'un ton sarcastique, les truands se sentiraient moins à l'aise. Mais avec ces gens qui piquent les ampoules...

Nous parlâmes encore un bon moment jusqu'à ce que Katerina me souhaite bonne nuit et que je puisse enfin déplier le canapé. Ce n'était pas particulièrement confortable, mais j'y dormis assez bien, et Grouchko n'aurait pas pu en dire autant. Le lendemain matin, quand j'arrivai à la Grande Maison, je m'aperçus qu'il ne s'était pas couché du tout.

Peu de temps après être rentré chez lui, il avait reçu un coup de fil de Sacha qui l'informait qu'un milicien de garde à l'hôtel Moskva avait repéré Piotr Mogilnikov dans le hall d'entrée.

16

Situé deux stations de métro à l'ouest du centre-ville, face au monastère Alexandre Nevski, l'hôtel Moskva a la forme et l'aspect d'un abri antinucléaire, bâti à la taille d'une ville. Architecturalement, rien ne distingue cet endroit, il est surtout remarquable par le nombre de prostituées payables en devises qui rôdent autour de la porte et du hall, ainsi que par les soirées de beuverie auxquelles se livrent les Finlandais qui arrivent d'Helsinki par le ferry tous les week-ends. Les prostituées et les Finlandais ivres finissent souvent ensemble, et on dit en général qu'ils se valent bien.

Grouchko examinait le Moskva et son escorte de filles avides de dollars avec un dégoût manifeste. Comme beaucoup d'hommes pères de filles adultes, quoique la sienne lui ait annoncé plus tôt dans la soirée qu'elle avait l'intention d'émigrer en Amérique, Grouchko avait été choqué par une enquête récente menée auprès des adolescentes russes, qui révélait que le métier de prostituée payable en devises était considéré comme une des professions les plus enthousiasmantes parmi celles qui s'offraient aux jeunes filles.

Grouchko et Sacha se frayèrent un chemin au milieu de la meute acariâtre qui attendait patiemment entre les doubles portes de l'hôtel et pénétrèrent dans l'immense hall, cherchant le milicien qui les avait avertis. Ils l'aperçurent qui se dirigeait vers eux, saluant à moitié, son cou épais et musclé ressortant du col bleu de sa chemise d'uniforme.

— Votre suspect était dans le restaurant quand j'ai téléphoné, expliqua le milicien, qui était sergent. Mais maintenant, il est parti dans les salles de jeux. Un de mes gars le tient à l'œil. Je l'aurais bien arrêté moi-même, mais j'ai pensé que vous souhaiteriez sans doute lui parler d'abord.

Ils se dirigèrent tous les trois vers une volée de marches qui menaient à une énorme salle à manger, et plus loin, à des machines à sous.

Ce qui ressemblait de loin à une fanfare de cirque se révélait de près être un orchestre de cabaret. Sur une scène brillamment éclairée, une troupe de danseuses, vêtues seulement de strings sous leurs courtes chemises rouges à la mode circassienne, effectuaient leurs pas de danse avec toute la grâce artistique d'un détachement de soldats en train de monter la garde autour du tombeau de Lénine. Les serveurs se donnaient beaucoup de mal pour ne pas voir leurs clients empoisonnants, souvent soûls à mort, tandis que les maquereaux se glissaient entre les tables, à la recherche de clients et empochant les pourcentages des prostituées avant de retourner dans les salles de jeux style Las Vegas.

Pour les yeux fatigués de Grouchko, cela ressemblait à une vision décadente vieille d'un millénaire, et il n'aurait pas été tellement surpris de voir une main apparaître dans l'air enfumé pour tracer les mots d'une prophétie sur le mur éclairé par une boule lumineuse. Ce qui le dégoûtait le plus, c'était de voir une telle quantité de nourriture, dont la plus grosse partie allait être gâchée, repoussée ou ignorée par ceux qui l'avaient commandée sans se poser vraiment la question de savoir s'ils avaient faim ou non, tandis qu'au-dehors, dans toute la ville, les boutiques étaient vides et les gens faisaient la queue pendant des heures pour acheter une miche de pain.

— Regardez-moi ce bourbier, murmura-t-il. Dieu sait que nous avons besoin de devises, mais on ne devrait pas vendre notre âme en échange.

— Par ici, monsieur, dit Sacha.

Les salles de jeux étaient bourrées de monde, des Russes pour la plupart, et tous, ils faisaient engloutir frénétiquement aux machines des quantités de jetons, comme si eux aussi avaient vu l'inscription sur le mur. Ils venaient de tous les coins de la vieille Union soviétique. Il y avait des ingénieurs agronomes de Karkov, des ouvriers métallurgistes de Magnitogorsk, des marchands de bois de Novosibirsk, des mineurs d'Irkoutsk et des professeurs de Habarovsk : des Sibériens, des Ukrainiens, des Kazakhs, des Arméniens et des Ouzbeks – voyageurs de l'Intourist venant pour la première et dernière fois visiter la capitale historique et culturelle du pays, pèlerins venus contempler les trésors de l'Ermitage et les tombeaux des tsars. Mais la plupart se rendaient à St-Peter pour regarder l'Occident par cette fenêtre noire de crasse et s'en offrir un ersatz pendant deux semaines.

Le sergent de la milice qui accompagnait Grouchko et Sacha réussit à attirer l'attention de son collègue, qui lui désigna de l'œil une rangée de machines à sous ; ensuite, il fit remarquer à Grouchko un homme assis sur un tabouret, devant une des machines, qui introduisait dans la fente des pièces qu'il prenait dans un gobelet en carton posé sur ses genoux. Il était vêtu d'un jean, d'une veste de survêtement bleue et il avait un visage pâle, à l'expression rusée. Une cigarette pendait comme le sifflet d'un arbitre à la lèvre inférieure grise et molle de l'homme. C'était Piotr Mogilnikov.

Tandis que Grouchko s'avançait, il vit le second homme. Ou plutôt, il vit la lumière se refléter sur le couteau que l'homme tenait tout contre sa cuisse. Celui-là avait un visage plus sombre, avec des sourcils épais, un long nez épaté et une moustache drue, comme celle de Staline. L'homme s'approchait tranquillement du dos de Mogilnikov, et alors que le couteau amorçait son trajet fatal, Grouchko sortit son arme.

— Laisse tomber ce schlass ! cria-t-il.

L'homme au couteau se retourna et vit l'énorme Makarov automatique dans la main de Grouchko. Mogilnikov pivota sur son tabouret et aperçut le Géorgien au couteau exactement au moment où la machine, qu'il avait nourrie avec une telle assiduité, faisait dégringoler le gros lot. Cette coïncidence provoqua suffisamment de remous pour laisser à Mogilnikov le temps de filer. Il repoussa en arrière le Géorgien et se précipita vers le restaurant. Voyant que la pluie de pièces de monnaie était abandonnée par celui qui l'avait gagnée, les autres joueurs commencèrent à se battre pour mettre la main dessus, et dans la bousculade qui suivit, le Géorgien en profita pour s'enfuir par la porte de derrière. Grouchko n'osait pas tirer. Ce n'était pas tant qu'il craignait de manquer le Géorgien ; mais il savait parfaitement qu'une balle de calibre .45 pouvait traverser le corps d'un homme et toucher un passant innocent. Sacha s'était déjà lancé à la poursuite de Mogilnikov, et Grouchko se retrouva seul pour s'extraire de la foule des joueurs et sortir par la porte de derrière à la poursuite de l'homme au couteau.

Arrivé dehors, il jeta un coup d'œil vers le nord, le long de la rivière, puis de l'autre côté du pont. Il n'y avait pas trace du Géorgien, et il se mit donc à courir pour se retrouver devant l'hôtel. Tenant toujours le gros pistolet à la main, il remonta la file de taxis, vérifiant soigneusement au fur et à mesure entre les voitures, tout en scrutant l'autre côté de la place et la porte du monastère. Il s'arrêta au coin de la perspective Nevski, et ne voyant toujours nulle trace du Géorgien, il se mit à revenir sur ses pas. Il ne restait plus que la station de métro à tenter.

Grouchko passa les lourdes portes de verre et s'arrêta devant un musicien en train de ramasser les quelques roubles et kopecks qu'il avait recueillis dans l'étui de sa guitare.

— Avez-vous vu un homme qui courait entrer ici, là tout de suite ?

Le musicien vit le pistolet dans la main de Grouchko et pendant plusieurs secondes, il eut trop peur pour pouvoir faire autre chose qu'ouvrir et fermer la bouche sans proférer le moindre son.

— Quel genre d'homme ? finit-il par bégayer.

Grouchko secoua la tête avec impatience, sauta par-dessus la barrière et cavala jusqu'en haut des énormes escalators vides. Un petit vent lui emmêla les cheveux en lui rafraîchissant agréablement le visage tandis qu'il s'arrêtait là pour décider de ce qu'il allait faire. Puisque personne n'était en train de remonter, il pensait qu'aucune rame n'avait eu le temps de venir et de repartir. Si le Géorgien était entré dans le métro, il devait probablement y être encore.

Il commença à descendre par l'escalator, l'oreille tout le temps dressée pour entendre le haut-parleur qui annoncerait l'arrivée du prochain train. Puis, au pied de l'escalator montant, il aperçut un autre homme qui commençait à redescendre, comme si quelque chose l'avait dissuadé de monter, et Grouchko comprit que sa proie n'en menait pas large sur l'autre escalator. Le Géorgien avait dû l'entendre interroger le musicien et il avait pris l'escalator montant dans l'espoir qu'il parviendrait à éviter Grouchko pendant que celui-ci descendrait.

Grouchko se retourna et se mit à grimper à contresens. Il ne réussit d'abord qu'à se maintenir au même niveau, et il lui fallut grimper plus dur pour réussir à monter. En atteignant de nouveau le rez-de-chaussée, il resta baissé jusqu'à ce qu'il parvienne à la barrière. Il sauta silencieusement par-dessus et, apercevant encore une fois le musicien, il posa son doigt sur ses lèvres et lui prit tranquillement la guitare des mains. Se collant contre le mur, il commença à faire vibrer une des cordes.

Il entendit les pas avant de voir l'arme. Le moment d'après, il balançait la guitare par le manche et frappait le Géorgien en pleine figure. L'arme de l'homme dégringola par terre en même temps que lui. Grouchko s'avança prestement et d'un coup de pied, envoya l'arme valser. Puis il rendit l'instrument qui résonnait encore au musicien.

— Joli son, dit-il.

Tandis que le Géorgien s'asseyait et essuyait le sang qui coulait de sa bouche, il se retrouva vite fait bien fait menotté.

— Allez, viens, dit Grouchko. Debout. Il va falloir que tu nous chantes encore une autre chanson.

Il poussa le Géorgien jusqu'à la porte d'entrée de l'hôtel, où une petite foule se rassemblait près de Sacha.

— Ne me dis pas que tu l'as laissé filer.

Sacha montra du doigt la voiture de Grouchko. Piotr Mogilnikov était assis sur la banquette arrière, cachant son visage de ses avant-bras.

— Il va bien ? demanda Grouchko avec sollicitude.

— Il va bien, dit Sacha. Il a fallu que je le cogne, c'est tout. Il est juste un peu essoufflé.

— Et moi alors ? marmonna le Géorgien tout en tâchant d'endiguer le flot de sang qui coulait de son nez et de sa bouche. J'ai besoin d'un médecin.

— T'as surtout besoin d'un avocat, dit Grouchko et il le poussa vers le sergent de la milice au moment où une camionnette noire de la police arrivait sur eux à toute vitesse, gyrophare bleu en action.

— Collez-le au frais et emmenez-le à la Grande Maison, ordonna-t-il. Je l'aurais bien pris moi-même, seulement, je ne voudrais pas mettre du sang sur mes sièges.

— Vous avez bien raison, monsieur, dit le sergent, et attrapant le Géorgien par le col taché de sang de sa chemise, il le balança dans la camionnette au moment où elle s'arrêtait à leur hauteur.

Il était plus de 2 heures, le temps qu'ils reviennent à la Grande Maison. Le Géorgien, qui s'appelait Ilia Chavchavadze, ne disait pas un mot ; ils décidèrent donc de l'enfermer dans la vieille prison de la police dans les sous-sols de la Grande Maison et tournèrent leur attention vers Piotr Mogilnikov. Sacha lui ôta les menottes et le fit asseoir sur une chaise en face de Grouchko.

— Tu sais, dit-il en lui allumant une cigarette, à quelques secondes près, ce Géorgien t'aurait descendu.

Il approcha sa propre cigarette du briquet.

— C'est mon jour de chance, alors ?

— C'est bien ce qu'il me semble. Je suppose que tu n'as pas la moindre idée de la raison pour laquelle il voulait te tuer ?

Mogilnikov repoussa sa chaise et se balança sur deux pieds avec une nonchalance insolente.

— Qui sait ce qui peut bien traverser ce genre d'esprit malade ? dit-il.

— Et si t'essayais de deviner ?

— Vous pouvez le faire aussi bien que moi.

— Même mieux, ça m'étonnerait pas, dit Grouchko.

Mogilnikov sourit d'un air affecté.

— Alors, pourquoi vous me le demandez ?

— Oh ! je me disais simplement que le fait d'avoir été presque assassiné pouvait t'aider à distinguer où se trouvaient les priorités.

Mogilnikov ôta la cigarette de ses lèvres et demeura silencieux.

— Alors dis-moi, pourquoi es-tu parti en courant ?

— Je pensais que vous étiez avec l'autre type, évidemment. Comment je pouvais savoir que vous étiez des poulets ?

Il laissa sa chaise retomber sur ses quatre pieds, se pencha en avant et fit tomber la cendre de sa cigarette dans le couvercle de métal posé sur le bureau. Grouchko l'attrapa par le poignet et siffla bruyamment.

— Oh ! voilà une très jolie montre ! tu as vu, Sacha ?

— Elle a l'air de valoir beaucoup d'argent, monsieur.

Grouchko vérifia le nom de la marque sur le cadran.

— Rolex. C'est une vraie ?

— Non, bien sûr que non, dit Mogilnikov. C'est une copie. Direct de Hong-Kong. Comment est-ce que je pourrais m'en payer une vraie ?

— Comment, en effet ? (Grouchko ouvrit le bracelet d'or et d'acier inoxydable.) Ça t'ennuie si je la regarde de plus près ?

Mogilnikov haussa les épaules d'un air incertain puis fit glisser le bracelet au bout de son bras. Grouchko retourna la montre pour en inspecter le dessous.

— Étonnant, dit-il. Je parierais que seul un expert serait capable de les différencier. (Il pinça les lèvres et hocha la tête.) Tu sais, je viens juste de penser à quelque chose. Peut-être que c'est la raison pour laquelle le Géorgien voulait te tuer d'un coup de couteau : pour s'approprier cette montre. Ces Géorgiens, ils aiment les trucs qui en jettent, comme ça.

— Vous m'en direz tant.

— Qu'est-ce que tu en penses, Sacha ? demanda Grouchko en lui lançant la montre.

— Eh, protesta Mogilnikov, faites attention.

— Navré, dit Grouchko en souriant. Mais après tout, ce n'est qu'une copie.

— Copie ou pas, ça vaut quand même de l'argent.

— Très, très jolie, dit Sacha en hochant la tête d'un air de connaisseur. Ça a l'air de trop bonne qualité pour être fait maison.

— Vous êtes qui, au juste ? demanda Mogilnikov en fronçant les sourcils. L'horloger attaché à la milice ?

— Non, mais il va te donner un indice, dit Grouchko.

— Oh ? Et qu'est-ce que ça pourrait bien être ?

— Que c'est toi qui t'es occupé de Vaja Ordzhonikidze.

— Vaja qui ? Eh, de quoi vous parlez ?

Sacha lança la montre à Grouchko. Mogilnikov soupira en secouant la tête.

— Tu lui as téléphoné, dit Grouchko. Tu lui as proposé de lui vendre cette montre.

Il la laissa pendre au bout de sa main comme s'il était en train d'agacer un chat avec un morceau de poisson.

— Tu as dit à Ordzhonikidze que tu avais piqué ça sur le bras d'un touriste étranger, pas vrai ?

— Je n'ai jamais entendu parler de ce type. Et je n'ai pas volé cette montre.

— C'est la vraie raison pour laquelle tu avais une place réservée dans l'avion de minuit en provenance de Géorgie, déclara Grouchko. Tu as tendu un piège à Vaja pour qu'il se fasse descendre.

Mogilnikov continua à secouer sa tête maigre.

— Tout comme c'était toi qui as aidé à mettre l'appartement de Mikhail Milioukine sens dessus dessous, ajouta Sacha.

— Mikhail qui ?

— Peut-être que tu as aidé à les tuer tous les deux, dit Grouchko. De toutes façons, tu en prends le maximum, quinze ans dans la « zone », régime strict. Abattre des arbres à Perm...

— Les hivers sont glacés, dit Sacha, les étés brûlants, on est à des kilomètres de tout. Même les gardiens ne veulent pas aller là-bas, tellement c'est isolé. Le camp occupe la surface de trente-huit Régions du pays. C'est tellement grand et tellement vide que tu peux penser que le monde t'a complètement oublié.

— Vous ne me faites pas peur, dit Mogilnikov.

— Les types comme toi, qui ont une belle gueule, pour les *zek*, ça fait des jolies filles-garçons, ajouta Grouchko avec un plaisir plein de malignité. Si les moustiques ne te rendent pas fou ou si la tuberculose ne te tue pas d'abord.

— Vous êtes des salauds, grommela Mogil-nikov.

— Bien sûr, ajouta Grouchko, il y a de bonnes chances pour que tu n'arrives même pas jusque-là – maintenant que les Géorgiens ont décidé de t'envoyer au ciel. Même si on t'enferme à Kresti, ils pourront encore très bien te chatouiller les côtes, fiston. C'est pas vrai, Sacha ?

— Il n'y a rien de plus facile. Ces Géorgiens ont des copains dans toutes les prisons de St-Peter. Le prix à payer pour tuer un homme quand il est en prison, c'est deux doses de came. Ou peut-être emprunter la fille-garçon de quelqu'un pendant un après-midi.

La sueur commença à couler sur le front pâle de Mogilnikov. Il l'essuya d'un revers de main puis il arracha la cigarette du coin de sa bouche trem-blante. La cendre tomba sur son pantalon sans qu'il y prête attention.

— Qui t'a mis sur ce coup ?

Brusquement, la voix de Grouchko était rauque et impatiente. C'était le petit matin et il avait envie de rentrer chez lui.

— Personne...

— Qui étaient les deux hommes avec qui tu t'es rendu dans l'appartement de Milioukine ?

— Je... je ne sais pas de quoi vous parlez.

— Pourquoi as-tu tué Mikhail Milioukine ?

— Je n'ai jamais tué personne.

Grouchko soupira avec lassitude et se ren-versa sur sa chaise. Il alluma une cigarette au mégot de la précédente avant de l'écraser dans le cendrier.

— Tu sais, ta vie ne vaut pas cinq kopecks tant que tu ne te décideras pas à me parler, fiston.

Mogilnikov eut un sourire nerveux et sarcastique.

— Et si je le fais ? Combien elle vaudra alors ? Peut-être encore moins que ça. Peut-être que je suis en danger pour l'instant, mais je serai bon pour la morgue à la minute même où j'aurai ouvert la bouche, bande de salauds.

Grouchko haussa les épaules, regarda la Rolex puis la rangea dans le tiroir de son bureau.

— Eh, rendez-moi ça, dit Mogilnikov.

Il voulut se lever, mais se heurta à la main de Grouchko, qui le repoussa au fond de sa chaise.

— Reste où tu es, dit-il. Tu la récupéreras quand je le dirai. Mais seulement si tu te conduis comme un gentil garçon.

Mogilnikov secoua la tête avec impatience.

— J'ai pas le temps de jouer avec vous, dit-il.

Grouchko eut un un rire dur.

— Fiston, dit-il, la seule chose qui te reste, c'est du temps.

Il était 9 heures du matin et on venait juste de faire descendre Piotr Mogilnikov en cellule au moment où j'arrivai. Grouchko m'expliqua les événements de la nuit tout en se rasant avec un vieux rasoir électrique qui avait l'air d'avoir été conçu pour tondre les moutons.

— On va le transférer de l'autre côté du fleuve, à Kresti, un peu plus tard dans la matinée, annonça-t-il. Peut-être qu'un peu de préventive va le persuader de changer d'avis. Occupe-toi de ça, tu veux, Sacha ? Mais il faut que quelqu'un le surveille en permanence. Je ne veux pas qu'il y ait d'accident. Et si on se débrouille pour inculper ces Géorgiens, on ferait bien de s'assurer qu'ils vont en tôle ailleurs : à Chpalerni ou à Nizegorodski, n'importe où, mais pas à Kresti.

Il se tourna vers moi en souriant.

— Tiens, en parlant de Géorgiens, ça m'y fait penser. Vous avez un visiteur.

17

Sémione Sergueievitch Loutchine était un homme vif, de petite taille, au crâne chauve, avec une courte barbe couleur de sable et des lunettes épaisses à monture noire, qui le faisaient devantage ressembler à un professeur d'université qu'à l'avocat préféré de la mafia. Il était vêtu d'une chemise à carreaux à manches courtes, d'un pantalon de flanelle grise et il fumait un petit cigare. Il me semblait âgé d'une cinquantaine d'années. Je le trouvai en train d'attendre dans mon bureau. Il lisait un journal judiciaire international qui était rédigé en anglais, mais je décidai qu'il faisait cela probablement uniquement pour m'impressionner.

— Ah ! vous voilà ! dit-il en se levant poliment.

Nous ne nous sommes pas donné le mal de nous serrer la main, et même si je savais exactement pourquoi Loutchine était là, je décidai de le laisser gagner ses honoraires. Je m'assis donc derrière mon bureau et cherchai mon paquet de cigarettes. Loutchine m'offrit un cigare de la boîte qu'il avait posée ouverte sur ses papiers, mais j'avais déjà une cigarette allumée. Je ne dis rien et je le regardai se préparer à se jeter à l'eau.

Il remua ses papiers, fit tomber la cendre de son cigare, me jeta un regard par-dessus ses lunettes et finalement, s'exprima d'une voix ferme de baryton, avec un comportement ouvert et déterminé.

— Si j'ai bien compris, vous retenez mes clients en garde à vue, dit-il et il commença à nommer les sept Géorgiens, patronymes inclus, le tout sans consulter la moindre de ses notes.

Là, je me sentis vraiment impressionné. Avec certains de ces noms géorgiens, on en a plein la bouche.

— Vous paraissez très bien les connaître, dis-je. Et vous êtes très bien informé. Nous venons juste de les embarquer.

— Je suis l'avocat attitré et permanent de M. Gankrelidze et de ses collègues, dit Loutchine sans la moindre trace d'embarras. Un ami de M. Gankrelidze m'a contacté hier soir tard pour m'informer qu'on venait de les arrêter. J'ai pensé que le mieux à faire, c'était de venir ici directement ce matin.

Il s'interrompit, s'attendant à ce que je dise quelque chose, mais comme je me contentai de simplement hausser les épaules, il sourit poliment et ajouta :

— J'ai supposé que, à un moment quelconque de la journée, vous souhaiteriez observer la procédure normale selon laquelle les suspects sont de nouveau mis au fait des charges qui pèsent contre eux, en présence de leur avocat. Eh bien, je suis là et je suis à votre disposition.

— Merci, M. Loutchine, c'est très aimable de votre part, dis-je. Mais je ne suis pas sûr que nous ferons cela avant que je n'aie demandé au bureau du procureur un mandat de perquisition.

— Puis-je me permettre de vous demander ce que vous cherchez ?

— Je crains bien que non.

Le fond de l'affaire, c'était que je n'avais pas d'idée très précise sur ce que nous pouvions rechercher qui serait en relation directe avec la bombe incendiaire du restaurant Pouchkine. Je n'aurais pas vraiment pu demander à Voznosenski la permission de perquisitionner pour chercher quelques bouteilles de vodka vides, des chiffons, un bidon d'essence, de l'huile et une boîte d'allumettes. Toute cette histoire de mandat de perquisition n'était qu'une tactique pour gagner du temps. Je le savais. Il le savait.

— Et quand comptez-vous voir le procureur d'État ?

— À un moment quelconque de la journée, répondis-je en restant dans le vague.

Il nota quelque chose avec son stylo en or et alluma un autre de ses petits cigares avec un étroit briquet, en or lui aussi. Je remarquai que c'était le même genre de briquet que celui de Grouchko. Puis je remarquai la montre en or et l'alliance assortie. Il a peut-être la peau fragile, pensai-je : il ne supporte pas le contact d'un autre métal que l'or.

— Et quelles sont les charges retenues contre mes clients ? reprit-il.

— Racket, extorsion de fonds, crime d'incendie et meurtre.

— Pourriez-vous vous montrer plus précis ?

— Pas sans compromettre nos témoins. Mais je ne manquerai pas de vous tenir au courant, M. Loutchine.

— J'y compte bien, dit-il et sortant son portefeuille en croco, il me tendit sa carte de visite – elle était imprimée des deux côtés, en russe et en anglais.

— Voilà. Si je comprends bien, mes clients ont été arrêtés tôt hier après-midi, dit-il. Ce qui vous laisse cinquante-trois – bon, soyons généreux, disons cinquante-cinq – heures avant que vous ne soyez obligé soit d'inculper mes clients soit de les relâcher.

— Non, disons seulement cinquante-trois, répondis-je sèchement – je ne voulais pas devoir la moindre faveur à ce serpent.

— Très bien, alors, disons cinquante-trois, répondit-il sans avoir l'air de se vexer, et il nota de nouveau quelque chose. Naturellement, si mes clients sont inculpés, je solliciterai de fournir une caution.

— Ce à quoi je m'opposerai.

Il sourit avec patience.

— Puis-je voir les comptes rendus d'interrogatoires ? Je souhaite simplement m'assurer que les droits de mes clients, conformément à l'article 51, ont été respectés.

J'ouvris mon tiroir et en sortis le dossier.

— Parfois, ces gars de la Criminelle peuvent se laisser un peu emporter, ajouta-t-il en manière d'excuse.

— Pas dans ce cas particulier, dis-je en lui tendant une liasse de papiers – un compte rendu pour chacun des sept nains. Je pense que vous trouverez tout en ordre, M. Loutchine.

— Merci, dit-il et il se mit à les examiner avec beaucoup de soin.

Quand il eut achevé, il me les rendit et tira plusieurs bouffées de son cigare, presque comme s'il s'efforçait d'enflammer une amorce.

— Vous n'êtes pas de Saint-Pétersbourg, n'est-ce pas ?

— De Moscou.

— Ça va vous plaire ici, dit-il avec assurance. C'est une ville extrêmement civilisée.

Je pensai à la bombe incendiaire volant à travers la fenêtre du restaurant Pouchkine, aux cadavres au pied du monument dédié aux Héros de Leningrad, au cinéma sur la perspective Nevski, et je hochai poliment la tête.

— C'est beaucoup plus amical qu'à Moscou. N'hésitez pas à faire appel à moi si je puis vous être utile.

Il rassembla ses papiers et les rangea dans un élégant attaché-case de cuir noir. Puis il s'attarda comme s'il y avait encore quelque chose d'autre qu'il souhaitait me dire.

— Je ne suis pas retourné à Moscou depuis plusieurs années, déclara-t-il. La dernière fois, c'était en 1987. Margaret Thatcher était en visite en Union soviétique. Je l'ai vue quand elle se promenait en ville.

Je souris. Loutchine voulait juste échanger quelques mots avec un autre juriste, quelqu'un qui du moins n'était pas un criminel. Je me demandai si le voyage de Mme Thatcher à Moscou avait été aussi l'occasion pour Milioukine de la rencontrer.

— C'est une grande dame, dit-il. Vraiment une grande dame.

C'était une opinion assez répandue. La plupart des Russes pensaient que la « petite Maggie », comme on l'appelait affectueusement, aurait fait un grand Premier Ministre de Russie.

— Oui, dis-je, mais n'oubliez pas ceci : les Anglais ont la même opinion de Gorbatchev.

Grouchko avait disparu quand je revins dans son bureau. Il n'y avait pas non plus trace de Nicolaï ou de Sacha. Mais Andrei était à son poste habituel, en train de contempler le téléphone ; cependant, pour une fois, il avait l'air assez content de lui.

— Où est Grouchko ? lui demandai-je.

— Sorti avec Nicolaï, dit-il. Ils sont partis vérifier une piste. (Il sourit d'un air fier.) Quelque

chose que j'ai découvert avec cette enquête téléphonique.

— Bien joué. De quoi s'agissait-il ?

— Vous vous souvenez du corps qu'on a découvert l'autre jour : Tolia ?

— Celui avec les brûlures faites au fer à repasser ? J'aurais du mal à l'oublier.

— Il s'avère qu'il travaillait pour une de
ces sociétés de joint-venture anglo-russes. Une
société qui s'appelle Anglo-SoyouzAtom Transit.
Apparemment, c'était un de leurs chauffeurs. Ils
travaillent dans la branche des déchets nucléaires.

— Grouchko m'a dit qu'on se contentait de
balancer les déchets dans l'océan. Je suppose qu'il
voulait parler des déchets à bas risque.

— Vous voulez dire qu'il y a plusieurs types de
déchets ?

— À bas risque, intermédiaire et à haut risque.
Pour les déchets qui entrent dans la catégorie
intermédiaire et à haut risque, il faut avoir un système adapté pour les détruire.

— On dirait que vous vous y connaissez, monsieur.

— Seulement ce que j'ai lu dans la presse, et ce
que j'ai entendu à la télé.

— Alors, vous allez peut-être pouvoir me ren-
seigner, ajouta-t-il en consultant son calepin.
Radiobiologie : est-ce que ça a quelque chose à
voir avec le nucléaire ?

Je haussai les épaules.

— On n'a pas un dictionnaire par ici ?

Andrei se mit à rire en secouant la tête.

— On n'a même pas un annuaire du téléphone.

— Non, mais il n'y a pas de bibliothèque dans ce bâtiment ?

— Pas à ma connaissance.

Je décrochai le téléphone et demandai à la standardiste de me mettre en contact avec le bureau du colonel Tchelaieva au Laboratoire de recherche scientifique. Quand enfin, je réussis à lui parler, je lui exposai mon problème.

— Radiobiologie ? dit-elle. C'est une des branches de la biologie qui s'occupe des effets des substances radioactives sur les organismes vivants. Pourquoi me demandez-vous ça ?

Je regardai Andrei.

— Pourquoi est-ce que vous voulez savoir cela ?

— Eh bien, il s'agit peut-être simplement d'une coïncidence, expliqua-t-il, avec l'histoire de ce Tolia qui travaillait pour Anglo-SoyouzAtom Transit, mais dans le carnet d'adresses de Mikhail Milioukine, il y a un Dr Sobchak. Elle travaille à l'université Pavlov – la faculté de médecine ici à St-Peter. Bon, eh bien, quand j'ai téléphoné pour lui parler, on m'a dit qu'elle était partie en vacances. Alors, j'ai demandé quelle spécialité de médecine elle exerçait et on m'a répondu qu'elle était radiobiologiste.

— Vous avez entendu ça ? demandai-je à Tchelaieva.

— Plus ou moins, répondit-elle. Et vous pouvez dire à cet inspecteur quelque chose de très important, de ma part. Dites-lui que c'est toujours une erreur de mettre des éléments de côté sous prétexte que c'est une coïncidence, pendant une enquête criminelle. Les coïncidences, voilà tout ce dont notre travail est fait.

Sur ce conseil, elle raccrocha le téléphone.

— Qu'est-ce qu'elle a dit ?

— Radiobiologie : c'est en rapport avec les effets des radiations sur les organismes vivants. Et elle m'a dit de vous dire que les coïncidences, voilà ce dont notre travail est constitué.

Andrei fit la grimace.

— Quelle garce ! Maintenant, vous savez pourquoi je ne lui ai pas téléphoné moi-même. Chaque fois qu'on lui demande une saleté d'empreinte, on risque un sacré sermon. Vous pensez que ça vaut le coup d'appeler Grouchko dans la voiture pour lui dire ça ? Je veux dire à propos du Dr Sobchak.

— Pourquoi pas ? dis-je. Peut-être que les gens de Anglo-Soyouz auront entendu parler d'elle.

J'allumai une cigarette en regardant Andrei noter la définition telle que le colonel Tchelaieva nous l'avait donnée.

— Où se trouve cette société ?

— À environ soixante-quinze kilomètres à l'est d'ici, le long de la côte, sur la route de Sosnovy Bor.

Je jetai un coup d'œil sur ma montre.

— Alors, je serai peut-être parti le temps qu'ils reviennent, dis-je. Écoutez, il faut que j'aille à Moscou cet après-midi. Pour récupérer ma voiture. Est-ce que cela vous embêterait de dire à Grouchko que je serai de retour demain, au milieu de la matinée avec un peu de chance ?

— Pas de problème, dit Andrei. (Il alluma une cigarette et me lança un regard en coin, comme s'il essayait de jauger quel genre d'individu j'étais.) Ça vous ennuie que je vous pose une question ?

— Allez-y.

— Vous aimez les spectacles de ballet ?

— Quand je peux m'en offrir.

— On en a un très bon ici, à St-Peter. Je suis un ami intime du directeur. Peut-être que je pourrais vous obtenir des billets gratuits.

Je me demandai ce que quelqu'un comme Andrei pouvait bien avoir fait pour bénéficier des faveurs du directeur du Kirov.

— J'ai compris. Vous voulez que je vous rende un service, c'est ça ?

— Quelque chose comme ça, répondit-il.

— Alors, qu'est-ce que vous voulez ?

— Eh bien, quand vous serez à Moscou, si par hasard, vous voyez des cassettes de musique, en particulièrer le nouvel album de Michael Jackson... (Il sortit son portefeuille et me tendit deux billets graisseux de cinq dollars.) C'est pour l'anniversaire de mon fils, ajouta-t-il rapidement.

J'empochai ses dix dollars.

— Les mômes, marmonnai-je. On en fait des choses pour eux.

Andrei appela Grouchko après mon départ et lui parla du Dr Sobchak.

— Alors, où est-elle partie en vacances ? demanda-t-il.

— Dans la datcha d'un ami. La secrétaire n'était pas tout à fait sûre de l'endroit où cela se trouvait.

— Alors, tu ferais bien de le découvrir.

Andrei se souvint alors qu'il fallait qu'il transmette mon message.

— Il est déjà parti ?

— Il y a une dizaine de minutes.

— Ah la barbe, dit Grouchko. Je voulais qu'il me rapporte du chocolat.

À l'exception de la haute clôture en fil métallique qui délimitait son périmètre, Anglo-SoyouzAtom Transit, situé dans une forêt de bouleaux isolée sur les rives du golfe de Finlande, n'évoquait pas le genre d'endroit qu'on associe en général avec l'industrie nucléaire en Russie. Il n'y avait aucune grande tour ni aucun réacteur en forme de coupole. Pas de gardiens et pas de patrouille de chiens. La petite série de bâtiments qui contenait l'état-major de la société de joint-venture datait de l'époque prérévolutionnaire ; le plus gros des bâtiments était une datcha bien restaurée, qui devait avoir appartenu à un aristocrate finlandais à l'époque où cette partie de la côte n'était pas encore rattachée à la Russie. Construite en brique blanche avec des jointoiements et un toit gris, elle avait un petit portique de style classique et tant de tailles et de formes de fenêtres que Grouchko fut tenté de penser que l'architecte d'origine devait avoir eu des arrangements particuliers avec le vitrier du coin.

La Jigouli cabossée qui transportait les deux inspecteurs se rangea le long d'une élégante BMW. Ils sortirent, admirèrent rapidement l'autre voiture et grimpèrent les quelques marches qui menaient à la porte d'entrée.

L'intérieur de la maison n'était pas moins impressionnant pour Grouchko et Nicolaï que l'extérieur : d'épais tapis de laine couvraient tout le sol et les meubles étaient cossus. Près de la porte, il y avait un bureau en châtaignier ciré sur lequel était posé un ordinateur. Une fille ravissante d'une vingtaine d'années était en train de scruter l'écran à quatre couleurs et, derrière elle, il y avait un type à l'air compassé, avec des lunettes sans monture et un aftershave à l'odeur prononcée. L'homme se redressa en voyant les deux inspecteurs.

— Que puis-je faire pour vous ? demanda-t-il.

— C'est bien la société Anglo-SoyouzAtom ? demanda Grouchko d'un air incertain.

Il ne s'attendait à rien de ce genre.

— C'est exact. Je m'appelle Youri Gidaspov, je suis contrôleur des transports ici.

Grouchko sortit sa carte d'identité et laissa à l'homme le temps de la regarder.

— colonel Grouchko, du Département des services criminels, monsieur, dit-il. Et voilà le major Vladimirov.

Les yeux de Nicolaï étaient captivés par les cuisses de la secrétaire, qu'on découvrait sans difficulté sous le soupçon de jupe qu'elle portait.

— Nous venons à propos de Tolia, expliqua Grouchko. Anatoli Boldirev. Si j'ai bien compris, il travaillait ici.

Une expression de malaise traversa le visage de Gidaspov.

— Ah oui, dit-il avec hésitation, j'ai parlé à votre lieutenant ce matin de bonne heure, n'est-ce pas ? Écoutez, euh... pourquoi n'irions-nous pas dans mon bureau pour discuter de tout ceci ?

— Ne me passez aucune communication, Katia, dit-il à la jeune fille derrière son bureau et il les conduisit vers une porte en pin vernie.

Des yeux, Grouchko inspectait les murs et le plafond.

— Cet endroit ne ressemble pas à l'idée que vous vous en faisiez, hein, colonel ? dit Gidaspov en ouvrant la porte de son bureau.

— Pas tout à fait, monsieur.

— Cette propriété appartenait autrefois à un membre du Politburo. En réalité, il est toujours là, dans une des plus petites datchas de la propriété, celles destinées aux amis. On ne peut pas se débarrasser de lui sauf si on parvient à prouver qu'il est venu vivre ici de façon illégale, mais il n'y a aucun document pour prouver quoi que ce soit.

— Les preuves, ça peut être quelque chose de très trompeur, fit observer Grouchko.

— Ce n'est pas qu'il nous cause le moindre problème. Il se tient à carreau, ce qui n'a rien d'étonnant. N'empêche, il savait vivre comme il faut, on peut lui reconnaître ça. Il y a un sauna, un billard, une piscine couverte, une salle de cinéma – on s'en sert comme d'une salle de conférences – et six courts de tennis. Les courts de tennis servent de parkings pour nos camions en ce moment. A.S.A. a acheté cet endroit au gouvernement russe pour deux millions de dollars.

— Rien que ça ? dit Grouchko.

Nicolaï laissa échapper un sifflement tranquille. Gidaspov ferma la porte derrière eux. Silencieusement, Grouchko traversa la vaste étendue de tapis et contourna le bureau de la taille d'un mausolée pour aller regarder par la fenêtre. Devant une rangée d'arbres, on pouvait voir les courts de tennis et sur l'un d'entre eux, était garé un camion qui avait l'aspect le plus futuriste que Grouchko ait jamais vu. Il ressemblait à l'un de ces O.V.N.I. dont rêvait le directeur de l'Académie de police.

— Vous semblez ne manquer de rien, monsieur, dit-il. Est-ce là un de vos camions ?

— Oui. C'est quelque chose, hein ? Ça coûte un million de dollars, et on en a quatre autres comme celui-là.

Il prit un paquet de Winston sur son bureau et en offrit une à Grouchko.

Grouchko parut prêt à accepter, mais il se ravisa. Il avait seulement voulu regarder le paquet de plus près – pour vérifier par quel bout il avait été ouvert.

— Non merci, monsieur, dit-il en sortant son propre paquet d'Astra. Je m'en tiendrai aux miennes. Il vaut mieux que je ne me souvienne pas comme elles ont mauvais goût comparé aux vôtres.

Il désigna de nouveau le camion.

— Est-ce que Tolia conduisait un de ces camions ?

— Oui. De fait, Tolia était un de nos meilleurs chauffeurs. Il était avec nous quand on a commencé, il y a une dizaine de mois. Avant cela, il avait travaillé pour SOTRA, allant jusqu'en Afghanistan, en Inde et en Iran pour Irantransit et ensuite pour Yuzhtransit. Comme tous nos chauffeurs, il s'est présenté en ayant d'excellentes références. Vous pouvez facilement imaginer ce que sont nos procédures de contrôle. Ingostrakh, l'organisation d'assurance de l'État, s'est montrée très stricte sur le genre d'hommes que nous pouvions embaucher : seuls les meilleurs chauffeurs avec des permis absolument impeccables.

« En tout cas, il y a environ un mois, Tolia a commencé à ne plus être fiable. Des problèmes de famille de je ne sais quelle nature. Il s'est mis à boire beaucoup. On ne l'a jamais pris en train de conduire sous l'emprise de l'alcool, mais en revanche, il est arrivé en retard à de nombreuses occasions. Je crains bien d'avoir eu la ferme intention de le renvoyer, colonel. Mais avant que je n'aie eu le temps de mettre cette décision à exécution, il a tout bonnement cessé de venir travailler. Voilà pourquoi nous avons encore un véhicule ici, alors qu'il devrait se trouver sur les routes.

« Bien entendu, je n'avais pas le moindre soupçon qu'il lui était arrivé quelque chose. J'ai essayé de lui téléphoner. Je me suis même rendu à son adresse une fois. (Gidapsov haussa les épaules.) Pour être franc avec vous, je pensais que l'alcool avait eu raison de lui, et qu'il était probablement quelque part en train de prendre une cuite. (Il soupira en hochant la tête.) Pauvre Tolia ! Avez-vous une idée de la façon dont il est mort ?

— Il a été assassiné, monsieur, répondit Grouchko. Il a reçu une balle dans la tête. Mais seulement après que quelqu'un l'a eu torturé avec un fer électrique.

— Seigneur, murmura Gidaspov. Mais pourquoi... ?

— C'est ce que nous essayons de découvrir, monsieur, dit Grouchko. Cela pourrait nous aider si vous nous en disiez un peu plus sur la nature de votre travail ici.

— Vous ne pensez pas qu'il puisse y avoir un lien, n'est-ce pas, colonel ? (Gidaspov tira nerveusement sur sa cigarette.) Oh ! je suis sûr que non.

— Nous examinons toutes les possibilités, monsieur, répondit Grouchko. Qu'importe si elles semblent tirées par les cheveux.

Gidaspov hocha la tête, puis il se souvint que Grouchko venait de lui demander un schéma des activités de la compagnie.

— Eh bien, colonel, comme vous le savez peut-être, ou comme vous l'ignorez, il y a quatre réacteurs qui fonctionnent à Sosnovy Bor, et ces réacteurs produisent des déchets. En matière de destruction des déchets, dans ce pays, jusqu'à présent, nous ne nous étions pas montrés particulièrement brillants. Et beaucoup des R.B.M.K. en fonction en Russie, en Lituanie et en Ukraine sont en mauvais état. Ce qui ne les empêche pas de fournir la moitié de l'électricité nucléaire de l'ex-Union soviétique. Donc, vous vous rendez compte de leur importance.

« Afin de pouvoir prétendre à un certain nombre de prêts internationaux pour nous aider à moderniser ces implantations, la Russie a accepté de collaborer avec l'autorité internationale de l'énergie atomique en matière de déchets nucléaires. À court terme, nous ne nous occupons que de déchets de la catégorie intermédiaire issus des équipements de la région et du réacteur lituanien à Ingalina. Mais quand Saint-Pétersbourg deviendra une zone d'économie libre, on s'attend à ce que cela devienne un entrepôt pour l'ensemble des déchets nucléaires de toute l'Europe du Nord.

« Les déchets eux-mêmes sont scellés dans des bidons d'acier et chargés sur nos véhicules en partie réfrigérés. Comme vous pouvez le constater, ils sont même partiellement blindés en cas d'accident. Les Anglais sont les plus avancés dans ces recherches et ils ont fourni le savoir-faire technique et les camions eux-mêmes, bien entendu. Les camions transportent nos bidons jusqu'à nos installations de stockage à long terme.

— Autrement dit, commenta Grouchko, l'Occident nous aide à moderniser nos réacteurs nucléaires, en échange de quoi, nous les laissons se débarrasser de leurs déchets avec les nôtres.

— Vous avez saisi le sens général, colonel, oui. Bien sûr, il n'y a pas que les déchets dont il faut s'occuper. Il y a aussi le problème du transport des têtes nucléaires jusqu'aux sites de destruction. On a déjà formé le projet de se procurer une autre escouade de camions spécialement conçus à cet effet pour régler aussi ce problème.

— Mais pourquoi transporter tous ces trucs par la route ? demanda Nicolaï. Est-ce que ce ne serait pas plus sûr par le train ?

— Pardonnez-moi, major, mais n'importe où ailleurs, je ne pourrais être que d'accord avec vous. Cependant, ici, en Russie, la plupart des gens ne possèdent pas de voiture et dès qu'ils doivent parcourir une certaine distance, ils prennent tous le train. Les passagers sont prioritaires dans les chemins de fer. Ce qui rend le transport des marchandises par le rail lent et peu fiable. On ne peut pas se permettre le moindre retard quand il s'agit de transporter des matières radioactives.

— Je suis persuadé que vous avez examiné toutes les possibilités qui s'offraient à vous, dit

Grouchko. Mais j'aimerais bien avoir l'occasion de parler à quelques-uns de vos autres chauffeurs. Des hommes qui ont connu Tolia. Ceux avec lesquels il s'est soûlé, peut-être. Si jamais ils pouvaient m'aider à faire un peu de lumière sur sa mort. (Il hocha la tête d'un air vague.) Il a peut-être raconté quelque chose à quelqu'un.

— Tout ce que vous voudrez, colonel, seulement, il va vous falloir attendre quelques jours. Au moins, jusqu'à ce que le convoi revienne du site.

— Et où se trouve ce site ?

— Je ne vous l'ai pas dit ? C'est au sud de la Biélorussie, sur la frontière ukrainienne. Près de Pripiat.

— Mais c'est tout près de Tchernobyl, n'est-ce pas, monsieur ? demanda Nicolaï.

— À trois kilomètres, pour être exact.

— Je pensais qu'il y avait une sorte de zone d'exclusion tout autour de cette région ?

Nicolaï, à présent, fronçait les sourcils. Il ne s'intéressait pas beaucoup à l'industrie nucléaire. Personne ne s'y intéressait à Saint-Pétersbourg. Pas depuis la fuite de gaz iodé radioactif dans le réacteur de Sosnovy Bor.

— Vous avez raison, elle existe, dit Gidaspov. Une zone d'exclusion de cent kilomètres, mise en vigueur par le K.G.B. Mais la zone ne s'applique pas au personnel de l'industrie nucléaire. Après tout, trois des quatre réacteurs de Tchernobyl sont encore en fonction.

— Ils marchent toujours ? J'ignorais cela, dit Nicolaï.

Gidaspov tenta d'avoir l'air rassurant.

— Je peux vous assurer que tout ceci est parfaitement en ordre, messieurs, dit-il d'une voix douce. Toute cette activité a reçu la bénédiction de notre propre ministère de l'énergie atomique et de l'I.A.E.A., sans parler de la nouvelle administration de l'implantation de la puissance nucléaire de la Fédération de Russie. Encore la semaine dernière, nous avons eu toute une équipe de la S.K.E. – c'est l'inspection suédoise pour les installations nucléaires.

« Et après tout, les déchets, il faut bien qu'ils aillent quelque part. À Pripiat, la zone d'exclusion comporte déjà huit cents sites séparés de stockage, contenant 500 millions de mètres cubes de déchets radioactifs et de débris provenant de l'accident du réacteur de Tchernobyl. (Il haussa les épaules.) C'est un territoire qui est perdu à tout jamais. Pouvez-vous imaginer un meilleur endroit pour entreposer des déchets nucléaires que là où tout est déjà contaminé au-delà du possible ?

— Je suppose que non, reconnut Grouchko. Ce n'est sûrement pas la même chose que de se contenter de les jeter dans l'océan, j'imagine.

Il se tut et alluma une autre cigarette.

— Vous avez dit que tous vos chauffeurs, vous ne les embauchiez qu'au terme de procédures très précises : est-ce que cela signifie que vous possédez un dossier personnel sur chacun d'eux ?

— Il n'y a rien de mal à cela, n'est-ce pas ?

— Non, bien sûr que non. Je me demandais simplement si vous me donneriez le dossier de Tolia Boldirev. Il y aura peut-être quelque chose dans ses antécédents qui pourra nous aider dans notre enquête.

— Oui, je suis désolé. Je n'avais pas l'intention de me montrer aussi défensif.

Gidaspov ouvrit une armoire fermée à clé et fit coulisser un tiroir. Il fouilla dans les dossiers puis en sortit un qu'il tendit à Grouchko.

— Vous trouverez tout là-dedans, dit-il. Adresse, numéro de passeport, rapport médical, emplois précédents, tout depuis l'époque où il était aux Jeunes Pionniers.

— Merci, monsieur. (Grouchko tendit sa carte à Gidaspov.) Quand le convoi sera de retour, je vous serais reconnaissant de bien vouloir me prévenir par téléphone.

Nicolaï suivit Grouchko vers la porte.

— Ah ! encore une chose, M. Gidaspov, dit Grouchko. Connaissez-vous un certain Dr Sobchak ?

— Non, je ne crois pas avoir jamais entendu parler de lui.

Grouchko hocha la tête. Il ne se donna pas le mal de corriger l'hypothèse de Gidaspov, selon laquelle Sobchak était un homme. Cela semblait simplement confirmer qu'il venait de faire une réponse honnête. Au lieu de cela, il le remercia de lui avoir consacré du temps, lui fit de nouveaux compliments sur la splendeur des installations de l'A.S.A. puis il partit.

Nicolaï et lui passèrent ensuite le reste de cet après-midi chaud et poisseux à enquêter sans résultat sur les détails de la vie de Tolia Boldirev.

18

Je sortis de la gare de Leningrad (les Moscovites ont continué à appeler la gare d'où partent les voyageurs de Saint-Pétersbourg par son ancien nom) et je montai dans un trolley qui s'en allait vers le sud. C'était bien d'être de retour à Moscou et, même à cette heure matinale, tout semblait plus riche et ressemblait davantage à une grande ville que Saint-Pétersbourg. Les gens avançaient d'un pas plus énergique. Les voitures circulaient plus rapidement. Il y avait déjà plus de kiosques en aluminium doré, de ceux qui abritent des magasins privés, que ce dont je me souvenais ; et j'avais bien l'impression qu'on y trouvait plus de nourriture qu'à Saint-Pétersbourg. Mais les prix étaient difficiles à croire. Comment les gens pouvaient-ils avoir les moyens de s'acheter quelque chose ?

Je descendis du trolley et me dirigeai vers l'ouest en longeant les boulevards jusqu'au siège de la milice, qui était situé juste au nord des boulevards, au numéro 38 de la Petrovka, près des jardins du vieil Ermitage. De l'extérieur, la Grande Maison de Moscou était bien différente de son homologue de Saint-Pétersbourg : la façade néoclassique donnait sur un beau jardin planté de parterres de fleurs, de haies et d'un monument de marbre dédié aux armes de la milice. Mais à l'intérieur, l'endroit était plus ou moins identique.

Je franchis le tourniquet de sécurité, traversai le jardin jusqu'à la porte d'entrée et là, je pris l'ascenseur qui m'emmena au deuxième étage. La secrétaire de Chaverdov, Irina, était en train de faire du thé. Elle n'eut pas l'air surprise de me voir.

— je peux le voir ? lui demandai-je.

— Oui, répondit-elle.

Je frappai à la porte et entrai. Vladimir Chaverdov, le chef du département du crime organisé à Moscou, était au téléphone. Il me fit signe d'approcher et commença à griffonner quelque chose sur un morceau de papier. Je m'assis et j'allumai une cigarette en attendant qu'il ait fini son coup de fil. L'unique décoration qu'on trouvait dans son bureau, c'était les photos de sa femme et de sa famille, qu'il avait mises sous verre et posées sur sa table de travail.

Chaverdov était un homme brun, de haute taille, nanti d'une de ces têtes dont on dirait qu'elles ont poussé à travers les cheveux, et d'une bouche assez boudeuse, enfantine. Il était vêtu d'un costume trois pièces bordeaux, d'une chemise gris clair et d'une cravate noire.

Irina entra avec son thé. Chaverdov raccrocha le téléphone et lui prit des mains la soucoupe et la tasse.

— Vous voulez du thé ? me demanda-t-il.

— Merci, ça me ferait plaisir.

Irina hocha la tête et ressortit.

Chaverdov désigna le téléphone d'un mouvement de la tête.

— Vous savez qui c'était ? demanda-t-il. Kasboulatov.

Celui-ci était le procureur de l'État à Moscou.

— Nous venons d'inculper Batsounov pour avoir reçu des pots-de-vin.

— Vous plaisantez !

Arkadi Batsounov était le procureur-adjoint et il avait la responsabilité de la majorité des poursuites concernant le Département du crime organisé. Une bonne partie de ma vie d'enquêteur à Moscou avait été consacrée à lui préparer des affaires. Arkadi Batsounov avait aussi été mon ami.

— C'est vrai, dit Chaverdov. Il a avoué. Il faut dire qu'il pouvait difficilement faire autrement. Nous l'avons pris la main dans le sac, en train de recevoir un pot-de-vin de vingt mille roubles d'un Caucasien. Chez lui, on a retrouvé plus de cent mille roubles.

Irina revint avec mon thé et je le bus lentement en réfléchissant, tandis que Chaverdov répondait de nouveau au téléphone. Arkadi Batsounov, corrompu. Cela semblait incroyable. Je me demandai s'ils se posaient la question à mon propos. Coupable par association.

Chaverdov termina son coup de fil et alluma une cigarette.

— Je n'aurais jamais pensé ça, dis-je.

Chaverdov haussa les épaules sans rien dire.

— Alors, comment ça va à Saint-Pétersbourg ? Qu'est-ce que vous avez découvert ? demanda-t-il.

— Rien. Pas la moindre chose. Et vous me connaissez – j'ai du flair pour la corruption. En tout cas, s'ils sont vendus, je n'ai pas pu m'en apercevoir.

— Vous avez regardé dans tous les endroits habituels ?

— Bien sûr. Vous savez comment je travaille. Tant que je n'ai pas été au bout des choses, j'ai l'impression de n'avoir rien fait. Merde, j'ai même été regarder sous le matelas de Grouchko. D'après moi, ils ont le nez propre. C'est la bande de flics la plus honnête que j'aie vue depuis longtemps. Je ne comprends vraiment pas pourquoi Kornilov a ordonné cette enquête.

Chaverdov haussa les épaules.

— Ça le regarde. C'est son département.

— En plus, je suis à peu près sûr que Grouchko sait pourquoi je suis là. Tout ce baratin à propos de la liaison intervilles, et apprendre à connaître les méthodes qu'ils appliquent à Saint-Pétersbourg, ça l'a laissé de glace.

— Grouchko n'est pas idiot. (Il secoua sa cendre dans le cendrier.) Alors, qu'est-ce qu'il fait de vous ? Est-ce qu'il vous tient à l'écart ?

— Il ne pourrait pas se montrer plus ouvert. J'ai même été reçu chez lui.

— C'est ce que j'ai compris. Bon, c'est parfait. S'il était vendu, il ne vous aurait pas laissé franchir sa porte. Et c'est comment, chez lui ?

— Ils ont besoin d'un nouveau tapis, et la télé couleur commence à tourner de l'œil. Sa femme avait l'intention d'échanger des savons anglais pour se procurer un morceau de bœuf. S'il y a un peu d'argent en plus, ça ne vient pas de Grouchko. Sa fille est médecin. Elle sort avec un yuppie, qui se fait beaucoup d'argent dans le commerce local. Il n'est pas exclu que ce soit un escroc, mais on ne peut pas vraiment retenir ça contre Grouchko. En plus, il déteste le gars.

— Et les autres ?

— Comme je dis, ils ont l'air d'avoir le nez assez propre.

— Bon, mais « avoir l'air », ce n'est pas « être ». Après tout, on pensait tous que Batsounov faisait partie des anges, pas vrai ? Et regardez ce qui lui est arrivé. Alors, continuez à vous occuper de ça encore un moment, d'accord ? Je sais que c'est un boulot pourri, mais il faut bien le faire. Bon, je n'ai pas besoin de vous dire une chose pareille. Vous avez déjà effectué ce type de travail. Si les gars sont réglos, alors, ils n'ont pas à s'en faire. En plus, ce n'est pas comme si vous essayiez de les prendre sur le fait ; ce que vous voulez, vous, c'est prouver qu'ils sont loyaux, n'est-ce pas ?

Je hochai la tête d'un air sinistre.

— Absolument.

En sortant de la Grande Maison, je me dirigeai vers le sud, en descendant la rue Petrovka jusqu'à la grande place qui est tout en bas de la rue commerçante, Kouznetski Most, dans laquelle on retrouve encore un écho affaibli de son époque grandiose, celle d'avant la Révolution. À gauche du théâtre Bolchoï, il y a un immeuble moderne en verre, le TSOUM, le Magasin central universel, et c'est là que je trouvai un disquaire en devises qui vendait la cassette de Michael Jackson pour Andrei. C'était déprimant simplement de voir le nombre de boutiques qui désormais avaient accroché une pancarte dans leur vitrine, affirmant « Ici, on n'accepte que les devises ». Bientôt, il allait devenir totalement impossible d'acheter quoi que ce soit avec des roubles.

Je descendis dans le passage souterrain qui menait au métro. C'était rempli de mendiants : des bohémiennes accompagnées d'enfants, une vieille femme qui faisait la manche en jouant de l'accordéon, pour se payer une opération, un vétéran de la guerre encore adolescent dont les deux jambes avaient été arrachées à la hauteur du genou, et encore d'autres soûlards. Il y avait des gens qui vendaient des journaux pornographiques, et d'autres qui cherchaient à échanger la moindre chose superflue : une bouteille de vodka, un paquet de cigarettes américaines, une paire de bottes, du chocolat, des draps de lit.

J'achetai deux jetons et montai dans une rame en partance pour le nord. Même le prix du jeton avait quadruplé.

Mon appartement était situé tout près de la perspective Mira, dans Doubovaia Rochia. De la fenêtre de la chambre, on voyait l'obélisque élancé qui domine le musée mémorial des Cosmonautes, une célébration pompeuse et complètement irréaliste des exploits soviétiques en matière scientifique et technologique. Je pris l'ascenseur jusqu'au sixième étage et frappai à la porte. J'attendis une ou deux minutes, puis n'obtenant aucune réponse, je sortis mes clés. J'étais étonné de voir qu'il n'y avait personne à la maison, alors qu'il n'était pas encore 9 heures. Je ne regrettais pas que ma femme et son amant soient absents de l'appartement. Mais j'aurais bien aimé voir ma fille. Puis je trouvai une lettre m'expliquant qu'ils étaient partis pour quelques jours dans notre datcha à la campagne. J'avais prévu d'y passer moi-même pendant le voyage de retour à Saint-Pétersbourg afin d'y récupérer quelques-uns de mes livres. Mais, à présent, je me sentais plutôt enclin à éviter cet endroit. Pourtant, j'étais bien décidé à ne pas laisser ma femme s'approprier la datcha, comme elle l'avait fait pour notre appartement, et je me promis de l'obliger dorénavant à demander la permission de s'en servir à chaque fois. C'était mon père qui avait construit cette datcha et j'avais bien l'intention de la conserver.

Je rangeai le morceau de fromage que j'avais acheté à son intention dans le réfrigérateur et je me préparai un petit déjeuner. Il y avait un peu de chocolat, je le pris aussi. Puis, après avoir trouvé le joint qui m'attendait sur la table de la salle à manger, j'enfilai ma salopette, ramassai mes outils et descendis dans le box fermé à clé où j'avais laissé ma voiture. Ce n'était pas un travail bien compliqué et il ne me fallut pas plus de deux heures pour en venir à bout. À 11 heures, je m'étais lavé et j'étais prêt à me mettre en route.

Je dois reconnaître que ce que j'ai fait n'était pas très professionnel. Tout particulièrement pour un enquêteur. Les inspecteurs ont plus de marge dans ces affaires. Par exemple, un inspecteur a le droit d'avoir un indicateur, mais pas un enquêteur. Mais quand on a passé plusieurs heures sur la M10, en venant de Moscou – ce qui fait un trajet de plus de cinq cents kilomètres – on ne pense pas toujours de la façon dont il faut. Quoiqu'il en soit, ce n'est que la moitié de mon excuse. L'autre moitié ? Je suppose que je me sentais plein de pitié envers moi-même.

Donc, j'étais là, en train de descendre la perspective Nevski, vers 15 heures ce même jour, quand je l'ai vue.

Nina Milioukina était debout à l'arrêt du tram, devant la Maison des livres, réputée pour être la plus grande librairie de la ville. Durant l'époque prérévolutionnaire, l'immeuble avait appartenu à la Compagnie des machines à coudre Singer, mais on aurait bien pu penser que cela lui appartenait encore à voir le nombre de livres qu'ils vendaient là-dedans aujourd'hui. La queue pour monter dans le tram était énorme et je ne pensais pas qu'elle pourrait en avoir un avant un bon moment. Elle avait l'air aussi triste que d'habitude, les bras croisés devant elle à la façon des femmes qui attendent quelque chose qui n'est pas près d'arriver. Mais elle était aussi belle que dans mon souvenir. Elle était vêtue d'une robe légère imprimée, noir et blanc, avec un grand col de dentelle et à la main, elle tenait un sac à provisions vide.

Je me suis rangé le long de la queue, je me suis penché par-dessus le siège du passager et j'ai descendu la vitre.

— Nina Romanovna, ai-je appelé.

D'abord, elle ne m'a pas reconnu, puis lentement, elle s'est dirigée vers moi.

— Je peux vous déposer quelque part ?

Elle a paru sur le point de refuser, mais en se redressant, elle a vu de nouveau le nombre de gens qui attendaient le tram. La journée était chaude pour la saison et même le trajet le plus court dans un tram bondé menaçait d'être très inconfortable. Pendant un instant, la fenêtre de la voiture a accentué le renflement de son ventre contre le mince tissu de sa robe et j'ai repensé à cette photographie sur le tableau d'affichage de Mikhail Milioukine. Ce n'était pas terrible comme vie sexuelle, si on y pense bien, mais sur le coup, cela semblait mieux que rien.

— Je ne pense pas que j'aille dans votre direction, dit-elle en s'appuyant de nouveau contre la fenêtre de la voiture. Je vais à la Télévision récupérer des affaires de mon mari.

— Allez, montez !

— Bon, si vous êtes sûr que ça ne pose pas de problème...

— Ça ne pose pas de problème, répondis-je, bien que cela me fît faire un gros détour, aucun problème.

Dès qu'elle fut montée, je me faufilai dans la circulation et nous nous dirigeâmes vers l'ouest.

— Il va falloir que vous me guidiez une fois qu'on aura traversé la Neva, lui dis-je. Les rues ici ne me sont pas encore très familières.

Elle sourit poliment en hochant la tête.

— Est-ce que c'est votre voiture ? demanda-t-elle au bout d'un moment.

— Oui. Je viens juste de l'amener de Moscou.

— Elle est bien.

— Elle appartenait à mon père, expliquai-je. Quand elle marche, elle marche impeccable, mais les pièces détachées posent un vrai problème. Et les pneus sont très usés. Je n'aimerais pas devoir la conduire en hiver.

— Je dirais que c'est à ce moment-là qu'on a le plus besoin d'une voiture.

— Ma femme pensait la même chose.

— Et maintenant, elle est d'accord avec vous ?

Elle avait l'air étonnée.

— Maintenant, ce qu'elle pense n'a plus guère d'importance. Elle vit avec le professeur de musique de ma fille. Ou plutôt, c'est lui qui vit avec elle.

Nina se mit à rire, et c'était la première fois que je la voyais amusée par quelque chose.

— Pardonnez-moi, dit-elle en pouffant derrière sa main. Ce n'est pas drôle.

— Il y a un côté amusant. La seule chose qui l'intéresse, elle, c'est son argent, à lui.

— Là, vous plaisantez pour de bon. Les professeurs ne gagnent pas d'argent.

— Les professeurs de musique, si, insistai-je. Surtout quand ils ont fait leurs études dans un conservatoire de haut niveau. Dans les vingt-cinq mille roubles par mois, pour certains d'entre eux. En tout cas, ma femme pense que le sien fait partie de ceux-là.

— Et ce n'est pas vrai ?

— Non.

Elle se mit à rire.

— Vingt-cinq mille, dit-elle. C'est plus qu'un chirurgien.

— C'est plus qu'un ministre du gouvernement. Ce qu'il ne faut pas perdre de vue, c'est que la plupart des familles sont prêtes à se sacrifier pour leurs enfants. Surtout quand il s'agit de musique. Surtout quand le professeur raconte aux parents que leur enfant est doué.

— Et votre fille ? Elle est douée ?

Je me mis à rire. Ma fille a aussi peu d'oreille que sa mère.

— Il nous a raconté qu'elle était douée uniquement pour justifier le tarif de ses cours. On ne peut pas lui reprocher de ne pas se donner du mal pour en tirer le meilleur parti.

Nous passâmes devant l'Ermitage et nous traversâmes le pont du Palais, jusqu'à l'extrémité orientale de l'île Vassili, avec les deux colonnes Rostral rouges à notre droite, avant de traverser encore une fois le fleuve. Devant les murs de la forteresse Pierre-et-Paul, quelques adorateurs forcenés du soleil essayaient de capter les rayons de l'après-midi. Ils étaient debout, collés contre le granit gris, comme retenus par la gravitation, leurs corps presque décolorés après tous ces mois enveloppés dans des vêtements d'hiver.

— Vous ne ressemblez pas du tout à cet autre policier, dit-elle. Le colonel Grouchko. Celui-là, on dirait qu'il est fait de pierre.

— Grouchko, c'est quelqu'un de bien, répondis-je. Mais il prend cette enquête très au sérieux.

— Je ne crois pas qu'il m'apprécie beaucoup.

— Vous dites des bêtises. Pourquoi est-ce que vous ne lui plairiez pas ?

Elle haussa les épaules, manifestement peu désireuse de fournir une raison.

— Grouchko est impatient. Il veut tout savoir tout de suite. Il a du mal à comprendre que vous ayez besoin d'un peu plus de temps avant de pouvoir parler de Mikhail Mikhailovitch. Mais il n'a que des bonnes intentions. J'en suis certain.

— Ce n'est pas ça qui ramènera Mikhail, dit-elle, tandis que la tristesse envahissait de nouveau son visage. Alors, qu'est-ce que ça peut faire s'il a de bonnes intentions ? (Elle soupira en regardant par la fenêtre.) Même si vous attrapez les types qui l'ont tué, ça ne fera aucune différence. « Je sais que je peux m'appuyer sur des paroles, aussi pures que celles de ta chanson, mais si je ne le fais pas, je m'en moque, ça m'est égal si je me trompe. »

Nina me jeta un coup d'œil, le visage légèrement rouge d'embarras.

— Vous allez penser que je suis tellement bidon, à vous citer de la poésie de cette façon, dit-elle en souriant avec douceur. Je fais toujours ça. Je l'ai fait avec votre colonel Grouchko quand il m'a dit... Je ne pense pas que ça l'ait beaucoup intéressé. Moi, j'ai été assez surprise de voir qu'il connaissait Pasternak aussi bien.

— Grouchko n'est pas le seul flic qui puisse citer de la poésie.

— Oui, mais lui, il le fait avec une bonne raison. Attention, je ne fais qu'émettre des hypothèses, mais il m'a l'air d'être le genre d'individu à lire un poème pour apprendre quelque chose – quelque chose qui pourrait l'aider à comprendre l'âme de quelqu'un, par exemple – et pas simplement pour son propre bien. En d'autres termes, il agit comme un policier, pour obtenir une vision intime de l'âme d'un homme.

— Je pense que vous vous montrez un peu injuste, dis-je. À vous écouter, Grouchko est un monstre.

— Oh ! mais c'est vrai, insista-t-elle. Il me terrifie, en tout cas. Il ressemble à ces gens qui travaillaient pour le N.K.V.D. Sans pitié, loyaux et totalement dévoués à leurs tâches. Pas de place pour les nuances. Tout est noir ou blanc. Vrai ou faux.

— Vous ne pourriez pas vous tromper davantage, dis-je. C'est un démocrate. Il a été un des premiers hommes du Bureau central à se dresser contre le Parti.

— Vous ne comprenez pas, dit-elle. Je ne parlais pas en termes politiques. Je parlais de l'homme. Et je ne crois pas que faire partie des premiers hommes de votre Département à s'être dressés contre le Parti représente une chose très importante. Sauf pour dire qu'il doit être encore plus dangereux que je ne le pensais.

Je secouai la tête en souriant.

— Je ne suis pas non plus sûr de comprendre cela, dis-je.

— Ça ne fait rien, répondit-elle en souriant.

Le temps qu'on arrive à l'immeuble de la Télévision, j'avais compris qu'il fallait que je la revoie.

— Écoutez, dis-je en me souvenant de la cassette de Michael Jackson que j'avais achetée pour Andrei. Un de mes amis m'a offert deux billets pour le Kirov. Je me demandais...

— Je ne pense que je serais une compagnie très agréable, dit-elle en sortant de la voiture. En plus, je ne suis pas sûre que votre colonel Grouchko serait d'accord.

— Je ne vois pas pourquoi il y serait opposé.

— Non, peut-être pas. Quand même, il y a des choses qu'il aurait sûrement du mal à comprendre.

Elle ferma la portière et se pencha à la fenêtre.

— Vous êtes très aimable. Je vous en prie, ne pensez pas que je suis orgueilleuse ou que je manque de reconnaissance. C'est simplement que je ne me sens pas encore prête.

— Bien sûr. Je comprends. C'était idiot de ma part.

— Écoutez, quand vous saurez tout ce qu'il y a à savoir sur ce qui s'est passé, quand tout ceci sera fini, si vous avez encore envie de m'inviter, alors, téléphonez-moi.

— Très bien.

— Promis ?

— Oui.

Mais les choses ne se passèrent pas de cette façon. Rien ne marche jamais comme ça devrait. Pas en ce moment. Pas dans la nouvelle Communauté des États Indépendants.

Grouchko était d'humeur sombre quand je le revis. Il avait passé la matinée à assister à l'exécution de Guerassim « le Boucher », un mafioso célèbre qui avait tué quatre membres d'une bande rivale à l'aide d'un couperet à viande, et qui ensuite, avait donné les membres écartelés en pâture à ses chiens. C'est toujours un problème, en Russie, de nourrir les animaux familiers.

En tout cas, ce n'est pas très fréquent qu'un meurtrier se retrouve face à un peloton d'exécution. Il n'y a pas plus de quinze ou vingt exécutions par an en Russie et la peine de mort est souvent commuée en quinze ans de « régime sévère ». Seuls les meurtriers les plus bestiaux, comme les « serial killers » ou les assassins d'enfants, sont passés par les armes. Mais les tribunaux ont une horreur particulière pour les affaires qui ont des relents d'anthropophagie, comme l'affaire de « la Veuve de la mer Noire » ou l'immonde Chakatilo qui aimait dévorer le sexe de ses victimes. Peut-être que cela a un rapport avec le fait que la vraie viande est une marchandise tellement onéreuse. Ou peut-être est-ce parce que les gens veulent oublier que le cannibalisme a été réel pendant les famines que Staline a imposées à l'Ukraine dans les années 1930. Quelle que soit la raison, donner un homme en pâtée à ses chiens est considéré comme presque aussi terrible que de le manger soi-même, et Guerassim avait subi le châtiment suprême.

Grouchko hocha la tête avec sévérité en évoquant les circonstances de l'exécution de l'homme. Je savais qu'il était d'accord avec la sentence de mort, et même si ce n'était pas la première fois qu'il était obligé d'assister à une exécution capitale, il était clair que l'expérience de la matinée l'avait profondément bouleversé. Mais j'étais

certain que ça ne modifiait pas son opinion à propos de la peine de mort.

— Il est mort comme un homme, raconta
Grouchko avec une certaine admiration. (Avec un
haussement d'épaules désinvolte, il ajouta :) Il a
quand même fallu que je lui dise quelque chose :
je lui ai conseillé de redresser la tête. Mais il est
mort comme il faut. Vous savez ce qu'il a dit quand
on l'a attaché au poteau ? Il a dit : « Vous ne pouvez
pas tous nous tuer. » (Il eut un rire bref.) Qu'est-ce
que vous dites de ça, hein ? « Vous ne pouvez pas
tous nous tuer. »

— Une hypothèse qu'on le fasse, dis-je. Vous et
moi, on se retrouve sans travail.

Grouchko haussa les épaules.

— Ça vaudrait peut-être le coup.

Il y eut quelque chose dans la manière dont il
fit cette remarque qui me laissa penser qu'il était
peut-être presque sérieux et je repensai à ce que
Nina Milioukina avait dit de lui : c'était le genre
d'homme pour qui n'existaient que le bien et le
mal, et rien entre les deux.

Je lui dis que j'avais rencontré Nina, mais je
ne mentionnai pas le fait que je l'avais invitée
au spectacle de ballet. J'espérais qu'il allait dire
quelque chose qui bouleverserait l'opinion qu'elle
avait de lui, mais il se contenta de secouer la tête,
comme si elle continuait à le décevoir.

— Elle pense que vous ne l'aimez pas beaucoup.

Il leva les sourcils d'un air surpris.

— Ça se voit tant que ça ?

Je haussai les épaules.

— C'est vrai ?

— Pour dire la vérité, je ne l'aime pas du tout, répondit-il platement.

— Et pourquoi, grands dieux ?

— J'ai mes raisons.

Il observa attentivement mon exaspération évidente et parut sur le point de deviner ce que j'avais laissé dans l'ombre. Ses yeux se plissèrent.

— Permettez-moi de vous donner un conseil, mon ami, dit-il d'un air sombre. Si vous aviez envisagé de revoir... cette femme...

Il s'interrompit comme s'il venait de comprendre qu'il avait peut-être dépassé les bornes.

— Ce n'est pas que je puisse vous en empêcher, remarquez. C'est une femme séduisante et ce que vous faites, ça vous regarde. Mais vous et moi, il faut que nous soyons amis tout autant que collègues. Et en tant que quelqu'un qui souhaite être votre ami, je dois vous dire que vous feriez mieux de laisser Nina Milioukina dans son coin.

— Est-ce qu'on la soupçonne de quoi que ce soit ?

— Non, elle n'a rien fait d'illégal.

— Alors, quoi ?

— J'ai bien peur de ne pas pouvoir vous le dire. Il y a là une histoire de confidentialité. Une histoire dont il faut que je lui parle à elle. Ce ne serait pas correct d'en discuter avec vous d'abord. Mais faites-moi confiance quand je vous demande de garder vos distances avec elle.

Pendant un moment, il me fixa, tandis que je le dévisageais avec perplexité.

— Ça m'a juste traversé l'esprit, dis-je. Vous avez raison. Je la trouve attirante. (Je hochai lentement la tête en signe d'acquiescement puis haussai les épaules.) Très bien. Je la laisse tranquille. À une condition.

— De quoi s'agit-il ?

— Que vous voudrez bien tout m'expliquer quand vous penserez que le moment est venu.

— Entendu, dit Grouchko. Quand cette affaire sera réglée, peut-être. Posez-moi la question à ce moment-là.

— Vous savez, c'est drôle, fis-je remarquer. Mais c'est exactement ce qu'elle m'a dit.

Après cette conversation, je restai un petit moment dans mon bureau à essayer de deviner à quoi Grouchko avait bien pu faire allusion. Mais avant que je n'aie eu le temps d'imaginer quoi que ce soit, il y eut un coup de fil du gouverneur de Kresti pour dire que Piotr Mogilnikov avait changé d'avis. Apparemment, il souhaitait maintenant collaborer à notre enquête.

19

Le centre de détention IZ 45/1 de Kresti était juste de l'autre côté de la Neva, face à la Grande Maison et à un jet de pierre du célèbre croiseur *Aurore*, qui a tiré le coup de canon qui a déclenché la tempête au palais d'Hiver en 1917. On peut dire que ce fut le coup de canon le plus bruyant de l'histoire.

Construite à l'époque de la Grande Catherine, la prison de Kresti (« les croix ») tire son nom de la croix byzantine en brique rouge qui orne le fronton de la façade panoptique. Jadis, en Russie, c'était un modèle en matière pénitentiaire, une prison capable d'accueillir huit cents pensionnaires. Deux cents ans après la Grande Catherine, Kresti renferme sept mille hommes et peut se poser en exemple de tout ce qu'il y a d'immonde et de déshumanisant dans le système pénitentiaire russe.

Après nous être inscrits en tant que visiteurs à l'entrée principale, escortés par une gardienne de prison de proportions olympiques, nous avons franchi, l'un derrière l'autre, de multiples barrières de portes verrouillées et de tourniquets avant d'arriver au parloir. À côté de celui-ci, il y avait une cellule d'isolement en béton qui avait la taille et les proportions d'un coffre-fort dans une grande banque. La gardienne choisit une clé dans le trousseau pendu à son énorme ceinturon de cuir, ouvrit la porte de métal brut de la cellule d'isolement et aboya un ordre à l'homme qui était assis à l'intérieur.

Piotr Mogilnikov, vacillant, se mit debout et nous suivit dans le parloir, qui n'était lui-même guère plus grand qu'une cabine de sauna.

La gardienne nous laissa tous les trois seuls et nous prîmes place de chaque côté d'une table qui avait été fixée très solidement au sol. Grouchko lança ses cigarettes de l'autre côté de la table et renifla l'air d'un nez soupçonneux.

— Qu'est-ce que c'est que cette odeur ? demanda-t-il.

Mogilnikov fit la grimace.

— Un des gars dans la cellule, expliqua-t-il d'un air malheureux ; son petit chat m'a pissé dessus.

— C'est ça qui t'a décidé à nous parler ? demanda Grouchko en riant.

— Très drôle, grommela Mogilnikov en allumant une cigarette. Vous le saviez, n'est-ce pas ? Vous saviez qu'ils allaient essayer de m'épingler ici.

— Tu veux dire que quelqu'un a déjà tenté le coup ?

— Pas encore, non. (Mogilnikov se mit à trembler en parlant.) Mais quand je suis entré dans ma cellule, il y avait ce type. Razoumikhine. On l'appelle « le Croque-Mort ». Il connaissait mon nom, comme s'il m'attendait. Et je savais, je le savais vraiment, que quelqu'un m'avait mis dans cette cellule-là pour que Razoumikhine puisse me tuer. Le fait que je n'ai pas parlé, ça n'avait pas d'importance. Ils voulaient quand même me tuer.

— Ils sont plus organisés que je ne le pensais, dit Grouchko. Pour sûr, ils ne perdent vraiment pas de temps. Ces Géorgiens doivent avoir une sacrée envie de se débarrasser de toi. T'as eu de la chance qu'on ne t'ait pas quitté des yeux.

Mogilnikov fronça les sourcils.

— Qui parle de Géorgiens ? (Tout tremblant, il inspira profondément une bouffée de cigarette.)

— Tu as peut-être oublié l'autre nuit, dis-je.

— Ce ne sont pas les Géorgiens, répondit-il. Pas cette fois.

— Qui alors : les Tchétchènes ?

Mogilnikov eut un reniflement plein de mépris.

— Vous ne savez vraiment pas grand-chose, en fait, hein ? (Il hocha la tête en signe de commisération.) Écoutez, Grouchko, je veux passer un marché avec vous.

— Vu ce que tu es, tu n'es guère en position d'imposer quoi que ce soit. Pas selon mon code, en tout cas.

Grouchko commençait à s'impatienter. Ses poings étaient tellement serrés que ses doigts en étaient devenus blancs et que sa bouche n'était plus qu'une fente étroite et pleine de colère.

— Allez, Grouchko. Je ne suis pas un méchant bougre.

— Tu ne seras même plus bon à jouer les receleurs une fois que tu seras mort.

Mogilnikov soupira et alluma une autre cigarette.

— Je ne suis pas un indic, dit-il. Mais s'ils pensent que je les ai balancés, alors...

Grouchko se pencha brusquement en avant et attrapa Mogilnikov par le col de sa chemise. Il le crocheta solidement puis il frappa la tête de l'homme à toute volée contre le dessus de la table. On entendit un bruit sourd. Il recommença pour faire bonne mesure.

— Tu es seulement ce que je dis que tu es et rien de plus, espèce de sac à merde, gronda-t-il. Si je te dis de m'écrire un essai sur la vie sexuelle de ta mère, tu le feras et tu seras content de le faire, ou alors, je te balance de nouveau au fond de ton trou. Compris ?

— D'accord, d'accord. (Mogilnikov repoussa la main de Grouchko de son col puis il se frotta la tête d'un air malheureux.) Calmez-vous, je vous en prie.

Grouchko se rassit sur sa chaise et tira la manche de sa veste par-dessus la manchette de sa chemise. Il prit son paquet de cigarettes et en alluma une. Le fait de fumer parut lui rendre un peu de calme.

— Si ce que tu me dis me semble utile, dit-il, peut-être – je dis bien peut-être – qu'on pourra faire un marché. Je t'en donne ma parole. Et la plupart des *zek* qui sont ici pourront te dire que ma parole, ça vaut de l'or. D'accord ?

Mogilnikov hocha tristement la tête et ramassa sa propre cigarette qui était tombée par terre.

— Commençons par le cambriolage, d'accord ? dit Grouchko. Qui t'a mis sur le coup ?

— C'étaient des Ukrainiens.

Grouchko me jeta un regard étonné.

— Je ne sais pas comment ils s'appellent. Mais d'après ce qu'ils ont dit, ils avaient passé un certain temps à l'ombre, dans « la zone ». Peut-être que si vous me montriez des photos...

— Pas si vite, dit Grouchko. Avant de regarder les images, il faudrait qu'on connaisse un peu mieux l'histoire.

— C'était un boulot à exécuter, comme vous avez dit. J'étais au bar à l'hôtel Leningradskaia et ces deux gus sont arrivés et ont commencé à bavarder. Ils ont acheté de la vodka et ils ont dit qu'ils avaient entendu parler de moi et qu'ils voulaient que j'exécute un petit boulot pour eux. Tout ce que je devais faire, c'était piquer les clés dans la poche d'un gars et faire le guet pendant qu'ils visitaient son appartement. Ils m'ont dit qu'il y aurait quelque chose pour moi là-dedans. Cinq cents tout de suite et cinq cents une fois le boulot achevé.

« Donc, le lendemain, on a attendu dans la voiture, devant cette adresse, à Griboiedov.

— Quel genre de voiture ? demanda Grouchko.

— Une vieille Mouette, répondit Mogilnikov. Vous savez, une de ces copies de Buick.

Grouchko hocha la tête. Il aimait bien caser toutes les pièces du puzzle.

— Continue, dit-il.

— Bon, d'abord, on a vu le plus vieux des couples qui partagent l'appartement partir, et puis ensuite, le couple plus jeune. Ils ont discuté pendant une minute et puis ils sont partis chacun de leur côté. J'ai laissé au type le temps de remonter la rue, et puis je l'ai bousculé, comme par accident. Pendant que je l'aidais à se relever, j'ai plongé la main dans sa poche. Aussi simple que cela.

Le voleur se permit un petit sourire de satisfaction professionnelle.

— Il ne s'est même pas aperçu qu'il ne les avait plus, dit-il. C'était du beau boulot, sans bavures, même si c'est moi qui le dis.

— Et ensuite, que s'est-il passé ?

— On est montés à l'appartement et ils l'ont visité de fond en comble, comme ils l'avaient prévu. Mais en faisant attention, vous voyez ? C'étaient pas des voyous. Ils avaient l'air de savoir exactement ce qu'ils cherchaient. Seulement des papiers, à ce qu'ils disaient. Ça m'embêtait un peu, permettez-moi de vous le dire. Vous comprenez, je pensais qu'il devait s'agir de papiers importants – le genre qu'on cherche à cacher, parce que quand j'ai passé la tête par la porte pour voir où ils en étaient, ils regardaient même dans le frigo. (Il haussa les épaules.) Bon, quel genre de papiers est-ce qu'on conserve dans le frigo ? Seulement ceux qu'on n'est pas censés avoir, en tout cas.

— Ils sont restés combien de temps à l'intérieur ?

— Environ vingt minutes. Ils ont trouvé ce qu'ils cherchaient. Ils étaient très contents d'eux-mêmes. Et ensuite, on est partis.

Grouchko contempla pensivement son ongle du pouce taché de nicotine puis il le mordit. Le pointant droit sur Mogilnikov, il dit :

— Mais en fait, où se place Vaja Ordzhonikidze dans cette histoire ?

— Écoutez, je ne voulais pas être mêlé à ça, d'accord ? Je veux qu'on soit bien clair là-dessus, d'emblée. Ils m'ont menacé. Ils ont dit qu'ils me casseraient les jambes si je ne les aidais pas.

— Quand était-ce ?

— Deux jours après avoir cambriolé l'appartement. Ils ont dit qu'ils savaient que Vaja aimait les montres fantaisie et ils étaient au courant que je possédais celle que j'avais piquée sur le bras du touriste japonais. La Rolex. Tout ce qu'ils me demandaient de faire, c'était de lui téléphoner et de lui proposer d'acheter la montre. C'est ce que j'ai fait. Je l'ai appelé et on a convenu d'un rendez-vous devant les bâtiments de l'Amirauté. Vaja est venu directement dans sa voiture, exactement comme l'avaient prévu les deux Cosaques. Il s'est arrêté et je suis venu lui présenter la montre. Quand il l'a vue, le pauvre salopard avait l'air de croire que c'était Noël.

« Il était tellement absorbé dans sa contemplation qu'il n'a même pas remarqué qu'un des Cosaques arrivait de l'autre côté de la voiture. Le Cosaque s'est installé sur le siège du passager et il a collé un revolver dans les côtes du Géorgien. L'autre était plutôt mal, je peux vous l'assurer. Alors, le Cosaque lui a ordonné de démarrer et l'autre a suivi dans leur voiture. C'est la dernière fois que je les ai vus, eux et Vaja.

— Mais je ne comprends toujours pas pourquoi ils voulaient le tuer, dit Grouchko.

Mogilnikov se tut pendant un moment comme s'il se demandait quoi dire. Quand il reprit la parole, son explication fut plus éclairante que ce que Grouchko ou moi aurions pu imaginer.

— C'était surtout Mikhail Milioukine qu'ils voulaient voir mort, hein ? Même s'ils avaient réussi à lui reprendre ces fameux papiers, ils s'imaginaient toujours qu'il en savait trop sur leurs activités. Quelles qu'elles aient été. Mais ils ont pensé que s'ils tuaient Vaja en même temps et de la façon dont ils l'ont fait – vous savez, deux pruneaux en pleine poire – vous, les flics, vous penseriez que c'étaient des Géorgiens réduisant un indic au silence. Tandis que dans le même temps, les Géorgiens, eux, penseraient tout naturellement que c'était un coup de leurs vieux ennemis, les

Tchétchènes. Et une fois qu'une guerre des gangs était déclarée...

— Les Ukrainiens n'avaient plus qu'à s'installer pour apprécier le spectacle, compléta Grouchko. Oui, je comprends à présent. Une fois que les deux bandes auraient fini de s'entretuer, les Cosaques n'avaient plus qu'à débarquer pour prendre possession de leurs territoires. C'est malin.

— C'est la vérité vraie, Grouchko. Je le jure.

— Au tribunal ?

Mogilnikov haussa les épaules d'un air résigné.

— Comme le disait ma mère : « S'ils doivent te couper la tête, tu n'as plus besoin de te préoccuper de tes cheveux. » Est-ce que j'ai le choix ?

— Franchement, non, dit Grouchko. Tu as parlé de photographies.

— Montrez-moi juste l'album de famille.

— Tu ferais bien d'espérer qu'on possède leurs vilains museaux. Parce que si tu n'arrives pas à trouver quelques cœurs solitaires, tu peux être sûr que je ne réfléchirai pas deux fois avant de te renvoyer dans ton trou et alors, là, t'es bon pour la chambre froide.

Le voleur me lança un coup d'œil en souriant d'un air amer.

— Je savais que je pouvais compter sur lui, me dit-il. Il a une bonne tête.

Ce qui se passa ensuite, ce n'est pas Grouchko qui me l'a raconté, mais Nicolaï quelques jours plus tard, tandis que je cherchais à reconstituer la chaîne d'événements qui avaient eu des conséquences si tragiques. Maintenant, je peux pardonner à Grouchko tout ce qu'il a fait. Non seulement parce qu'il subissait de très fortes pressions de la part du général Kornilov qui le poussait à faire une arrestation, mais chez lui, les choses n'étaient pas non plus très faciles.

Tania, la fille de Grouchko, avait réaffirmé son intention de demander à émigrer, et cela avait provoqué entre eux une nouvelle discussion violente. Il avait été tout particulièrement surpris de découvrir que l'idée d'émigrer aux États-Unis ne venait pas de Boris, comme Grouchko le soupçonnait, mais de Tania, même si Boris était pleinement d'accord avec ce projet. Grouchko tenait en piètre estime quiconque se préparait à déserter son pays, comme il disait, à l'heure où toutes les forces vives étaient requises. En particulier quand il s'agissait d'un médecin. Et, même si Tania insistait pour dire que cette idée de partir en Amérique venait d'elle, Grouchko considérait que Boris en était l'instigateur. La femme de Grouchko, elle, montrait davantage d'optimisme à l'idée que sa fille unique allait quitter la Russie. Elle ne souhaitait que son bonheur, et comme Tania l'avait dit, et à quoi il n'y avait pas grand-chose à répondre, il y avait peu de chances que le bonheur se trouve en Russie. Les préoccupations immédiates de Lena concernaient le dîner qu'elle avait décidé d'organiser pour célébrer les fiançailles de Tania et ce doit être à peu près à ce moment qu'elle s'est débrouillée pour acheter un rôti de bœuf au marché alimentaire coopératif de Koutznechni. Je ne suis pas sûr du prix que cela coûtait, mais probablement deux cents roubles, et même si elle s'était arrangée pour vendre quelques savonnettes pour pouvoir le payer, je ne pensais pas que Grouchko aurait approuvé cette folie, pas plus qu'il n'approuvait qu'on ne se fournisse au marché noir.

20

Un inspecteur est obligé de travailler à n'importe quelle heure du jour. J'ai tendance à travailler plutôt à des heures bien régulières, et on aurait pu penser que c'était un avantage, sauf que des gens comme Loutchine, l'avocat des Géorgiens que nous détenions encore dans les locaux de la police, travaillait selon les mêmes habitudes.

Le matin du troisième jour de garde à vue des Géorgiens, le lendemain du jour où Piotr Mogilnikov avait décidé de cracher le morceau à propos des Ukrainiens, j'eus droit à un nouveau coup de fil de Loutchine à propos de ses clients. Il me rappelait qu'en l'absence d'inculpation, nous serions obligés de les relâcher l'après-midi même. Je lui répondis d'être patient et que je le rappellerais avant l'heure du déjeuner pour le tenir au courant de ce qui se passait. Mais même un coup d'œil superficiel sur le dossier de l'affaire confirma ce que je savais déjà : il n'était pas possible de les inculper d'autre chose que de quelques délits mineurs à propos de devises.

L'affaire d'Ilia Chavchavadze était différente. Il était d'ores et déjà inculpé de tentative de meurtre contre Piotr Mogilnikov, et, grâce au travail acharné du département de balistique, on l'avait également inculpé du meurtre de Sultan Khadziev. En revanche, toutes les tentatives pour relier le reste de la bande à ces meurtres s'étaient jusque-là révélées infructueuses. Chavchavadze était inflexible : il s'agissait de règlements de comptes personnels dont il avait été obligé de s'occuper, et ça n'avait rien à voir avec personne. Inutile de préciser qu'il n'avait jamais entendu parler de l'existence d'une mafia géorgienne.

Je téléphonai à Vladimir Voznosenski au bureau du procureur pour lui expliquer que nous avions encore besoin de temps pour rassembler des preuves.

— Nous avons un témoin pour la bombe incendiaire, dis-je, mais il est réticent. (En disant cela, j'étais loin de la vérité.) C'est l'homme à qui appartient le restaurant. Seulement, il a un peu peur de fournir des preuves.

— Et en ce qui concerne ce Chavchavadze ? Vous ne pouvez pas prouver qu'il fait partie de la bande ?

— On l'a photographié à l'enterrement du Géorgien, dis-je. Et Nicolaï et Sacha l'ont vu au gymnase avec les autres membres de la bande.

— Je vois. Ça n'est pas suffisant pour inculper les autres de complicité dans le meurtre de Sultan, dit-il. Je ne peux rien faire de plus que de vous accorder vingt-quatre heures supplémentaires de garde à vue. Pour ça, il va falloir que j'aille devant le tribunal de district de Kalinine. Il faut que vous demandiez à Sacha et à Nicolaï de consigner par écrit qu'ils croient que Chavchavadze a agi en accord avec les autres.

— Merci, Volodia, dis-je. Je ferais mieux de téléphoner à Loutchine pour lui donner les nouvelles. Il va vouloir discuter avec le juge.

Voznosenski se mit à rire.

— Il peut toujours essayer.

Tandis que je m'affairais pour organiser ce prolongement de la période de garde à vue des Géorgiens, Grouchko était retourné dans l'immeuble de la rue Griboiedov. Mais ce n'était pas pour voir Nina Milioukina encore une fois. Cette fois-ci, il souhaitait parler à l'autre femme avec laquelle elle partageait le logement, Mme Poliakova.

Il rencontra celle-ci alors qu'elle s'apprêtait à se rendre chez le boulanger, sur la perspective Nevski. Mme Poliakova lui offrit d'entrer dans l'appartement, mais Grouchko lui dit qu'il pouvait très bien lui poser les questions qu'il souhaitait tout en marchant.

— Je ne suis pas sûre de pouvoir vous dire quoi que ce soit, répondit-elle humblement. Comme vous l'a expliqué mon mari, nous ne sommes pas au courant de grand-chose, vous savez ; l'autre jour, on a dit au journal télévisé que quelqu'un avait abandonné un bébé au coin de cette rue et je pense que j'ai dû passer devant sans rien voir. Pouvez-vous imaginer qu'on fasse une chose aussi abominable ? Abandonner un bébé ! Où va donc le pays ? Et moi, je n'avais rien remarqué.

— Oh ! répondit Grouchko avec patience, les mères abandonnaient leurs bébés en Russie avant que vous et moi, nous soyons nés. C'est ainsi que Rome a commencé.

— Oui, et regardez ce qui leur est arrivé.

Ils tournèrent le coin de la perspective Nevski et se joignirent à la queue matinale devant la boulangerie. Comme à l'accoutumée, la conversation parmi les gens qui attendaient patiemment l'un derrière l'autre, des femmes pour la plupart, roulait sur l'augmentation des prix de la nourriture. Une miche de pain, Grouchko fut troublé de l'apprendre – car il faisait rarement la queue pour quoi que ce soit, excepté la vodka – coûtait cinq roubles.

— Vous vous souvenez quand je vous ai dit que Mikhail Milioukine avait été tué ? dit-il, en évitant de mentionner le fait que les Poliakov avaient surpris sa conversation avec Nina Milioukina. Vous avez dit quelque chose à propos du fait qu'il vous aurait volé de la nourriture dans le réfrigérateur...

Mme Poliakova eut l'air embarrassé.

— Je vous en prie, dit-elle, rougissant légèrement sous son fichu de satin bleu, ne pourrions-nous pas oublier tout cela ? J'étais en colère. Mais ce n'était pas du tout quelqu'un de mauvais. Je me suis comportée comme une idiote.

— Non, je ne pense pas. Vous souvenez-vous de ce qui avait disparu ?

— Si je m'en souviens ? (Elle hocha la tête.) Je n'ai pas cessé d'y repenser. Ce morceau de bœuf – juste un petit morceau, vous savez –, il m'avait coûté plus de cent roubles.

— Du bœuf ? dit Grouchko.

— Vous êtes étonné que nous puissions nous en offrir, hein ? Eh bien, je peux vous dire qu'on avait drôlement économisé pour s'acheter ce petit bout de viande. C'était pour nous permettre de célébrer notre quarantième anniversaire de mariage.

Grouchko secoua la tête avec étonnement.

— Non, c'est simplement que je m'attendais à quelque chose d'autre. À quelque chose de plus important.

— Qu'est-ce qui est plus important que ça ?

— Je comprends ce que vous voulez dire, dit-il en souriant tristement. Mais voyez-vous, je m'attendais à ce que vous me parliez d'autre chose. D'un paquet. D'un carton. Quelque chose dont on aurait pu se servir pour emballer autre chose. Est-ce qu'on vous a pris quelque chose d'autre ?

— Seulement le bœuf, soupira-t-elle. (Remarquant l'air déçu de Grouchko, elle ajouta :) Je suis navrée de ne pouvoir vous aider davantage.

— Tant pis, merci quand même.

Il la salua poliment et tenta de s'extraire de la queue qui grossissait rapidement.

— Qu'est-ce qui vous arrive ? grommela une vieille femme derrière lui quand il la repoussa pour passer. Vous pouvez pas vous décider une bonne fois pour toutes ?

— Non, ricana une autre. Il est comme la plupart des hommes. Il n'a pas idée de ce que sa femme achète. Il va chercher sa femme pour qu'elle prenne le pain.

— Elle aura de la chance, ajouta une troisième femme. Vous n'êtes pas au courant ? Il n'y a plus de pain.

Grouchko s'éloigna à grands pas.

Tout le monde s'accordait à dire qu'on était en pleine vague de chaleur. Même à travers la poussière des vitres, le soleil chauffait comme un feu de charbon et je me demandais comment le radiateur de ma voiture allait réagir.

Quand Grouchko arriva à la Grande Maison, vêtu de son habituel costume sombre en laine peignée, il avait l'air de sortir tout droit d'un four.

— Bon sang, il fait chaud, dit-il en haletant. (Il décolla sa chemise de sa poitrine et balaya d'un revers de main un moustique qui s'était posé sur son visage en sueur.) C'est un vrai été de *tchourki*, ça.

Je lui racontai où j'en étais avec les Géorgiens et le bureau du procureur.

— On va peut-être tomber sur quelque chose, dit-il avec optimisme. En tout cas, j'ai bon espoir. Ça ne m'amuserait pas de devoir raconter au général qu'on doit laisser filer ces salopards. De quoi on aurait l'air dans l'émission de télé de Zverkov ?

Nicolaï et Andrei rôdaient dans les parages, en attendant de parler à Grouchko. Celui-ci regarda l'inspecteur de haute taille et lui demanda :

— On a eu de la chance avec Mogilnikov ?

— Il a reconnu un des visages. (Il tendit à Grouchko deux photos.) Stepan Starovid. Le Lutteur. Et pour l'autre, il n'est pas sûr. Casimir Tchérèpe « le Petit Cosaque ».

— On ferait bien de découvrir où ils se cachent.

— Sacha est parti échanger quelques mots avec son voleur, monsieur, dit Nicolaï. Il se dit qu'il pourrait avoir du rab.

— Andrei ?

— Le Dr Sobchak. J'ai découvert la datcha où elle est partie. C'est près de Lomonossov. Voilà l'adresse, monsieur.

Il tendit à Grouchko une feuille de papier.

— Nicolaï, dit Grouchko, que dirais-tu d'une petite virée à la campagne ?

— Je dirais que c'est une journée idéale pour ça.

Il prit sa veste sur le dossier de sa chaise.

Grouchko signa les papiers que j'avais rassemblés pour Voznosenski en me souhaitant bonne chance. Il n'avait pas fait cinq pas dans le couloir qu'il s'arrêta.

— Est-ce que quelqu'un sait où on peut se procurer de l'essence ?

Lomonossov est une petite ville, à quarante kilomètres à l'ouest de Saint-Pétersbourg. Comme Petrodvorets, qui n'est pas très loin de là, c'est encore une résidence d'été des tsars. Il fallut un peu de temps à Grouchko et à Nicolaï pour trouver l'endroit qu'ils cherchaient, et pourtant, Nicolaï et Sacha s'étaient construit une petite datcha à seulement quelques kilomètres de là. Une fois que les habitants avaient payé un petit impôt sur la terre, là où la datcha était située, ils étaient libres de bâtir sur une parcelle, comme ils le désiraient. Il n'y avait pas d'adresse à proprement parler, seulement des numéros de parcelles.

Comme c'est le cas pour la plupart des datchas en Russie, celle-ci n'était guère plus qu'une cabane en bois au milieu d'un grand lotissement de constructions qui avaient tout autant l'air d'être en toc. Bâtie sur deux étages et entourée d'une petite barrière, la datcha était peinte en bleu, avec un grand toit de tôle ondulée. Sur le chemin poussiéreux devant la porte, une vieille Jigouli blanche était garée. Tandis qu'ils frappaient à la porte, Nicolaï renifla avec dégoût.

— Cette fosse septique aurait bien besoin d'être vidée, dit-il.

— C'est simplement la chaleur, répondit Grouchko au moment où la porte s'ouvrait.

Ils se trouvèrent devant une femme dure et mince, d'une quarantaine d'années, avec des yeux bleu pâle et un visage peu accueillant.

— Docteur Elena Sobchak ?

— Oui ?

Grouchko lui montra sa carte.

— Je me demande si nous pourrions vous poser quelques questions ?

— À quel propos ?

— Mikhail Milioukine. On n'en a pas pour très longtemps.

Elle haussa les épaules et s'effaça pour les laisser passer.

La pièce était peu meublée, avec un parquet en bois et un gros poêle en fonte. Les murs étaient couverts de livres et une cigarette brûlait dans le cendrier, à côté d'une bouteille de vodka. Par terre, il y avait un porte-documents ouvert.

— Je ne suis pas certaine de pouvoir vous dire quoi que ce soit, dit-elle en fermant la porte derrière eux.

— Vous seriez surprise si je vous disais le nombre de fois où les gens tiennent ces propos, dit Grouchko. Et ensuite, ils se débrouillent tous pour nous aider, en définitive.

Le Dr Sobchak reprit sa cigarette et tira dessus pour la rallumer.

— C'est un endroit très agréable ici. Est-ce que vous êtes en vacances ?

— Des vacances studieuses. J'ai du travail en retard.

Grouchko lorgna la bouteille, puis le porte-documents. Il y avait quelque chose dans sa voix...

— Je vois, dit-il. En tout cas, vous avez bien choisi votre semaine pour venir. (Il desserra le col de sa chemise.) La ville est une vraie fournaise. Est-ce que je pourrais vous demander un verre d'eau, s'il vous plaît ? La route est longue, pour venir jusqu'ici.

— Oui, répondit-elle à contrecœur, et il y a de la limonade, si vous préférez.

Elle leva les sourcils d'un air interrogateur vers Nicolaï.

— Merci beaucoup, dit-il.

Le Dr Sobchak entra dans la minuscule cuisine pour chercher la limonade. Grouchko prit un livre sur l'étagère et commença à le feuilleter machinalement.

— Est-ce que vous êtes de la même famille ? lui demanda-t-il. De la même famille que le maire ?

— Non, dit-elle en revenant avec deux verres.

Elle regarda les deux hommes boire à longs traits.

— Vous avez mentionné Mikhail Milioukine, dit-elle en les poussant à parler avec une certaine impatience.

— Oui. Nous sommes en train d'enquêter sur son assassinat. Nous avons trouvé votre nom dans son carnet d'adresses.

Il lui tendit son verre vide et recommença à feuilleter négligemment le livre.

— Oui, ça n'est pas très étonnant, dit-elle. Une fois, je lui ai fourni un certain nombre de faits et de chiffres pour un article qu'il était en train d'écrire.

— C'était quand ?

Elle haussa les épaules d'un air vague.

— Environ deux ans.

— Il aurait été question (il brandit le livre qu'il avait à la main) de faits et de chiffres radiobiologiques, je ne me trompe pas ?

— Vous avez raison, oui.

— Vous comprenez, nous devons enquêter sur tous les gens qui ont connu Milioukine, dit-il. Mais cet article qu'il était en train d'écrire : est-ce que vous avez une idée du sujet dont il parlait ?

— Cela avait quelque chose à voir avec l'accident de Tchernobyl, je crois.

— C'est peut-être simplement une coïncidence, mais il y avait dans le carnet d'adresses de Milioukine un autre nom qui est aussi lié à l'industrie nucléaire : Anatoli Boldirev. Avez-vous déjà entendu parler de lui, Docteur Sobchak ?

— Non, on ne peut pas dire.

— Lui aussi, il a été assassiné, déclara Grouchko brusquement.

Les yeux bleus du docteur s'élargirent légèrement. Elle prit une profonde inspiration.

— Dieu nous garde, dit-elle. Eh bien, colonel, je ne sais pas si on peut vraiment dire de moi que je suis impliquée dans l'industrie nucléaire. À proprement parler, je suis biologiste. À la faculté de médecine. Mon travail est centré autour de l'utilisation des isotopes radioactifs dans l'étude des processus métaboliques.

— Quand avez-vous parlé pour la dernière fois à Mikhail Milioukine, docteur ?

— C'était il y a environ deux ans, comme il me semble vous l'avoir dit tout à l'heure.

— Absolument, absolument. (Il remit le livre à sa place sur l'étagère.) Donc, vous n'êtes pas au courant, vous ne savez pas s'il avait l'intention d'écrire un autre article, ou de faire un autre film, à propos de l'industrie nucléaire ? Voyez-vous, nous avons trouvé des notes qu'il avait prises à propos des émetteurs bêta qui pourraient être présents dans l'atmosphère autour de Saint-Pétersbourg : plutonium, polonium, americium – ce genre de choses.

— Non, dit-elle et elle commençait à avoir l'air assez fâchée. Je ne cesse de vous le répéter, je n'étais pas au courant des sujets sur lesquels il travaillait.

Grouchko se dirigea vers la fenêtre et observa le quadrillage de couleurs que formaient toutes les datchas. Il prit une profonde inspiration puis il hocha la tête.

— C'est vraiment un endroit très agréable ici. C'est à vous ?

— Non, cela appartient à un de mes amis. (Elle se tut un moment, puis ajouta :) Bon, si c'est terminé, j'attends des amis d'un moment à l'autre à présent et...

— Oui, c'est terminé.

Ils revinrent à l'endroit où ils avaient laissé leur voiture.

— Et voilà tout, dit Nicolaï.

— Pas vraiment.

Grouchko fit avancer la voiture sur une courte distance puis fit demi-tour pour se garer derrière une rangée d'arbres. Ils avaient ainsi une vue plongeante sur la datcha et sur la voiture du Dr Sobchak garée devant. Grouchko descendit la vitre, ouvrit la boîte à gants et commença à trier ses cassettes.

Nicolaï le regardait avec ébahissement. Le moment semblait mal choisi pour s'arrêter et écouter de la musique.

— Ne quitte pas la datcha des yeux, d'accord ? dit Grouchko en balançant des cassettes par-dessus son épaule sur la banquette arrière.

— D'après vous, elle a menti, monsieur ?

— Tu m'as entendu parler de ces émetteurs bêta ? Eh bien, ce sont des émetteurs alpha.

Nicolaï parut impressionné.

— Où avez-vous appris ça ?

— Dans ce livre que j'étais en train de regarder quand nous étions là-dedans. Non, le Dr Elena Sobchak avait très envie de nous voir filer, autrement, elle aurait pris la peine de me corriger, tu ne crois pas ?

Il trouva la cassette qu'il cherchait et l'introduisit dans l'appareil de la voiture.

— De toute façon, ceci va nous donner confir-
mation.

C'était l'enregistrement que le K.G.B. avait
fait des conversations téléphoniques de Mikhail
Milioukine. Grouchko l'avait écouté à de nombreuses reprises et il connaissait la bande à
peu près par cœur. Il n'écouta que pendant une
seconde, puis il enfonça la touche pour faire avancer la bande jusqu'à ce qu'il tombe sur l'extrait
qui l'intéressait :

— *Eh bien, j'ai un petit travail à vous confier,
si cela vous intéresse.*

— *De quelle sorte de matière sommes-nous en
train de parler ?*

La voix du Dr Sobchak était bien reconnaissable. Grouchko sourit avec une certaine satisfaction.

— Je savais que j'avais déjà entendu cette
voix quelque part, dit-il, et rembobinant un peu
la bande, il réécouta cette petite portion de dialogue.

— Mikhail Milioukine a été en contact avec
le Dr Sobchak trois jours avant d'être assassiné,
dit-il en se parlant à lui-même.

— Et pourquoi on n'y retournerait pas tout
simplement pour la confronter avec cette bande ?
demanda Nicolaï.

Grouchko secoua la tête.

— Il faudra peut-être qu'on en arrive là. Mais d'abord, voyons si elle avait une raison pour vouloir se débarrasser de nous. (Il offrit son visage aux rayons du soleil et ferma les yeux.) En plus, c'est un jour merveilleux pour surveiller quelqu'un.

Quinze minutes s'écoulèrent et Grouchko soupira de satisfaction. Ça ne pouvait pas faire de mal d'attendre encore un peu, pensa-t-il. La patience était le maître mot de cette partie. Puis un moteur démarra et Nicolaï le frappa légèrement sur la jambe.

— Vous parlez d'invités, dit-il.

Ils baissèrent la tête au moment où la Jigouli blanche passait laborieusement devant la rangée d'arbres qui les dissimulait.

Grouchko fit démarrer sa propre voiture et, après avoir laissé la Jigouli prendre une avance convenable, il la suivit. À la sortie du chemin, le Dr Sobchak s'arrêta avant de s'engager sur la grande route, prenant la direction de l'est, vers la ville.

Grouchko était expert en matière de filature automobile. Il savait que sur une route en pleine campagne, on peut se permettre de rester en arrière et de laisser quatre ou cinq voitures d'intervalle. Le Dr Sobchak ne conduisait pas très vite et il était donc tout à fait inutile de la coller. Mais il se sentit plein de soupçons quand, au bout de peu de temps, elle quitta la grande route pour entrer dans Petrodvorets.

— Peut-être va-t-elle faire un petit tour pour essayer de voir si quelqu'un la suit ? dit-il.

— Peut-être qu'elle va faire du tourisme ? suggéra Nicolaï.

Petrodvorets méritait sûrement qu'on s'y promène, avec ses palais ravissants, ses immenses jardins et ses multiples fontaines. Mais cette idée n'eut pas l'air de convaincre Grouchko.

— Non, on lui a fait peur, là-bas, à la datcha, et je suis sûr qu'on ne se trompe pas, dit-il. Elle n'est pas sortie se promener. Elle se rend dans un endroit précis, j'en mettrais ma main au feu.

Ils suivirent la Jigouli blanche le long de la perspective Krasni jusqu'à la gare et là, le Dr Sobchak descendit de voiture. Pendant un moment, Grouchko pensa qu'elle allait prendre un train pour se rendre en ville, mais en fait, elle traversa la rue et entra dans le parc principal.

Les deux inspecteurs abandonnèrent leur voiture et, dans un effort pour se mêler aux touristes, ils ôtèrent leurs vestes et remontèrent leurs manches de chemise avant de reprendre leur filature. Grouchko commençait à être intrigué.

— Qu'est-ce qu'elle fabrique ? dit-il tandis qu'ils zigzaguaient entre les troncs, en essayant d'avoir l'air discret.

— Et si vous aviez raison, monsieur ? dit Nicolaï. Si elle essayait de nous semer ?

— C'est ça qu'on leur apprend en radiobiologie ? rétorqua Grouchko d'un air rêveur. Peut-être qu'on aurait dû lui coller un isotope radioactif nous-mêmes.

Tandis qu'ils contournaient la façade du Grand Palais de Pierre le Grand et longeaient le canal maritime qui traverse le parc du nord au sud, ils se rendirent brusquement compte que le pas oisif du Dr Sobchak s'était transformé en allure plus rapide.

— Elle n'a pas pu nous repérer, marmonna Nicolaï tandis qu'ils se mettaient au petit trot.

Ce fut à ce moment-là qu'ils virent la vedette rapide.

Le Dr Sobchak monta sur la passerelle et à la même minute, le bateau blanc commença à s'éloigner du quai. Grouchko jura à haute voix.

— Bien entendu, dit-il. D'ici au centre-ville, il n'y en a que pour trente minutes. J'aurais dû y penser. Pourquoi gâcher de l'essence, quand elle peut faire le voyage aller et retour pour deux roubles ?

Ils firent demi-tour et se mirent à courir vers la gare. Il leur fallut plusieurs minutes pour atteindre leur voiture. Tandis que Grouchko faisait démarrer le petit moteur de la Jigouli, Nicolaï regarda sa montre.

— On peut y arriver ? demanda-t-il, essoufflé.

Il avait eu du mal à se maintenir à la hauteur de l'autre, qui était plus petit et plus léger.

— Ça risque d'être juste, répondit Grouchko. Mais même si on n'y arrive pas, je pense que je sais où elle va.

Ils surveillaient le débarcadère de la vedette, sur le quai devant l'Ermitage, à une distance raisonnable. La plupart des passagers qui descendaient étaient presque uniquement des touristes étrangers, dont les poches étaient bourrées de dollars et de roubles achetés au marché noir, mais même au milieu d'une foule pareille, ce n'était pas trop difficile de repérer le Dr Sobchak, à cause de ses vêtements relativement minables. Cela amusait toujours Grouchko de penser que certains étrangers, qui, bien sûr, parlaient russe, pouvaient espérer passer inaperçus. Une fois, il avait ébahi un Anglais, un ami de Tania qui parlait russe couramment et qui avait acheté tous ses vêtements dans des boutiques russes, en l'identifiant au bout de quelques secondes et sans échanger un seul mot. Grouchko avait expliqué à l'homme que ce qui l'avait trahi, c'était son visage souriant : un Russe, aujourd'hui, avait peu de raisons de sourire quand il déambulait dans les rues.

Le Dr Sobchak descendit de la vedette et se dirigea vers le nord, par la rue Dvorkovaia, vers le musée Lénine. Mais elle ne souriait pas.

— Et maintenant ? demanda Nicolaï tandis qu'ils l'observaient en train de partir dans la direction opposée.

Grouchko enclencha la première et relâcha l'embrayage. Au moment où ils dépassaient le Dr Sobchak, Nicolaï fit attention à ne pas se retourner.

— Je suis sûr qu'elle va prendre un tram de l'autre côté du pont, dit Grouchko. Je parierais pour un numéro 2.

Il arrêta sa voiture sur la place Souvorov et alluma une cigarette.

— Vous ne voulez pas me mettre au courant ? demanda Nicolaï.

— Et alors, tu n'as pas deviné ? La faculté de médecine Pavlov. C'est là qu'elle va.

Comme Grouchko l'avait prévu, elle prit le numéro 2 en direction de Petrogradski. Le Kirov était le pont le plus long de la ville, avec une circulation sur quatre voies, du nord au sud, et le tram empruntait la voie centrale. Ils le suivirent sur le pont, puis ensuite, le long de la rue Koubitseva.

— Ça doit être agréable d'avoir raison tout le temps, marmonna Nicolaï.

Le tram s'arrêta dans la rue Kapaieva, pile devant un bâtiment moderne, en briques rouges, qui était l'hôpital universitaire. Le Dr Sobchak descendit, traversa la pelouse et pénétra dans le bâtiment.

Grouchko et Nicolaï descendirent à leur tour de voiture et marchèrent jusqu'à l'hôpital. Ils montrèrent leurs cartes d'identité au gardien qui les arrêta à l'intérieur.

— La dame qui vient juste d'entrer, dit Grouchko. Le Dr Sobchak.

Le gardien hocha la tête.

— Où allait-elle ?

— À son laboratoire. C'est au deuxième étage, vous suivez le couloir à votre droite en arrivant sur le palier. Salle 236.

— Merci.

— Vous voulez que je la prévienne que vous êtes là ?

Grouchko sourit en hochant la tête.

— Non, nous nous annoncerons nous-mêmes.

Ils grimpèrent les deux étages et suivirent le couloir jusqu'à ce qu'ils arrivent devant la porte ouverte du laboratoire du Dr Sobchak. Ils ne prononcèrent pas un mot tout en la regardant sortir quelque chose qui était congelé et enveloppé dans plusieurs couches de plastique du congélateur où Grouchko imaginait qu'elle devait conserver les échantillons organiques dont elle se servait dans son travail.

— Je vais prendre ceci, docteur Sobchak, dit-il en s'avançant dans le laboratoire. Si vous n'y voyez pas d'inconvénient.

Elle poussa un cri de frayeur et laissa échapper son paquet. On aurait dit une pierre tombant sur le linoléum. Retrouvant ses esprits, elle dévisagea Grouchko d'un air dépourvu de la moindre aménité.

— Et qu'est-ce que ça signifie de me suivre ainsi ? demanda-t-elle d'une voix chargée de colère.

Il fallait lui rendre cette justice. Cette femme-là avait du nerf.

— Ne rendez pas les choses pires qu'elles ne le sont déjà, dit-il en ramassant le paquet froid sur le sol.

Le Dr Sobchak soupira puis s'assit lourdement sur un tabouret de laboratoire. Elle alluma une cigarette en essayant de se calmer.

— Alors, qu'est-ce que c'est ? demanda Nicolaï avec impatience.

Grouchko flaira le paquet, puis le posa sur le banc.

— C'est un morceau de viande, dit-il en se dirigeant vers l'évier où il se lava les mains avec beaucoup de soin. C'était ceci que Mikhail Milioukine souhaitait voir analyser par un radiobiologiste.

Nicolaï s'avança pour prendre le paquet et le regarder de plus près.

— Non, n'y touche pas, dit Grouchko.

Il s'égoutta les mains puis les sécha sur une serviette pendue à côté de l'évier.

— Quel est précisément son degré de radioactivité, docteur ? demanda-t-il.

Elle lança une colonne de fumée vers le plafond puis se mit en quête d'un mouchoir. Tout en s'essuyant les yeux, elle dit :

— Les tissus ont une charge de plutonium environ mille fois supérieure à celle d'un échantillon de contrôle.

Grouchko alluma une cigarette et envoya l'allumette d'une pichenette sur le morceau de viande congelée.

— Et si je devais manger ça ?...

— Dans l'hypothèse où vous pourriez consommer 150 grammes de cette viande tous les jours, pendant un mois – vous vous rendez compte, de la viande tous les jours pendant un mois, en Russie...

Elle se mit à rire à la simple évocation d'une chose pareille.

— Simplement les chiffres, s'il vous plaît, dit Grouchko. Voilà ce qu'on demande à un bon médecin.

— Eh bien, alors, vous auriez absorbé deux fois la dose de radiation maximum annuelle de sécurité. (Elle haussa les épaules.) Si vous ajoutez à cela, les niveaux normaux de radiation, ça commence à être vraiment très sévère.

— Où Milioukine s'est-il procuré ceci ?

— Je n'en ai pas la moindre idée. Il ne me l'a pas dit et je ne le lui ai pas demandé. Le temps que je finisse mes analyses, il était mort.

— Alors, pourquoi n'êtes-vous pas venue nous trouver, docteur Sobchak ? Et pourquoi nous avoir fait tous ces mensonges ?

Elle pinça les lèvres en hochant tristement la tête.

— Je ne souhaitais pas être impliquée dans cette histoire, je suppose. À la télévision, on a dit que la mafia était probablement derrière la mort de Milioukine : qu'on l'avait tué parce qu'il avait dit des choses contre eux. J'ai eu peur. C'est pour ça que j'ai décidé d'aller me mettre au vert pendant un petit moment. Et ensuite, quand vous êtes arrivés et que vous m'avez appris que quelqu'un d'autre était mort, je suppose que j'ai paniqué. J'ai pensé qu'il valait mieux que je me débarrasse de la viande, avant que quelqu'un ne découvre qu'elle était en ma possession et qu'on ne se débarrasse de moi, par la même occasion.

— Qu'est-ce que vous alliez en faire ?

— La mettre dans l'incinérateur de l'hôpital. Avec tous les tissus humains. (Elle tira sur sa cigarette d'un air hésitant, puis secoua la tête.) Pardonnez-moi, dit-elle. C'était idiot de ma part. Je ne sais pas ce qui a bien pu me traverser l'esprit. (Elle se tut puis elle ajouta :) Est-ce que je vais aller en prison ?

— Tout dépend de votre attitude maintenant : si vous êtes prête ou non à nous aider, répondit Grouchko. Vous pouvez commencer par nous expliquer comment la viande est devenue aussi radioactive que ça.

— Je me suis posé la même question, dit-elle. J'en suis arrivée à la conclusion qu'il avait dû se produire un accident dans le réacteur de Sosnovy Bor.

— Eh bien, il vient juste de s'en produire un, dit Grouchko. Quand il y a eu cette fuite de gaz iodé radioactif, il y a quelques semaines.

Le Dr Sobchak secoua la tête.

— Non, pour pénétrer dans la chaîne alimentaire de cette façon, il aurait fallu que la fuite se produise il y a un certain temps. Au moins six mois.

— C'est possible ? demanda Nicolaï. Sans que personne n'ait été mis au courant ?

— Dans le cours des années soixante-dix, il y a eu deux accidents majeurs à Sosnovy Bor, dit-elle. Personne n'a entendu parler ni de l'un ni de l'autre pendant des années.

— Vous êtes en train de suggérer qu'on a étouffé une histoire ? dit Grouchko. Comme à Tchernobyl ? (Il secoua la tête lentement.) Non, je ne peux pas gober ça. À présent qu'on s'est débarrassé du Parti, les choses ne sont plus comme avant. Ce n'est pas seulement que nous avons tenté de mettre de l'ordre dans nos affaires nucléaires. Mais en plus, étouffer encore une histoire risquerait de compromettre nos chances de soutirer de l'argent aux gens de l'énergie atomique occidentale.

— Vous paraissez en savoir davantage sur ce sujet que moi, dit le Dr Sobchak.

— En plus, reprit-il, quel est l'intérêt de la mafia là-dedans ? À moins que... Docteur, est-ce que vous avez un compteur Geiger ?

— J'ai un radiomètre, dit-elle en ouvrant un placard. C'est plus sensible qu'un compteur Geiger.

Elle maintint l'appareil au-dessus de l'échantillon de viande congelée et attira l'attention de Grouchko sur le cadran.

— Au niveau le plus haut, l'aiguille n'indique rien de significatif. (Elle tourna le bouton de 180 degrés.) Mais au niveau le plus bas, vous voyez facilement que cette matière donne des repères significatifs. Environ 500 milliröntgens à l'heure.

Grouchko prit le radiomètre pour essayer à son tour. Puis il retourna l'appareil pour regarder le socle.

— Astron, dit-il en lisant le nom du fabricant. Eh bien, dites donc, ça a été fait en U.R.S.S. et ça marche !

Vingt minutes plus tard, les deux inspecteurs étaient devant le restaurant Pouchkine sur la Fontanka et sonnaient à la porte.

Un vitrier était en train de remplacer la fenêtre brisée lors de l'attentat. Il avait fallu tout ce temps pour obtenir une vitre au bon format.

En voyant Nicolaï et Grouchko, le visage de Chazov se crispa.

— Qu'est-ce que c'est encore ? gémit-il. J'ai passé toute la semaine à répondre à vos questions. Est-ce que vous pourriez pas nous foutre la paix ?

Nicolaï posa sa grande main sur la poitrine de Chazov et doucement, le repoussa sur le côté.

— C'est du harcèlement. Voilà comment j'appelle ça. Je vais écrire au conseil municipal à ce propos.

— Faites-ça, camarade, répondit Grouchko et il traversa le restaurant pour se rendre dans les cuisines.

Un cafard fila sous ses pieds et Grouchko le regarda comme si c'était un vieil ami.

— Est-ce que c'est un genre d'animal domestique ? demanda-t-il. Je suis certain que ce cafard était là la dernière fois que nous sommes venus.

Le chef était un homme de haute taille, presque aussi grand que Nicolaï, avec une grosse moustache, à la cosaque, et un tablier sale et taché de sang. Il était occupé à couper des concombres avec un couteau de boucherie, mais quand il vit les deux inspecteurs, il s'arrêta pour les regarder d'un air de menace tout à fait délibéré.

— Et où croyez-vous aller ? demanda-t-il en pointant son grand couteau vers la poitrine de Grouchko.

— C'est la milice, Ierochka, dit Chazov. Vaut mieux que tu poses ton couteau. On ne veut pas d'ennuis.

— Il a raison, monsieur, dit Grouchko. Faites ce qu'il vous dit.

Le chef essuya la sueur de son vaste visage avec la manche de ce qui avait dû être autrefois une veste blanche.

— Personne ne rentre dans ma cuisine sans ma permission, grommela-t-il d'une voix querelleuse. Milice ou pas milice.

Grouchko remarqua la bouteille de vodka ouverte à côté du saladier de concombres. Il fallait faire attention à la façon de manipuler un homme de la taille de Ierochka, une fois qu'on a compris qu'il était fortement imbibé. Grouchko lui-même aurait volontiers bu un petit quelque chose.

— Je ne pense pas que vous étiez là la dernière fois que nous sommes venus ici, dit-il tout en posant le radiomètre.

— Vous avez eu de la chance que j'y sois pas, répliqua Ierochka. Autrement, je vous aurais taillé les oreilles avant de vous les mettre dans un sac.

Il prit la bouteille et en descendit une énorme lampée.

C'était ce moment qu'attendait Grouchko. Il attrapa Ierochka par le coude et tordit la main qui tenait le couteau en la remontant vers l'épaule. Parfaitement maîtrisée, c'était une méthode efficace et extrêmement douloureuse pour venir à bout d'un homme armé de ce que la milice appelle une arme blanche. Ierochka hurla de douleur et laissa tomber par terre à la fois le couteau et la bouteille. Immédiatement, Nicolaï se précipita pour lui passer les menottes.

— Maintenant, assieds-toi et boucle-la, dit Grouchko en reprenant son radiomètre qu'il avait posé sur le plan de travail.

Ierochka s'assit sur une caisse de champagne russe et laissa sa tête retomber sur sa poitrine. Chazov entoura d'un bras protecteur les larges épaules de son chef.

— Tout va bien, dit-il. Calme-toi.

Nicolaï tira sur la porte de la chambre froide pour l'ouvrir et en examina le contenu d'un air tranquillement approbateur, comme quelqu'un qui contemple son tableau préféré.

— Écoutez, je vous l'ai dit, dit Chazov. Toute ma viande, je me la suis procurée auprès d'un fournisseur légal.

Grouchko entra dans la chambre froide et mit le radiomètre en marche. Il dirigea l'instrument vers un carton de viande et regarda l'aiguille grimper d'un bout à l'autre du cadran.

— Qu'est-ce que c'est que ce truc ? demanda Chazov. J'ai bien peur d'être obligé de vous demander de sortir d'ici. Tout ceci est absolument contraire aux règles de l'hygiène.

— C'est on ne peut plus vrai, dit Grouchko. Saviez-vous que cette viande était radioactive ?

— Radioactive ? (Chazov se mit à rire.) Oh ! je comprends. Voilà votre manière de me persuader de témoigner contre ces salauds qui m'ont balancé une bombe incendiaire. Vous ne valez vraiment pas mieux qu'eux. Eh bien, je ne marche pas. Vous m'avez entendu ?

Grouchko désigna du doigt l'aiguille vacillante sur le cadran du radiomètre.

— Vous auriez pu avoir raison. À part ceci. C'est un radiomètre. C'est comme un compteur Geiger, seulement c'est plus sensible. Selon cette petite machine, vous pourriez fournir en courant une ville de taille moyenne avec ce qui s'échappe de votre viande, Chazov. Et cela signifie que cet endroit va être fermé.

— Vous ne pouvez pas faire ça.

— Vous avez raison, moi, je ne peux pas. Mais quand les représentants officiels du ministère de la Santé et du Département de la sécurité radio-biologique seront là, ils vous feront fermer. Pour qu'on puisse un jour vous autoriser à rouvrir, il faudrait que vous acceptiez de nous dire d'où vient cette viande.

Chazov secoua la tête.

— Vous devez croire que je suis né de la dernière pluie, répondit-il en ricanant.

Grouchko haussa les épaules, puis il regarda sa montre. Il sortit un flacon de pilules orange et en donna deux à Nicolaï.

— Là, c'est l'heure de prendre nos comprimés de potassium iodé, dit-il en en avalant deux lui-même.

— Qu'est-ce que c'est que ça ? demanda Chazov d'un air soupçonneux.

— Le potassium iodé ? C'est pour arrêter l'avancée de l'iode 131 radioactive dans la glande thyroïde, répondit Grouchko. C'est l'organe humain le plus sensible aux radiations. Rien que de rester à côté de cette viande, c'est dangereux.

Chazov fronça les sourcils et se tâta la gorge.

— Que Dieu nous préserve que quiconque en mange, ajouta Nicolaï.

La main de Chazov descendit jusqu'à son estomac. Il le frotta d'un air mal à l'aise puis déglutit avec difficulté.

— Je ne me sens pas très bien, dit-il en fixant la viande dans sa chambre froide d'un œil soupçonneux. Écoutez, je m'en vais d'ici.

Nicolaï lui barra la route.

— Pas si vite, dit-il.

Grouchko sourit et dirigea le radiomètre vers la gorge de Chazov de façon suggestive. Il regarda le cadran en secouant la tête d'un air lugubre.

— Qu'est-ce qu'il y a ? dit Chazov. Qu'est-ce que ça dit ? Je vous en prie, vous devez me laisser prendre de vos comprimés.

Grouchko tint le flacon de comprimés orange devant les yeux de Chazov.

— Ceux-là ? dit-il. Ils valent très cher. Et je ne crois pas qu'il y en ait assez pour vous.

Chazov essaya désespérément de s'emparer du flacon mais il se retrouva avec la main coincée dans la large paume de Nicolaï.

— Enfin, on verra, dit Grouchko, mais pas avant que tu nous aies dit d'où vient cette viande.

— D'accord, d'accord. (Chazov soupira d'un air exténué.) Il s'appelle Volodimir Khmara. Il vient environ une fois par semaine et il me vend autant de viande que j'en désire. Mouton, porc, mais surtout du bœuf. Cent roubles le kilo. Tout du premier choix. Ou du moins, c'est ce que je croyais. (Il roula des yeux en direction de Grouchko.) Et maintenant, vous allez me donner ces comprimés ?

— Et où est-ce qu'il se la procure, la viande, ce Volodimir Khmara ?

— Il y a une livraison, en provenance du sud de la Biélorussie, deux fois par mois. Khmara fait partie d'une bande de Cosaques de Kiev. Il y a environ trois mois, ils ont détourné tout un chargement d'aide alimentaire de la C.E.E. et ils sont en train de l'écouler ici et à Moscou.

Le regard de Grouchko croisa celui de Nicolaï.

— J'ai une idée abominable sur la façon dont ils l'acheminent jusqu'à Saint-Pétersbourg, dit-il.

— Moi aussi, dit Nicolaï.

— Maintenant, donnez-moi des comprimés, grommela Chazov. Je vous en prie.

— Pas avant que tu n'aies fait une déposition à la Grande Maison, répondit Grouchko. (Il tendit le flacon à Nicolaï.) Et pendant que tu y seras, tu en profiteras pour faire une déposition à propos de ces Géorgiens, aussi. Ça sera une bonne façon de mettre tout cela en ordre.

Nicolaï jeta un coup d'œil sur le flacon, l'empocha puis se pencha vers Grouchko.

— Qu'est-ce que c'est ? murmura-t-il.

— Des comprimés contre l'indigestion, dit Grouchko. C'est Tania qui me les rapporte de l'hôpital. (Il haussa les épaules avec une certaine désinvolture.) Bah, en ce moment, ce ne sont pas des médicaments tellement recherchés. Sauf si on est flic.

Il sourit d'un air affable.

— Occupe-toi bien de Chazov, hein ?

— Où allez-vous ?

— Je crois que je vais aller faire une autre petite visite à l'Anglo-SoyouzAtom Transit.

21

Pour se rendre à l'Anglo-SoyouzAtom Transit, Grouchko se dirigea vers le sud-ouest, en traversant la région de Léninski et en longeant la perspective Gaza, après le 8e entrepôt frigorifique de Saint-Pétersbourg. Grouchko était souvent passé devant ces entrepôts et il avait vu des camions en train de décharger des tonnes de viande sous le contrôle vigilant de la milice locale : sans ces précautions de sécurité, une bonne partie de la viande aurait disparu purement et simplement.

Le bureau d'État de la viande était le seul grossiste en viande de tout le pays. C'était lui qui fournissait tous les marchés d'État et, en voyant le camion Ourioupine, Grouchko se dit que, tant qu'il avait le radiomètre du Dr Sobchak, ce serait une bonne idée de vérifier si la viande, dans un des principaux entrepôts frigorifiques de la ville, donnait des signes de contamination radioactive. Le directeur du 8e entrepôt frigorifique, Oleg Priakine, était tout à fait habitué aux méthodes ingénieuses dont se servaient ceux qui essayaient de s'approprier la viande de ses chambres froides, sans parler de toutes les menaces qu'il avait reçues et de tous les pots-de-vin qu'on lui avait offerts. Son prédécesseur avait une fois saboté le générateur d'un frigo pour pouvoir vendre une livraison de saucisse fumée abîmée au marché noir local. Il écouta donc l'étrange requête de Grouchko sans trop de surprise, bien qu'il eût quelques doutes. En même temps, il ne voyait pas ce qu'il risquait à le laisser utiliser le radiomètre, si c'était bien d'un radiomètre qu'il s'agissait. Mais de toute façon, ce n'était pas comme s'il autorisait ce grisonnant colonel des Affaires intérieures à emporter de la viande hors des locaux. Et s'il y avait un quelconque problème, alors il transmettrait le dossier au service de l'approvisionnement à l'Inspection populaire de Saint-Pétersbourg et il les laisserait s'en débrouiller.

Mais il fut un peu surpris, et même déçu, quand après avoir agité sa petite machine au-dessus d'une livraison d'une tonne de salami, le colonel lui déclara qu'il n'y avait aucun problème.

Grouchko prit la route qu'il avait empruntée pour se rendre à la datcha du Dr Sobchak, près de Lomonossov. La journée commençait à être vraiment longue. Mais au moins, à présent, il se sentait près du but. Et il était presque impatient de voir l'expression du visage de Gidaspov quand il lui annoncerait l'utilisation que faisait la mafia de ses camions étrangers qui valaient une telle fortune.

Quand il arriva à l'A.S.A., Gidaspov n'eut pas l'air enchanté de le revoir. Eh bien, c'était une chose à laquelle Grouchko était habitué.

— Je vous avais dit que je vous appellerais quand le convoi serait revenu, dit Gidaspov. Ils sont encore en route.

— Je voudrais pouvoir regarder de plus près le camion de Tolia, monsieur, répondit Grouchko.

Gidaspov le guida vers l'endroit où l'énorme véhicule était garé, sur les courts de tennis de la datcha.

— Le voilà, annonça-t-il avec fierté. Construit à l'origine pour l'armée britannique, il a un châssis roulant de huit tonnes avec une grue intégrée pour charger les barils de déchets dans le container. L'intérieur est partiellement réfrigéré pour maintenir toujours la bonne température. Les volets d'aération blindés sur le pare-brise sont là pour empêcher quiconque de tirer sur le chauffeur en cas d'attaque terroriste.

Grouchko grimpa dans la cabine et s'installa sur le siège du conducteur. On avait plus l'impression d'être dans une limousine que dans un camion. Il examina tous les boutons, tous les appareils, puis il hocha la tête en homme qui apprécie. À coup sûr, c'était là un véhicule tout à fait impressionnant.

— Là, c'est le système d'extinction des incendies, dit Gidaspov. Et ça, c'est pour contrôler la température à l'intérieur du container.

— Et en ce qui concerne la communication d'un camion à l'autre ? demanda Grouchko. Je ne vois aucune radio à ondes courtes.

— Euh, eh bien... Les Anglais manifestement, ont eu un problème, dit-il. Vous voyez, on s'est aperçu que toutes les fréquences sur ondes courtes appartiennent au système de sécurité de l'État. Ça fait déjà un certain temps que nous tentons d'obtenir notre propre fréquence. (Il haussa les épaules.) Mais tant que nous n'y serons pas parvenus, il n'y aura pas de radio. Nous essayons depuis plusieurs mois maintenant.

— Je vois ce que vous voulez dire, dit Grouchko. (Il en était arrivé là où il voulait en venir.) Une fois que les déchets sont enlevés, qu'arrive-t-il aux camions ?

Gidaspov montra du doigt un autre bouton sur le tableau de bord.

— Ceci commande un processus de décontamination spécial. Le camion nettoie automatiquement l'intérieur de son container. Ensuite, quand le camion atteint la frontière de la zone d'exclusion, le chauffeur se sert d'un tuyau intégré pour vaporiser également l'extérieur avec du décontaminant.

— Et quelle est l'efficacité de cette opération ?

— Le degré de radiation alors atteint est considéré comme acceptable, je crois. Mais j'ai bien peur que cela ne dépasse mes compétences. Il faudrait que vous vous adressiez à Chichikov pour connaître le degré exact de radioactivité. C'est lui, le contrôleur scientifique ici.

Grouchko sourit en lui montrant le radiomètre.

— Cela vous ennuie si je vérifie moi-même ?

Gidaspov fronça les sourcils. Grouchko commençait vraiment à l'inquiéter.

— Non, répondit-il à contrecœur. Pourquoi est-ce que ça m'ennuierait ? Nous n'avons rien à cacher. Mais pourriez-vous me dire pourquoi...

— Tout viendra en son temps, M. Gidaspov. Tout viendra en son temps. (Il montra du doigt le tableau de bord.) Pour ouvrir les portes du container, il faut le faire d'ici, non ?

Gidaspov hocha la tête et tourna le bouton. Ils descendirent de la cabine et firent le tour jusqu'à l'arrière du camion. Une fois les épaisses portières ouvertes, Grouchko grimpa à l'arrière et, après avoir mis le radiomètre en marche, il arpenta le container sur toute sa longueur, dans un sens puis dans l'autre. Même après avoir été vaporisé avec du décontaminant, l'intérieur du camion affichait encore 800 milliröntgens, ce qui représentait un degré de radioactivité supérieur à celui de la viande trouvée dans le laboratoire du Dr Sobchak. Grouchko éteignit son appareil et sauta à terre, à côté de Gidaspov.

— Et ensuite, on les ramène jusqu'ici à vide ?

Gidaspov avait l'air très nettement malheureux.

— Eh bien, oui, évidemment. Qu'est-ce que vous voulez qu'on mette d'autre là-dedans ?

— Quoi d'autre, en effet ?

Grouchko alluma une cigarette et observa le camion avec un dégoût tranquille.

— Dites-moi, dit-il. Avez-vous jamais entendu parler du transport au noir ?

Gidaspov prit la mouche.

— Bien sûr que j'en ai entendu parler. J'ai beaucoup d'années d'expérience dans le transport des marchandises, colonel. Mais je n'imagine pas que qui que ce soit puisse vouloir mettre un chargement illégal dans un de ces camions. Au bout de trois ou quatre jours dans ce type d'environnement, n'importe quel chargement montrerait des traces de contamination. Même après avoir été vaporisé avec des décontaminants.

— Est-ce que vos chauffeurs savent ça ?

— J'imagine que oui.

Cependant, Gidaspov paraissait évasif.

— Mais vous n'en êtes pas sûr ?

— Eh bien, je n'en suis pas complètement certain. Mais le bon sens voudrait que...

— D'une manière ou d'une autre, ça n'a probablement pas d'importance, dit Grouchko. En tout cas, pas pour la mafia. Ils ne sont pas particulièrement délicats à propos des histoires de contamination. Pas quand on peut réaliser des bénéfices aussi confortables.

— Je pense que le moment est venu de me dire exactement ce qui se passe ici, n'est-ce pas, colonel ?

— Oui, vous avez raison, dit Grouchko.

À titre d'expérience, il passa le radiomètre sur sa propre personne. L'aiguille réagit légèrement et il espéra qu'il n'y avait pas de quoi s'inquiéter.

— Une bande de la mafia a utilisé vos camions pour livrer des chargements de viande congelée à des restaurants coopératifs ici, à Saint-Pétersbourg, dit-il. De l'aide alimentaire en provenance de la Communauté européenne et destinée à la population de Kiev.

La bouche de Gidaspov se relâcha comme un pneu qui se dégonfle.

— Vous ne parlez pas sérieusement, colonel, dit-il.

— Mais si. Quel meilleur moyen pour eux d'éviter les contrôles des officiers des douanes et des miliciens qui sont à la recherche des approvisionnements illicites ? Après tout, personne n'a très envie de s'approcher de quoi que ce soit de nucléaire en ce moment. Pas depuis Tchernobyl.

— Mais ce que vous suggérez, c'est monstrueux, bredouilla Gidaspov. Et je ne vois pas comment... je veux dire, je suis certain que nos chauffeurs n'ont rien à voir avec une chose pareille.

— La mafia a des moyens bien à elle pour persuader les gens de faire ce qu'elle leur demande, répondit Grouchko d'un air désabusé. De toute façon, je voudrais bien regarder vos dossiers du personnel. Il y a peut-être un lien très ténu, en dépit de vos admirables précautions de sécurité.

Gidaspov avait encore du mal à encaisser cette histoire. Il alluma avec nervosité une de ses cigarettes américaines.

— Mais la viande, répéta-t-il bêtement. Elle serait désespérément contaminée.

— Bien sûr, vous avez raison, répondit Grouchko. Mais comme je vous l'ai dit, je doute que cela préoccupe beaucoup la mafia. Après tout, la contamination n'est pas quelque chose qui se voit. N'empêche que ça a dû faire beaucoup de soucis à Tolia. C'est peut-être pour cela qu'il est devenu végétarien. En tout cas, il a décidé d'aller raconter son histoire à Mikhail Milioukine. Il a même pris un échantillon de la viande.

Grouchko regarda Gidaspov dont le visage bien nourri devenait d'une pâleur de cire.

— De ce qui s'est passé ensuite, je ne suis pas tout à fait sûr, reconnut Grouchko, mais en tout cas la mafia – une bande d'Ukrainiens, à ce qu'il semblerait – eh bien, ils se sont aperçus que Tolia avait mangé le morceau, si on peut dire. Peut-être Tolia a-t-il été assez fou pour confier ses doutes à un autre chauffeur. Si c'est ça, ça lui a coûté la vie. Les Ukrainiens ont mis la main dessus, l'ont torturé et ont découvert que la personne que Tolia avait été voir était un journaliste. *Ogoniok, Krokodil* – quel que soit le journal où l'article aurait paru, ça aurait fait de la bonne copie. Mais étant donné l'importance des sommes en jeu, la mafia ne pouvait pas se permettre de laisser une pareille chose se produire. Il y avait vingt tonnes de bœuf dans cet avion en provenance d'Angleterre. Au prix du marché noir aujourd'hui, cela représente environ cinq millions de roubles – soit autant d'argent que n'importe quelle drogue. Voilà pourquoi ils les ont tués tous les deux.

— Mais pourquoi transporter la viande ici ? demanda Gidaspov. Pourquoi ne pas la vendre simplement à Kiev ?

— Est-ce que vous avez déjà été dans un restaurant coopératif à Saint-Pétersbourg ? demanda Grouchko. Les prix qu'ils demandent sont beaucoup plus élevés que ceux que les gens sont prêts à payer à Kiev. À cause des touristes. Et même si l'Ukraine pense qu'elle a des problèmes de manque de nourriture, ce n'est rien à côté de ce qu'on connaît ici à Saint-Pétersbourg. Après tout, l'Ukraine est, ou du moins, avait l'habitude d'être le grenier à blé de la Russie.

Gidaspov s'appuyait de tout son poids contre le camion. Il était nettement vert.

— Et où se trouvent exactement les camions en ce moment, monsieur Gidaspov ?

— On ferait mieux de rentrer, répondit-il.

Ils revinrent dans le bureau de Gidaspov où celui-ci montra à Grouchko la position du convoi sur une carte.

— Selon l'itinéraire, ils ont prévu d'être là, à Pskov, ce soir, dit-il. Et si tout se passe bien, ils devraient être de retour à Saint-Pétersbourg à un moment quelconque, dans la soirée de demain.

— Bien, dit Grouchko. Cela nous donne du temps pour leur préparer un accueil chaleureux. Avec un peu de chance, on va les prendre la main dans le sac.

Il regarda Gidaspov en se demandant si oui ou non, il pouvait lui faire confiance. L'homme avait eu l'air sincèrement bouleversé par ce que Grouchko lui avait appris, mais il n'y avait aucun moyen d'être absolument sûr que, laissé en liberté, il n'essayerait pas de prévenir quelqu'un. Grouchko savait qu'il n'avait pas vraiment le choix : il fallait mettre Gidaspov en garde à vue jusqu'à ce que les arrestations soient effectuées.

22

Cette nuit-là, un élan vint courir dans les rues de Saint-Pétersbourg. Quelqu'un me raconta que c'était en général à cette époque de l'année qu'ils commençaient leur migration et leur instinct les poussait à emprunter le même chemin que leurs ancêtres, bien avant que Pierre le Grand n'ait même eu l'idée de fonder sa ville. Pendant un moment, je restai assis devant une fenêtre à la Grande Maison à regarder l'énorme bête désorientée galoper d'un bout à l'autre de la perspective Litein. Cela faisait une diversion agréable après toutes ces heures passées à s'occuper des Géorgiens.

— J'aimerais bien avoir mon fusil, dit Nicolaï. Je pourrais enfin mettre de la vraie viande sur la table. (Il épaula une arme imaginaire en faisant semblant de viser l'animal.) Et ces bois : ça ferait de l'effet sur le mur de mon salon.

Pour ma part, je préférais penser à l'élan en pleine vie, comme à quelque chose de magnifique.

Aujourd'hui, on trouvait si peu de dignité dans la vie russe qu'il fallait considérer que c'était une denrée précieuse. C'était vrai que la bête paraissait ne plus savoir où elle allait, ni d'ailleurs pourquoi elle y allait. Mais probablement, elle finirait bien par y arriver et là, il y avait peut-être bien un message d'espoir pour nous tous.

Après avoir inculpé les Géorgiens et les avoir bouclés pour la nuit, Grouchko passa une heure à discuter de l'opération à venir avec le commandant de la brigade O.M.O.N. et le général Kornilov. Quand il sortit enfin de cette réunion, il me posa des questions sur Gidaspov et sa secrétaire, qui attendaient toujours dans un bureau voisin.

— Je ne peux pas les laisser partir, dit-il, mais je ne peux pas non plus les enfermer en bas avec la lie de la société. C'était ce qu'on faisait jadis. Qu'est-ce que vous en pensez ?

— Et si on les emmenait dans un hôtel ? proposai-je. Une jolie chambre avec télévision et salle de bains, mais pas de téléphone et un milicien devant la porte.

Grouchko fit claquer ses doigts.

— Je connais l'endroit idéal, dit-il. Le Smolenski sur la place Rastrelli. Avant, c'était l'hôtel réservé aux huiles du Parti. Maintenant, ce sont surtout des équipes de télévision européennes qui y logent, mais l'hôtel appartient à la ville, comme ça, on aura des prix pas trop élevés.

Il décrocha le téléphone pour tout mettre au point. Une demi-heure plus tard, Gidaspov et la fille étaient en route.

— Bien, voilà un problème facilement réglé, dit Grouchko en regardant sa montre. Maintenant, tout ce qui me reste à faire, c'est de rentrer chez moi et de dire à ma femme que je serai en retard pour le dîner qu'elle donne en l'honneur de notre futur gendre et de sa famille demain soir. (Il secoua la tête d'un air las.) Eh bien, ce n'est pas comme si je pouvais demander à la mafia de bien vouloir reporter la livraison à une date plus pratique, pas vrai ? De toute façon, elle va me bouffer tout cru pour son petit déjeuner. J'imagine que vous n'avez aucune idée brillante à me proposer, n'est-ce pas ?

Je souris et je ramassai mon sac par terre, à côté du bureau de Grouchko. J'en sortis une barre de chocolat que je lui offris.

— Un cadeau de Moscou, dis-je.

— Vous devez être malade, souffla-t-il. Mais je ne peux pas vous prendre votre chocolat...

— Ce n'est pas le mien, dis-je. C'est celui de ma femme. Je le lui ai piqué quand je suis passé chez moi. (Je haussai les épaules.) Cette grosse vache en mange déjà beaucoup trop. Ses placards en sont bourrés. Le prof de musique doit avoir une combine.

— Si vous êtes sûr, alors, dit Grouchko en mettant le chocolat dans son propre sac. Merci. Pour faire la paix, ce sera utile.

Je haussai les épaules avec modestie en espérant que personne, dans la famille de Grouchko, ne parlait allemand. La date de péremption du chocolat était déjà dépassée depuis deux ans. N'empêche, du chocolat, même vieux de deux ans, c'est mieux que pas de chocolat du tout.

Le lendemain matin, tout le monde arriva de bonne heure pour écouter Grouchko présenter l'opération du soir, dans la salle de réunion. La brigade O.M.O.N. participait à cette réunion, de même que le général Kornilov, le lieutenant Kodirev et le capitaine Novdirov du G.A.I., l'inspection d'État des véhicules automobiles. Oleg s'occupait des lumières, Andrei des stores et Sacha manœuvrait le projecteur de diapositives. Quant à Nicolaï, il était parti à l'A.S.A.

— Je vous demande toute votre attention, dit Grouchko. L'opération de cet après-midi, dont le nom de code est Crochet à Viande, sera commandée par moi et débutera à 16 heures pile.

Il déplia une carte de Saint-Pétersbourg et de ses environs.

— Cette opération comporte deux étapes, expliqua-t-il. La première va se dérouler de cette façon : le G.A.I. du capitaine Novdirov prendra position à une quinzaine de kilomètres au sud de Gatsina, sur la M20, en direction de Pskov. Au même moment, une unité de la brigade O.M.O.N., moi-même et Nicolaï, nous prendrons position à cinq kilomètres plus au nord. Juste avant l'aéroport, il y a une station-service Sovinterauto et tout à côté, une espèce de terre-plein de stationnement et une rangée d'arbres.

« Quand le convoi passera devant le G.A.I., une voiture de patrouille se lancera à sa poursuite et obligera le véhicule de queue à s'arrêter le plus près possible de l'endroit où nous serons planqués. Nous serons garés derrière les arbres, donc on ne pourra pas nous voir. Les hommes du G.A.I. demanderont au chauffeur et à son collègue de descendre de leur cabine et de les suivre à l'arrière du véhicule, sous le prétexte qu'un de leurs feux arrière sera défaillant. Mais une fois qu'ils seront là, ils se trouveront face à deux officiers de la brigade O.M.O.N., à Nicolaï et à moi-même, qui les attendrons de pied ferme. Après les avoir persuadés de ne pas continuer leur voyage...

Grouchko s'interrompit pour les laisser rire.

— ... Nicolaï et moi, on prendra leur place dans la cabine du camion. À l'heure où je vous parle, Nicolaï doit être en train de se familiariser avec un des camions de l'Anglo-SoyouzAtom, celui qui, pour l'instant, n'est pas sur la route.

« Nous suivrons alors le reste du convoi et, grâce à des talkies-walkies, nous dirigerons le gros des forces de la brigade O.M.O.N. vers l'endroit où ils ont prévu de décharger la viande volée. Nous ne sommes pas sûrs du nombre d'hommes auquel nous allons devoir faire face ; cependant, vous pouvez parier qu'ils seront tous armés jusqu'aux dents et plutôt décidés à tirer qu'à rester tranquilles. Mais, si on en croit nos indicateurs, il y a trois visages qu'on peut s'attendre à voir. (Il fit un signe de tête à Oleg.) Lumière, je vous prie.

Sacha mit le projecteur en route. La première diapo était un cliché extrait des dossiers.

— Casimir Tchérèpe, connu aussi sous le nom de « Petit Cosaque », annonça Grouchko. Un chef pour la bande d'Ukrainiens ici à St-Peter. Né à Kiev en 1958. Il a passé cinq ans dans les camps pour tentative de meurtre. Maintenant, la suivante, s'il te plaît, Sacha.

Sacha introduisit la deuxième diapositive dans le projecteur.

— Stepan Starovid, né à Dniepropetrovsk en 1956, connu aussi sous le nom de « Le Lutteur », eu égard au fait qu'il a été autrefois champion de lutte poids lourd à l'armée. Il aurait dû participer aux Jeux Olympiques, s'il n'avait pas été inculpé de trafic de drogue, ce qui lui a valu deux ans dans « la zone ». Mais drogué ou pas, c'est un grand gaillard, alors ne le laissez pas vous donner l'accolade.

« Ces deux hommes sont presque certainement coupables des meurtres de Mikhail Milioukine, Vaja Ordzhonikidze et d'un autre homme. Donc, vous pouvez imaginer sans peine comme nous avons envie de leur mettre la main dessus. Sacha ?

L'auditoire de Grouchko regarda le troisième visage extrait des dossiers de la Criminelle.

— Volodimir Khmara. Né à Zaporojie, en 1955. Bien connu pour ses activités liées au marché noir.

A été condamné une fois pour vol. C'est le type qui a vendu la viande contaminée aux restaurants coopératifs de St-Peter. Et la dernière, s'il te plaît, Sacha.

La quatrième et dernière diapositive était différente des clichés précédents. C'était la photo d'un homme plus vieux, prise de loin ; il était vêtu d'un manteau de cuir noir et il sortait d'une Mercedes garée devant le théâtre Marinski, là où siégeaient l'Opéra et le Ballet Kirov.

— Enfin, le dernier mais pas le moindre, voilà Victor Bosenko. Né à Dniepropetrovsk, en 1946. Connu aussi sous le nom de « Cygne Noir » à cause de son amour pour les ballets. Une condamnation pour délit sur l'argent à la fin des années 1970, mais rien depuis. Nous avons longtemps soupçonné Bosenko d'être le parrain qui dirige tout le monde souterrain des Ukrainiens, ici, à St-Peter. Actuellement, nous ne savons pas jusqu'où il est impliqué dans ce crime en particulier, mais il y a de bonnes chances pour qu'il soit au courant. Donc, regardez attentivement son visage, juste au cas où il ferait une apparition. (Grouchko se tourna vers Andrei :) Tu peux nous relever les stores, s'il te plaît ?

Sacha éteignit le projecteur tandis qu'Andrei relevait les stores.

— Vous avez des questions à poser ?

Un des hommes de la brigade O.M.O.N. leva la main.

— Pourquoi faire cet échange ? demanda-t-il. Est-ce que ce ne serait pas plus simple de les suivre ?

— Il y a de bonnes chances pour que la mafia surveille le convoi au moment où il arrivera en ville. Nous ne pouvons pas courir ce risque. S'ils voient que les camions sont suivis, tout sera à l'eau. Nous aurions bien utilisé un hélicoptère, mais à vrai dire, les forces aériennes ont refusé de nous en prêter un si on ne leur laissait pas le contrôle de toute l'opération. Ce qui aurait probablement signifié qu'ils s'en seraient attribué tout le mérite.

Il y eut un murmure d'indignation et d'incrédulité. Une autre main se leva.

— Est-ce qu'on ne risque pas de vous reconnaître à travers le pare-brise, monsieur ?

— Non, les pare-brise sont protégés par des volets blindés.

Une autre main encore.

— Après l'opération, qu'est-ce qui va arriver à toute cette viande ?

— Je suis content que vous me demandiez cela, dit Grouchko. Sous aucun prétexte, personne ne doit toucher à un gramme de cette viande.

Il y eut un vif grognement de déception à l'annonce de cette nouvelle. Grouchko haussa la voix.

— La viande est radioactive, dit-il. Écoutez-moi, je vous dis les choses clairement : cette viande est impropre à la consommation humaine.

— Ça n'a jamais arrêté personne, lança quelqu'un sur le ton de la raillerie.

— Elle peut avoir un aspect alléchant, continua Grouchko, mais pour citer un vieux proverbe : « Tu ne crois jamais ce que tu vois de tes propres yeux ». J'ai discuté de ce problème avec le général Kornilov et il est d'accord avec moi : la meilleure chose à faire, c'est de donner cette viande à Anglo-SoyouzAtom Transit et leur demander qu'ils se débarrassent de la viande de la même manière que des autres déchets nucléaires. Donc, laissons cette question aux spécialistes, d'accord ?

En d'autres temps et en d'autres lieux, nous aurions pu être infiniment plus bouleversés de découvrir la vraie nature du crime qui avait coûté la vie à Mikhail Milioukine. Mais ce cynisme n'est pas uniquement imputable à la piètre opinion que nous avons de la mafia. Il est aussi lié à notre manque inhérent de confiance, au niveau du pays tout entier, dans les denrées de base. Pour tout le monde, excepté les étrangers, consommer de la nourriture et des boissons est devenu une entreprise de plus en plus hasardeuse. Il faut même se méfier de quelque chose d'aussi banal que l'eau : plus personne n'est assez fou pour boire à l'eau du robinet – qu'on appelle par dérision du thé –, sans la faire bouillir très soigneusement. Cependant, les mêmes précautions ne s'appliquent guère à la consommation de substituts d'alcool, ce qui, tous les ans, provoque la mort de milliers de personnes.

Les paniques alimentaires sont relativement fréquentes. Juste avant que je ne vienne à Saint-Pétersbourg, les inspecteurs sanitaires de Moscou avaient découvert que des chiens et des chats crevés étaient vendus comme de la viande de lapin sur le marché de la rue Rozdestvenska. Et la plupart des gens sont maintenant habitués à voir des journalistes de la télévision nationale en train de filmer des poulets de Tchernobyl – la variété à deux têtes, mutation provoquée par les radiations – vendus sur les marchés d'État.

Les énormes quantités de pesticides et de nitrates déversées sur les fruits et les légumes les rendent tout aussi dangereux que la viande. Un journaliste radio a estimé qu'une personne peut se suicider en mangeant quinze concombres. Beaucoup de gens font les courses en emportant avec eux un peu de matériel de réaction chimique – des bandelettes de papier sensible à telle ou telle substance qui permettent à la ménagère d'évaluer rapidement le degré de toxicité avant d'acheter.

Bien sûr, pour beaucoup d'entre nous, c'est déjà probablement trop tard. Nos teints pâles et grisâtres, nos yeux rouges, tellement différents de ceux des étrangers resplendissants de santé, semblent l'indiquer suffisamment clairement. Mon propre père est mort d'un cancer alors qu'il n'était âgé que de quarante-sept ans. Ma mère est de fait handicapée en permanence par une bronchite. Ma sœur, avec laquelle elle vit, a une maladie de foie incurable due à des années d'alcoolisme.

Au dispensaire du Bureau central, à Moscou, ils m'ont dit que j'avais une tension trop haute et ils m'ont conseillé de renoncer au sel. J'ai dit que je n'en consommais jamais : la vie était déjà bien assez amère pour ne pas y rajouter du sel. Puis le médecin chargé d'établir mon bilan de santé a écouté ma respiration et il m'a suggéré d'essayer d'arrêter de fumer. Au moment où il disait cela, il avait lui-même une cigarette au bec. J'avais lu un article dans la presse occidentale à propos des « fumeurs passifs » et je lui demandai si, lui, il avait déjà entendu parler de ça. Rien que de fréquenter des flics russes, lui expliquai-je, c'était comme de fumer un paquet de vingt cigarettes par jour.

Plus personne ne réfléchit à long terme. On prend son plaisir où et quand on peut le trouver. Tandis que nous quittions tous la salle de réunion, j'entendis plusieurs hommes de la brigade O.M.O.N. plaisanter en disant que, radioactive ou non, de la viande, c'était toujours de la viande et que ça vaudrait sûrement le coup de prendre le risque de goûter un bon morceau de bœuf anglais. Je préférai penser que, du moins, ils étaient en train de plaisanter.

Une des trois camionnettes qu'on avait réquisitionnées pour l'opération s'avéra complètement hors d'état de marche et on n'avait pas le temps de lui trouver une remplaçante de même nature. C'est ainsi que je me retrouvai assis dans un car de l'Intourist, garé non loin de la M20, juste au sud de Gatsina. Ça n'avait pas l'air de perturber Grouchko. Il disait que personne ne s'attendrait à ce que la milice se serve d'un car de tourisme pour monter une opération contre la mafia.

— En plus, ajouta-t-il, il y a l'air conditionné et on peut écouter la radio. On ne sait pas pendant combien de temps il va falloir rester là.

À plusieurs reprises durant l'heure qui suivit, je le vis regarder sa montre et je me demandai s'il pensait beaucoup à la réception de sa femme. En regardant ma propre montre, il me parut évident qu'il n'allait pas seulement être en retard pour le dîner. Il y avait de grands risques pour qu'il le loupe, purement et simplement.

C'est le lot du policier. Je pensai à toutes les occasions où j'avais laissé tomber ma propre famille et pour la première fois depuis que j'avais quitté Moscou, j'avais moins de mal à comprendre pourquoi ma femme s'était lancée dans une liaison avec ce professeur de musique. Au moins, lui, il ne serait jamais en retard pour dîner. C'est vrai ce qu'on dit : parfois, la seule chose qui rend un métier intéressant, c'est les gens avec qui on le fait.

Le commandant de la brigade O.M.O.N., le lieutenant Klobouiev, fixait sans le quitter des yeux son talkie-walkie, comme pour inciter le capitaine Novdirov à appeler pour signaler que le convoi se dirigeait vers nous. Nicolaï fumait encore une cigarette et tapait de son grand pied en cadence, suivant la musique qui passait à la radio. Les trois autres officiers de la brigade O.M.O.N., privés de leur habituelle vidéo réconfortante de Schwarzenegger, regardaient par les vitres du car. Dimitri vérifiait les piles de la caméra avec laquelle il allait filmer toute l'opération. Le chauffeur du car somnolait derrière son volant : pour lui, nous n'étions qu'un autre groupe de passagers, moins intéressants que des touristes américains qui pouvaient lui offrir quelques devises comme pourboire. Andrei leva les yeux de l'arme qu'il était en train de nettoyer et s'éclaircit la gorge.

— Un homme se rend au supermarché local et dit au boucher : « Pouvez-vous me couper quelques très fines tranches de saucisson ? » Et le boucher lui répond...

Plusieurs d'entre nous reprirent en chœur la réponse du boucher :

« Apportez-moi le saucisson et je vous le couperai aussi fin que vous voulez. »

— Cette blague est tellement vieille, marmonna Nicolaï.

— Ben, à ton tour d'en raconter une, alors, chuchota Andrei.

— Je ne connais pas de blagues, répondit Nicolaï. Pas depuis que j'ai perdu la mémoire. Par pure coïncidence, c'est arrivé devant le magasin de viande, juste l'autre jour. Vous savez, j'ai regardé dans mon panier à provisions vide et je vous jure, je ne pouvais pas me rappeler si je m'apprêtais à entrer dans la boutique, ou si je venais juste d'en sortir.

Même Grouchko sourit de cette plaisanterie.

Le talkie-walkie crachota dans la main de Klobouiev. Mais ce n'était que le lieutenant Kodirev pour nous dire que le ministère de la Santé avait découvert des échantillons de bœuf contaminé sur les marchés coopératifs de Lalininski, de Zverkovski, de Vassiliostrovski et de Kouznechni. Tout le monde demeura silencieux, mais avant qu'on ait le temps de comprendre la portée de ces informations, Novdirov nous contactait pour dire que le convoi était en train de passer devant lui au moment même où il nous parlait.

Grouchko tira son pistolet.

— Très bien, tout le monde, dit-il. Nous y voilà. Que chacun prenne son poste.

Le chauffeur de car se redressa, ouvrit les portes automatiques et éteignit la radio. Ceux d'entre nous qui, comme moi, devaient rester à bord du car, regardèrent Grouchko, Nicolaï, Klobouiev et un de ses hommes descendre les marches et se glisser jusqu'à la rangée d'arbres qui les dissimulait de la route. Ils avaient choisi cet emplacement pour monter leur piège. Entre les arbres et la grande route à quatre voies, il y avait une petite zone de terrain nu, assez longue pour qu'on y gare non pas un camion, mais plusieurs.

Je pris mon talkie-walkie et j'appelai Sacha. Lui et deux camionnettes pleines d'hommes de la brigade O.M.O.N. attendaient quelque part sur la M10, là où elle pénètre dans Saint-Pétersbourg, parallèlement à la M20.

— Le convoi vient sur nous, lui dis-je. Tenez-vous prêt.

Nous avons entendu la sirène de la voiture de patrouille du G.A.I. avant de voir quoi que ce soit. Puis le grondement des gros camions Foden, quand ils commencèrent à ralentir. Le ciel entre les arbres fut brusquement obscurci par les formes noires et rectangulaires des trois premiers camions, tandis qu'ils se rangeaient sur le côté de la route et s'arrêtaient enfin assez loin du terre-plein, dans un sifflement bruyant de leurs freins hydrauliques. Derrière ces trois-là, presque immédiatement à la hauteur de notre car, nous vîmes le gyrophare bleu de la voiture du G.A.I. au moment où elle s'arrêtait devant le quatrième camion de l'Anglo-SoyouzAtom.

Les gars de Grouchko s'étaient mis à courir vers l'arrière du camion avant même qu'il se soit immobilisé. C'était la partie la plus faible du plan, parce que Grouchko avait misé sur le fait que le regard du chauffeur et de son collègue serait fixé sur la voiture de patrouille devant eux, au lieu de s'intéresser à ce qui se passait dans leurs rétroviseurs.

Les minutes passèrent et je commençais juste à penser que quelque chose avait dû échouer, quand j'entendis les portières de la voiture de patrouille qui claquaient et que je vis ensuite le gyrophare s'éteindre. Tandis que la voiture du G.A.I. s'éloignait, les camions commencèrent à relancer leur moteur et lentement, le convoi repartit. Quelques secondes plus tard, j'entendis la voix de Grouchko dans le talkie-walkie.

— Passagers à bord, dit-il d'un ton bourru. Je maintiens le contact pendant un moment, ajouta-t-il, pour que vous puissiez entendre ce qui se passe.

— On a de la chance d'avoir ces volets blindés sur le pare-brise, dit-il à Nicolaï. Si jamais il y avait des coups de feu échangés, on sera content de les avoir.

Un coup sourd frappé contre le côté de notre car annonça le retour des hommes de la brigade O.M.O.N. avec leurs deux prisonniers. Tandis qu'ils les poussaient dans le car, je remarquai qu'un des deux hommes avait le nez en sang. Je levai les sourcils d'un air interrogateur vers le lieutenant Klobouiev. Il haussa les épaules et dit, comme pour expliquer la blessure de l'homme :

— Je me suis simplement dit que ça pourrait être utile de découvrir s'ils transportaient du bœuf à bord.

— Et alors ?

Il hocha la tête et poussa sans douceur son gars le long du couloir jusqu'au fond du car. J'appelai Grouchko pour le tenir au courant.

— Voyez si vous pouvez les persuader de vous dire où on va, dit-il.

Je me rendis à l'arrière du car où les deux hommes étaient déjà menottés aux accoudoirs des sièges devant eux. Ni l'un ni l'autre ne parlait. Plongés dans la morosité, les deux hommes étaient penchés en avant et enfouissaient leur visage entre leurs bras menottés. Je transmis le message de Grouchko puis je revins vers le chauffeur.

— Allez, roulons, lui dis-je. Restez sur la grande route jusqu'à nouvel ordre.

Il hocha la tête, alluma une cigarette puis fit démarrer le moteur. Après avoir calé deux fois, il sortit lentement du chemin et prit la M20. Je me rassis sur mon siège et regardai Andrei.

— Je suis déjà monté dans un truc comme ça, dit-il. On avait été faire une visite panoramique.

— Il faut de tout pour faire un monde, murmurai-je et, lorsque Andrei partit donner un coup de main pour interroger les deux camionneurs, je tournai toute mon attention vers les commentaires de voyage de Grouchko.

— Nous venons de dépasser l'aéroport, annonça celui-ci.

— C'est un beau camion, dit Nicolaï. J'ai à peine senti ce trou dans la route. Et ce siège – il est meilleur que mon vieux fauteuil. Tout ce qui lui faudrait, c'est quelques brûlures de cigarettes et je me sentirais tout à fait comme chez moi. Vous voulez bien m'en allumer une ?

En entendant un bruit de coup et un cri au fond du car, je me retournai. Le lieutenant Klobouiev tenait un des deux camionneurs par les cheveux et, filmé par Dimitri, il commença à cogner la tête de l'homme contre la fenêtre du car. Le chauffeur fit comme si de rien n'était. Après tout, ce n'était pas son car.

— Et voilà, dit Grouchko.

— Il y a une chose que je ne comprends pas, dit Nicolaï. Tolia donne à Milioukine un échantillon de viande contaminée. Milioukine le confie au Dr Sobchak pour qu'elle l'analyse.

— Oui.

— Mais la viande qu'on a volée dans l'appartement... c'était celle qui appartenait aux Poliakov ?

— Oui. Mais évidemment, les deux Ukrainiens n'imaginaient pas que Milioukine avait déjà donné la viande à Sobchak. Ils ont ouvert le frigo des Poliakov et ils y ont trouvé un morceau de bœuf. Comment auraient-ils pu savoir que ce n'était pas le bon ? Du bœuf, c'est du bœuf, après tout, ce n'était pas comme si il y avait eu d'autres morceaux de viande dans le frigo.

— Alors, les Poliakov l'avaient simplement acheté au marché ?

J'entendis Grouchko jurer avec violence.

— Sacha ? dit-il d'un air affolé. Sacha, tu es là ?

— Où êtes-vous, monsieur ?

— Pas d'importance pour l'instant. Écoute, téléphone au lieutenant Kodirev et dis-lui d'envoyer quelqu'un chez moi immédiatement. J'ai l'impression que ma femme a acheté de cette viande contaminée au le marché coopératif. Elle doit être probablement en train de la servir au moment où nous parlons. (Il jura de nouveau.) Écoute, ça m'est égal comment Kodirev s'y prend, mais en aucun cas, personne ne doit manger de ce bœuf. Tu m'as bien compris, Sacha ?

— Oui, monsieur. Je vous rappellerai dès que j'aurai du nouveau.

— Fais ça. Et pour l'amour du ciel, grouille-toi.

Grouchko ne dit plus rien pendant plusieurs minutes. Puis Andrei revint de l'arrière et du pouce, indiqua ce qui se passait au fond du car.

— Nos amis ont fini par nous donner une localisation, mais pas très précise.

Je lui tendis le talkie-walkie.

— Il y a un entrepôt vers Kirovski, dit-il à Grouchko. Quelque part après la perspective Statchetchni. Les deux hommes ne sont pas tout à fait sûrs de l'endroit, parce que, en général, ils n'ont qu'à suivre le camion qui les précède. En tout cas, il y a un entrepôt frigorifique qui appartenait jadis aux poissonneries d'État, avant que la mafia ne paie cet endroit en devises. D'après eux, c'est très bien protégé : en moyenne, entre trente et quarante hommes armés.

Grouchko fit entendre un grognement. Andrei haussa les épaules et me rendit l'appareil.

— Qu'est-ce qui lui prend ? murmura-t-il.

— Il est inquiet parce qu'il pense que sa femme a acheté de cette viande contaminée, lui expliquai-je. Et c'est pile en ce moment que sa famille doit être en train de passer à table et de commencer à manger.

— Ah ! la cuisine familiale ! dit Andrei en reniflant de mépris. Ce sera notre mort à tous.

Et sur ces paroles, il retourna s'asseoir au fond du car.

Dix minutes s'écoulèrent et Grouchko nous transmit par radio que le convoi avait atteint la banlieue de la ville, par la perspective Moskovski. Nicolaï faisait de son mieux pour distraire Grouchko de ses pensées angoissantes.

— Alors, il y a ce vieux prêtre, d'accord ? dit-il. Il a été faire des courses toute la journée et il est fatigué, alors il s'arrête pendant une minute pour se reposer contre un mur et il ferme les yeux. Au bout de quelques instants, il les rouvre et il voit qu'une queue de cinquante personnes environ s'est formée derrière lui. Il se passe encore deux minutes et puis l'Ivan qui est juste derrière lui demande au vieux prêtre pourquoi ils font la queue. Et le prêtre explique qu'il s'est juste arrêté pour se reposer. « Alors, pourquoi ne l'avez-vous pas dit ? » demande l'homme. Et le prêtre répond : « Ce n'est pas tous les jours qu'on se retrouve en tête d'une queue. »

Nicolaï se mit à rire avec enthousiasme.

Grouchko, lui, perdait patience.

— Parle-moi, Sacha, dit-il entre ses dents serrées. Mais bon dieu, qu'est-ce qui se passe ?

— Juste une minute, monsieur, répondit Sacha. Là, je suis en train de discuter avec Olga.

Il y eut un long, long silence durant lequel j'imaginais la famille de Grouchko assise autour de la table du dîner, en train de regarder Lena occupée à découper le précieux morceau de viande. Un coup brutal amène Tania à la porte, où elle se retrouve face à plusieurs hommes vêtus de combinaisons antiradiations et portant un radiomètre, comme on porte le saint-sacrement. Les invités bondissent d'horreur quand les hommes entrent puis ils crient au scandale quand la viande contaminée – leur dîner – est jetée dans un sac en plastique. J'aurais presque souhaité être là pour assister en personne au spectacle.

— Quelqu'un s'est rendu chez vous, monsieur, dit enfin Sacha. Tout va bien. Personne n'a rien mangé.

— Tout comme dans n'importe quel repas russe, alors, dit Nicolaï.

Grouchko poussa un soupir de soulagement que tout le monde entendit.

— Merci, dit-il doucement. Merci, Sacha.

— Heureusement que vous portez un gilet pare-balles, répondit Sacha. Parce que votre femme va vous tuer. D'après Olga, elle pensait que c'était une de vos bonnes blagues. Mais vous aviez raison. La viande était radioactive.

Grouchko n'eut pas le temps de réagir à cette dernière information.

— On tourne, dit Nicolaï.

Grouchko attendit une seconde puis il déclara :

— Nous nous dirigeons maintenant au nord-ouest, sur Krasnopoutilovskaia, dans la direction d'Autovo.

J'entendis Sacha dire à son chauffeur de se diriger vers l'ouest, le long de Tachkentskaia.

— Je pense que nous sommes suivis, dit Nicolaï. Cette voiture ne nous quitte plus depuis l'aéroport.

Je me penchai vers le chauffeur du car.

— J'ai entendu, répondit celui-ci avec désinvolture. Krasnopoutilovskaia.

Il donna un brusque coup de volant pour éviter un cheval qui s'était égaré sur la route.

— De la viande, pas vrai ? dit-il quand il fut revenu sur la route. Il y en a plein dans les alentours, si on sait où regarder. Croyez-moi, un gars qui conduit sur cette route n'est jamais obligé d'avoir faim.

Je me souvins de mon propre trajet en voiture entre Moscou et Saint-Pétersbourg. En principe, la M10 était la principale artère du pays et cependant, par endroits, ce n'était guère plus qu'une route à deux voies sur laquelle une grande variété d'animaux – cochons, chèvres, bétail et poulets – avaient tout loisir de s'aventurer. Je me demandais comment un plein car d'Américains auraient réagi face aux projets meurtriers de leur chauffeur de car.

— On se dirige vers le nord sur la M11 et la perspective Statchetchni, dit Grouchko.

— Dans la direction de Trefoleva, dit Sacha.

À présent, le car se trouvait dans les environs de la ville et, comme pour souligner ce fait, nous heurtâmes avec un bruit sourd une ligne de tram plantée fièrement à la surface de la route.

— On vous voit, dit Sacha. En train de sortir de Trefoleva.

— Il signale qu'il tourne à gauche, dit Nicolaï.

— Sacha, nous tournons à gauche dans...

— ... Oboronaia, dit Nicolaï en lui soufflant.

— Allez tout droit, traversez Statchetchni, dit Sacha à son chauffeur. Puis à Grouchko : Nous allons rester parallèles à vous.

— On dirait que nous y sommes, monsieur, dit Nicolaï. On ralentit.

— On y est, dit Grouchko. C'est entre la rue Goubina et la rue Sébastopol.

Sacha ordonna au chauffeur de la seconde camionnette de l'O.M.O.N. de tourner dans la rue Sébastopol, puis à son propre chauffeur de conduire jusqu'au bout de Trefoleva.

— On tournera à droite sur Barrikadnaia, annonça-t-il, et ensuite, on viendra sur eux des deux extrémités de la rue.

— C'est le moment, les gars ! dit Grouchko. Ne ratons pas ces salopards.

23

Grouchko me raconta plus tard que sa première pensée en voyant le camion de tête pénétrer dans l'entrepôt frigorifique, c'était que la milice allait devoir se surpasser. On avait l'impression qu'il y avait des gangsters partout, certains donnant des instructions aux camions, d'autres commençant à décharger les cartons de viande des containers et le reste se contentant d'avoir des armes à la main et de surveiller qu'il n'y ait pas de pépin. Quand le deuxième puis le troisième camion eurent franchi les portes métalliques en marche arrière, un homme siffla bruyamment tout en faisant signe à Nicolaï d'avancer vers lui.

Nicolaï fit patiner l'embrayage et suivit les instructions de l'homme jusqu'à ce qu'il se trouve dans la bonne position pour pénétrer en marche arrière sur l'aire de déchargement. En entendant un second coup de sifflet derrière lui, il jeta un coup d'œil dans son rétroviseur et vit qu'un autre homme lui faisait des grands gestes.

— Fais caler le moteur, dit Grouchko. Il ne faut pas qu'ils referment ces portes derrière nous parce que la brigade ne pourrait plus entrer.

Nicolaï enclencha la première, ôta son pied de l'accélérateur puis lâcha la pédale d'embrayage. Le gros camion tressauta spasmodiquement tandis que le moteur calait.

Il tourna la clé de contact et, sans toucher à l'accélérateur, il fit semblant d'essayer de redémarrer. Avec un camion fabriqué en Russie, il aurait eu de bonnes chances de noyer le moteur. Mais les Foden étaient équipés d'un démarreur électrique et le moteur ronfla à la première tentative.

— Est-ce que ce n'est pas formidable ? dit Nicolaï. Voilà ce qu'on appelle un engin fiable.

— Bon sang de bonsoir, où est Sacha ? dit Grouchko.

Nicolaï commença à faire manœuvrer le camion pour entrer dans l'entrepôt. Alors qu'il n'était encore qu'à mi-chemin, il fit caler de nouveau le moteur et cette fois, il ôta la clé de contact et la mit dans sa poche.

Derrière eux, on entendit des cris et quelqu'un commença à cogner avec impatience sur la paroi du container.

— Tu ferais bien de trouver ton invitation à la fête, dit Grouchko.

Nicolaï sortit son automatique et se tint prêt à tirer.

— Voilà notre copain, dit-il en jetant un coup d'œil dans le rétro.

— Mais bon dieu, qu'est-ce que tu fabriques ? dit une voix devant la portière côté chauffeur. Grouille-toi. Vire ce truc de là.

Grouchko et Nicolaï ne bougèrent pas.

À travers les volets blindés, Nicolaï vit l'homme froncer les sourcils puis reculer en commençant à comprendre que quelque chose clochait.

— Le système électronique est coincé, cria Nicolaï. Tout est bloqué. On ne peut même pas ouvrir la porte.

Mais l'homme était déjà en train de brandir sa propre arme. Il cria quelque chose à un autre, puis leva son revolver en direction de la portière, côté conducteur.

— Qu'est-ce qu'on fait, maintenant ? demanda Nicolaï.

— On reste assis, sans bouger, répondit Grouchko. Et espérons que cet engin est aussi résistant que ce qu'on prétend.

Nicolaï se pencha sur le siège, hors de la ligne de tir.

Ils entendirent l'explosion d'une arme automatique, mais aucun projectile n'atteignit le camion. Puis il y eut une autre rafale de balles et des cris.

— Soit cet engin est encore plus dur que ce qu'on croyait, soit c'est Sacha, dit Grouchko.

Petit à petit, une voix commença à se faire entendre à travers un mégaphone.

— Ici, la milice. Vous êtes encerclés. Posez vos armes. Sortez de l'entrepôt, venez dehors et couchez-vous avec les mains derrière la tête. Je répète, vous êtes encerclés...

— C'est le moment, dit Grouchko en attrapant la poignée de la portière.

Il entrouvrit à peine et jeta un coup d'œil à l'extérieur. Les gangsters étaient déjà en train de lâcher leurs armes et de lever les bras, tandis que, de tous les côtés de l'entrepôt, surgissaient des hommes de la brigade O.M.O.N.

Grouchko sauta de la cabine et se dirigea vers un des camions. Les portes à l'arrière étaient ouvertes et dans le container, il y avait des centaines de cartons de viande, dont certains portaient encore le symbole de la Communauté européenne, la couronne d'étoiles jaunes sur fond bleu. À côté du camion, se tenait un groupe de deux ou trois hommes avec les mains en l'air et, parmi eux, vêtu d'un costume élégant, les doigts chargés de bagues en or, quelqu'un dont Grouchko reconnut le visage. C'était Victor Bosenko. À la main, il tenait non pas une arme, mais un portefeuille bourré de billets.

— Bien, bien, dit Grouchko en souriant, ce n'est pas seulement le caviar que nous avons. C'est tout l'esturgeon pourri.

Derrière lui, la brigade O.M.O.N. était en train de faire tomber à coups de pied les mafiosi qui ne se couchaient pas assez rapidement. Bosenko resta debout. En souriant, il s'avança vers Grouchko, s'éloignant ainsi de ses propres hommes.

— Je pense qu'il doit s'agir d'une erreur, dit-il. Nous avons pensé que vous étiez la mafia.

— Elle est bien bonne, répondit Grouchko en riant. Vous pensiez que c'était nous, la mafia.

Sacha apparut derrière Grouchko, scrutant la sortie située près du plafond de l'entrepôt, pour vérifier qu'il n'y avait aucun signe de résistance.

Victor Bosenko avança encore d'un pas.

— Mais Dieu merci, c'est vous, la milice, dit-il. Écoutez, officier, je suis sûr que je peux tout vous expliquer. Nous ne sommes que des hommes d'affaires qui essayons de protéger nos biens, c'est tout.

Il haussa les épaules comme pour avoir l'air accommodant.

— Peut-être pourrions-nous parvenir à un certain arrangement ?

Il baissa lentement les bras, et ouvrant son portefeuille, en sortit toute une liasse de dollars.

— Une compensation pour vous et vos hommes. Pour vous dédommager de votre temps et du mal que vous vous êtes donné. Et pour vous remercier de votre protection. Vous savez, il y a là près de cinq mille dollars. Qu'est-ce que cela représente pour vous et vos hommes ? Peut-être deux années de salaire pour chacun ?

Grouchko regardait Bosenko avec une incrédulité grandissante. Puis il lui arracha les dollars de la main et les balança à la figure souriante de l'Ukrainien.

— Tu oses faire ça ? gronda-t-il d'un ton hargneux. Tu oses essayer de m'acheter ? Devant tous mes hommes ?

Le coup de poing jaillit à la hauteur de la taille de Grouchko et cueillit Bosenko sous la mâchoire. Au moment où Bosenko touchait terre, Grouchko se précipita pour l'attraper par les revers et lui balancer un nouveau coup.

Comme j'arrivais à ce moment-là, j'eus l'impression que Sacha s'avançait pour retenir Grouchko. Son cri d'avertissement se perdit dans le bruit du coup de feu et Grouchko se retrouva en train de porter l'homme qui avait semblé le soutenir, lui. Il se retourna et vit qu'un des hommes de Bosenko s'échappait par la porte de derrière, l'arme au poing. Grouchko laissa Sacha glisser jusqu'au sol et courut à sa poursuite.

Le sang jaillissait de la bouche de Sacha. Nicolaï tomba à genoux et essaya de retourner son ami sur le ventre, dans une meilleure position en cas d'évanouissement, pour qu'il arrête de se noyer dans son propre sang. Sacha tressaillit de douleur et attrapa le bras de Nicolaï.

— Je te l'avais dit, siffla-t-il. Je te l'avais dit : ces gilets pare-balles ne valent rien.

Puis son corps se convulsa par saccades, comme s'il recevait une décharge électrique, et il mourut.

Stepan Starovid, « le Lutteur » sortit de l'entrepôt et se retrouva sur un chemin tapissé de graviers. Apercevant un uniforme bleu caractéristique de la brigade O.M.O.N., il fit feu de nouveau et toucha l'homme à la jambe. Puis il courut vers le canal Ecateringof et descendit sur un quai où il savait que Bosenko gardait en permanence un petit bateau amarré. Entendant derrière lui le bruit de quelqu'un qui courait, il pivota sur lui-même et tira au jugé deux coups de feu. Au dernier, le chargeur était vide.

Grouchko descendit dans la rue et se dirigea vers l'Ukrainien.

« Le Lutteur » comprit qu'il n'y avait plus rien à faire. Il y avait des hommes de la brigade O.M.O.N. derrière le flic sur lequel il venait de tirer. Mais, instinctivement, il continuait à reculer devant Grouchko, vers le canal. Il sourit d'un air penaud et commença à lever les mains en l'air.

Il était encore en train de reculer quand Grouchko lui tira dessus. La balle de .45 le frappa en pleine poitrine et la force de l'impact le projeta au-delà de la rive. « Le Lutteur » était mort avant même d'atteindre l'eau sale, avec une telle expression de surprise sur son gros visage solide qu'elle y était encore quand, le lendemain, on l'installa sur la table de dissection à l'Institut de médecine légale.

Grouchko descendit jusqu'au bord du canal et regarda le corps qui flottait. Puis il cracha dans l'eau.

Nicolaï le rejoignit alors qu'il s'apprêtait à remonter vers l'entrepôt.

— Sacha ? demanda Grouchko.

Nicolaï secoua la tête.

— C'est bien ce que je pensais.

À l'intérieur de l'entrepôt, les hommes de la brigade O.M.O.N. avaient aligné tous les Ukrainiens contre le mur et, filmés par Dimitri, ils les fouillaient à la recherche d'armes cachées.

Grouchko resta debout, à côté du corps de Sacha, remarquant à peine que ses pieds baignaient dans une mare rouge qui s'agrandissait et qui n'était rien d'autre que le sang du mort. Je me dirigeai vers lui, espérant trouver quelque chose de gentil à dire et, me sentant muet devant ce gâchis, je me contentai de hausser les épaules et de secouer la tête comme un retraité malheureux. Mais l'âme de Grouchko était d'une étoffe plus extravertie que la mienne. Il disait les choses comme elles lui venaient et, pour dire la vérité, sur le coup, les paroles du poème épique de Pouchkine, *Eugène Onéguine*, ne parurent pas aussi affectées que lorsque je m'en souviens à présent :

— « La tempête est passée, l'aube pâlit, la fleur s'est fanée sur la branche ; la flamme sur l'autel s'est maintenant éteinte. »

Nicolaï alluma deux cigarettes en même temps et en tendit une à Grouchko.

— Venez, monsieur, dit-il. Rentrons chez nous. Tout est fini.

Grouchko lui jeta un regard sinistre et Nicolaï haussa les épaules d'un air fataliste.

— Bon, en tout cas, jusqu'à la prochaine fois, ajouta-t-il.

Grouchko tirait dur sur sa cigarette.

— Nicolaï Vladimirovitch, dit-il, tu viens de me lire ma saleté d'horoscope.

24

Nina Milioukina avait bien jugé Grouchko. Elle l'avait pris pour ce qu'il était, l'homme d'un seul livre, Le Livre de la Loi et de la Morale telles qu'il les envisageait, sans chercher l'équité, sans manifester de pitié. « Méfie-toi de l'homme d'un seul livre. » Voilà comment j'ai commencé cette histoire et maintenant, il faut que j'explique pourquoi.

Quelques jours après avoir arrêté les Ukrainiens, Grouchko a dû téléphoner à Nina et convenir de la retrouver à côté de la tombe de Mikhail, dans le cimetière Volkov. Je ne peux pas imaginer que cela ait pu être son idée, à elle, de le rencontrer là. Cela devait faire partie de la mise en scène de Grouchko. A-t-elle deviné ce qu'il voulait lui dire ? C'est probable. Peut-être a-t-elle même pensé que Grouchko faisait partie de ces gens-là. Après tout, il était colonel de la milice. Mais si c'était cela qu'elle pensait, alors, elle dut rapidement renoncer à cette idée.

Il la trouva en train de déposer un œillet unique – une seule fleur était en général ce qu'on pouvait s'offrir de mieux – sur la terre nue qui recouvrait le cercueil de Mikhail Milioukine. Avant qu'elle ne réalise qu'il était là, il balança le dossier qu'il avait apporté à côté de la fleur. Nina le reconnut immédiatement. La couverture de cuir frappée de l'épée et du bouclier était célèbre. Mais elle ne le ramassa pas. Elle regarda le dossier presque comme si elle devait se brûler si jamais elle y touchait.

— J'ai pensé que vous aimeriez vous débarrasser de ceci vous-même, dit Grouchko. Maintenant qu'il est mort, il semblerait qu'ils ne puissent plus rien faire de vous.

— Ils ? demanda-t-elle d'une voix mordante.

— Oh non ! dit Grouchko en secouant la tête, pas moi. Je n'ai jamais trempé là-dedans.

Il alluma une cigarette et l'observa tandis que, à contrecœur, elle se penchait pour ramasser le dossier.

— Vous voyez, reprit-il, je n'arrivais pas à comprendre pourquoi vous vous montriez aussi réticente à notre égard. Je veux dire, on était là à essayer de mettre la main sur les assassins de votre mari et vous, vous ne vouliez rien dire. Mais évidemment, dès que j'ai vu ce dossier, brusquement, tout est devenu clair. C'est la honte qui fait taire les gens, n'est-ce pas ?

— Ils vous l'ont donné ? dit-elle avec colère. Comme ça, tout simplement ? Je ne peux pas y croire.

— J'ai moi-même pensé la même chose, dit Grouchko. Comment avez-vous pu faire une chose pareille ? Comment avez-vous pu espionner vos amis, votre propre mari ?

— C'est facile de dire ça maintenant, répondit-elle avec amertume. Il y a beaucoup de gens qui se montrent courageux de façon rétrospective. Mais croyez-moi, ce n'était pas si facile de dire non au K.G.B. (Ses yeux étincelèrent.) J'ai dû vivre avec la crainte qu'ils m'inspiraient pendant toute mon existence. De fait, la première chose dont je me souviens, c'est d'avoir eu peur des gens qui sont venus arrêter mon père.

— C'est une belle histoire, dit Grouchko, mais cela n'explique pas comment vous en êtes arrivée à travailler pour eux.

— Vous avez lu le dossier, répondit-elle en soupirant.

— Oui, mais j'ai vu que vous leur aviez transmis des informations dès 1974, alors que vous étiez encore étudiante. C'était il y a longtemps.

— Ils disaient qu'ils possédaient la preuve que ma mère était dissidente : qu'elle passait régulièrement des exemplaires de livres interdits. Vous pensez que j'allais les laisser l'envoyer dans les camps, elle aussi ? (Nina secoua la tête.) Ce que j'ai fait, ça n'avait rien d'extraordinaire. Vous devriez pourtant le savoir.

Elle ouvrit son sac à main et en sortit un paquet de cigarettes. Elle en alluma une, qu'elle fuma sans avoir l'air de beaucoup l'apprécier.

— Pendant un certain temps, après l'université, ils m'ont laissée tranquille. Je ne pouvais pas leur être très utile. Je ne suis pas le genre d'individu qui se souvient de ce que les autres racontent. Mais ensuite, après avoir épousé Mikhail, ils m'ont de nouveau contactée. Ils disaient qu'ils allaient l'empêcher de travailler parce qu'il était juif. Alors, vous ne comprenez pas ? Lui, il n'aurait jamais pu supporter ça. Son travail, c'était toute sa vie. On ne me demandait que des petites bricoles, rien d'important : à propos des journalistes étrangers que Mikhail connaissait. Ce qu'ils racontaient. Qui ils voyaient. Mais au bout d'un an ou deux, Mikhail a dû remarquer quelque chose, je pense. Il ne m'en a jamais parlé, mais je suis sûre qu'il avait des soupçons.

— Voilà pourquoi il est devenu si discret à propos de son travail, n'est-ce pas ? dit Grouchko. Ce n'était pas parce qu'il ne voulait pas que vous vous fassiez du souci à son sujet. C'était parce qu'il n'était pas sûr de pouvoir vous faire confiance.

— Vous voyez ? dit-elle en haussant les épaules. Dans un sens, je vous ai dit la vérité. Je ne savais vraiment rien.

— Et ensuite, que s'est-il passé ?

— Si Mikhail sortait, il ne me disait pas où il allait, ni qui il voyait. Personne ne venait à la maison. J'ai cessé de leur être utile. Alors, ils se sont attaqués à Mikhail lui-même. Ils voulaient qu'il espionne un journaliste anglais, quelqu'un qu'ils soupçonnaient d'avoir des contacts avec des agents étrangers. Et il leur a répondu d'aller se faire foutre. Il a dit qu'ils pouvaient bien faire ce qu'ils voulaient. Ils lui ont fait toutes sortes de menaces. Et bien sûr, il avait peur. Mais Mikhail était plus fort que moi.

— Non, pas plus fort, dit Grouchko, simplement meilleur.

— Je ne sais pas pourquoi je cherche à me justifier devant vous, dit-elle. Ou pourquoi vous vous imaginez que vous valez mieux que ces salauds du K.G.B. Est-ce que vos propres mains sont parfaitement nettes, Grouchko ?

— Je peux encore regarder mes amis droit dans les yeux.

— Alors, vous avez eu de la chance. (Brusquement, elle parut effrayée.) Est-ce que quelqu'un d'autre... ?

— Vous n'avez pas besoin de vous inquiéter, dit-il en l'interrompant. Il n'y a que vous, moi et votre conscience – si vous en avez une.

— Vous savez ce que j'espère ? dit-elle. J'espère qu'un jour, vous découvrirez que quelqu'un qui vous est proche vous a trahi. Je me demande si vous vous montrerez plus compatissant, à ce moment-là.

— Oh ! moi, je peux vous pardonner, dit Grouchko en faisant claquer ses doigts. Juste comme ça. Mais lui ? (Il désigna la tombe de Milioukine.) Je suppose qu'on ne le saura jamais, pas vrai ?

Les larmes débordèrent des yeux bleu porcelaine de Nina.

— Espèce de salopard cruel.

Grouchko sourit.

— Non seulement vous êtes un indic, mais en plus, vous lisez dans les pensées. Vos talents sont infinis.

Il la laissa là, plantée au milieu du cimetière.

Les journaux disent que le suicide est devenu une arme politique. Les conservateurs, à l'Assemblée du Peuple, n'ont pas été longs à associer la faillite du vieux système et la dureté économique de la période à l'augmentation du nombre de gens qui attentent à leur propre vie. Depuis 1987, le suicide a connu une hausse de plus de dix pour cent. Si vous étiez démocrate, est-ce que de savoir cela représenterait un bon motif pour ne pas vous tuer ?

Les journaux disent aussi que les femmes résistent mieux au suicide que les hommes. Peut-être quelqu'un aurait-il dû en informer Nina Milioukina. Quelques heures après son rendez-vous avec Grouchko, elle avait bu toute une bouteille d'acide acétique et elle en était morte. C'était une méthode banale, bien que très douloureuse, pour se tuer, si toutefois on parvenait encore à trouver une bouteille d'acide acétique dans les magasins.

Après que plusieurs personnes eurent téléphoné au commissariat 59 pour demander où elles pouvaient se procurer cet acide acétique, le lieutenant Kodirev fut obligée de faire une déclaration disant que la bouteille était vieille et que Nina Milioukina la conservait dans son placard depuis plusieurs années.

Les journaux et la télévision s'accordèrent pour dire que le chagrin l'avait poussée à faire cela. Bien sûr, à ce moment, je savais qu'il n'en était rien.

La vague de chaleur cessa deux jours plus tard. Un vent frais agitait les feuilles des peupliers du jardin d'Été où j'avais été me promener et Saint-Pétersbourg semblait être la plus belle ville du monde. Cela ne ressemblait pas au genre d'endroit qu'on choisirait pour se suicider.

Quand j'appris ce que Grouchko avait dit à Nina Milioukina, je me mis en colère et je lui déclarai que, d'après moi, il s'était conduit de façon abominable.

— Avec une femme qui a trahi son mari de cette façon ? répondit-il. Je ne crois pas.

— Ma femme m'a trahi, dis-je, mais cela ne me donne pas le droit de la juger. Dieu sait, c'est peut-être moi qui l'y ai poussée.

— C'est différent, dit-il. Nina Milioukina n'était pas simplement quelqu'un qui avait échoué à remplir ses devoirs d'épouse. Elle avait échoué dans ses devoirs d'être humain. Elle était fausse. Elle vivait le pire type de mensonge qui existe.

— Mais d'où sortez-vous ? répondis-je avec mépris. Tout ce sacré pays a vécu dans le mensonge pendant soixante-dix ans. Il va falloir

414

qu'on mette tout ça derrière nous si jamais on veut arriver à réussir quelque chose d'un peu mieux. Et ça concerne toutes les Nina Milioukina du monde.

Plus je pensais à son attitude, plus je me sentais en colère contre lui.

— Vous savez ce que vous avez fait ? Vous avez révélé ce que Mikhail Milioukine avait choisi de taire. Il savait qu'elle l'espionnait, mais il avait décidé de ne pas en parler. Pour lui, il valait mieux qu'elle soit là en train de raconter tout ce qu'il faisait au K.G.B. plutôt que de ne pas être là du tout.

Je hochai la tête avec tristesse.

— Vous avez jeté aux orties une vie qui avait de la valeur, lui dis-je. J'espère que vous parviendrez à vivre avec cette pensée.

Après cela, je l'évitai pendant un moment, effectuant la liaison avec Vladimir Voznosenski au bureau du procureur et m'occupant de la préparation des nombreuses inculpations que nous avions engagées contre les Géorgiens et contre les Ukrainiens. Mais à l'enterrement de Sacha, il vint me voir et me prit à part pendant une minute.

— Vous aviez raison, dit-il. C'était inutile de dire ce que j'ai dit. C'était impardonnable.

— Je n'avais pas raison, répondis-je et je lui racontai que j'avais eu l'intention de revoir Nina Milioukina. Mais peut-être que nous avions tort tous les deux.

On offrit à Sacha un enterrement avec tous les honneurs. Un détachement de la milice tira une salve au-dessus de sa tombe. Et le conseil municipal donna à sa veuve un chèque de deux mille roubles. Cela représentait juste quatre mois de salaire.

Après l'enterrement, plusieurs d'entre nous se retrouvèrent chez Nicolaï pour boire un verre. Ce n'était pas une soirée très gaie. Au début, Nicolaï leva son verre en disant : « À votre santé », et Grouchko le regarda d'un air menaçant en disant : « Alors, on boit ou on parle ? » Mais petit à petit, tandis que la vodka coulait, l'atmosphère se détendit et Grouchko raconta comment sa fille paraissait déterminée à partir vivre en Amérique.

— Pourquoi est-ce qu'on a envie de partir vivre en Amérique ? demanda-t-il. Voilà ce que j'aimerais savoir. (Puis il me jeta un regard chargé de signification et il ajouta :) Au moins, ici, on peut toujours s'en prendre à quelqu'un d'autre si les choses ne se passent comme on le souhaite.

25

Tandis que ma rêverie prenait fin, la porte du compartiment s'ouvrit, laissant pénétrer une bouffée d'air et de bruit, et l'hôtesse du wagon entra pour nous proposer du thé de son samovar. Comme pour racheter le fait que je m'étais montré un piètre compagnon de voyage, je pris deux verres et j'en tendis un aimablement à ma jolie voisine. Puis la porte se referma, nous laissant de nouveau en tête à tête.

Elle sourit.

— Merci.

— D'où venez-vous ? demandai-je.

Pendant un instant, elle resta silencieuse, les mains en coupe autour de son verre tandis qu'elle sirotait le thé bouillant.

— De Moscou. Je suis danseuse. J'étais avec le Kirov, mais maintenant, je retourne au Bolchoï. Et vous ?

— Je suis policier.

Brièvement, je lui fis le récit de mon séjour à Saint-Pétersbourg.

Je me demandai s'il fallait ou non ajouter qu'en réalité, j'avais été envoyé à Saint-Pétersbourg pour mener une enquête secrète, pour chercher des preuves de corruption dans le service de Grouchko. Peut-être vaut-il mieux que ces choses-là ne soient pas dites, même aujourd'hui où il y a tant d'honnêteté et de franchise au sein du gouvernement. Pour certaines personnes, ce type de travail est très difficile à comprendre. Mais dans toutes les enquêtes concernant la corruption de la police, il faut placer le devoir avant les relations personnelles. Comme à l'époque où j'avais dû faire semblant d'être corrompu moi-même pour prendre au piège un autre policier. Ce n'était pas très agréable. L'homme, qui perdit son travail et se retrouva en prison, avait une femme et des enfants. En plus, ce n'était pas comme si j'avais trouvé la moindre preuve que Grouchko et ses hommes se faisaient acheter. Loin de là. Pour moi, il me semblait que Kornilov avait simplement souhaité être certain que ses hommes étaient intégralement honnêtes. Ce qui était compréhensible. La nature de la tâche de Grouchko les rend, lui et son service, particulièrement vulnérables à la corruption. Je ne me sentais donc pas coupable de grand-chose. Après tout, comme l'aurait reconnu Grouchko lui-même, la seule façon de briser un jour la mafia, c'est d'avoir des forces de police honnêtes. Mais quand même, j'aurais bien aimé qu'on ait l'occasion de se montrer plus honnêtes l'un envers l'autre, même si jusqu'au dernier moment, je pense que Grouchko a toujours soupçonné qui j'étais et ce que j'étais vraiment venu faire là.

Je haussai les épaules. À présent, c'était moi qui essayais d'engager la conversation.

— Je serais bien rentré en voiture à Moscou, sauf que le joint m'a encore lâché.

— Encore ?

— Oui, je l'ai retrouvé sur la route.

Elle se mit à rire, secoua la tête et l'air fut rempli de l'odeur de son parfum, qui ne ressemblait à rien de ce que j'avais senti jusqu'à présent.

— C'est dommage.

— Eh bien, au moins, cela m'a donné l'occasion de vous rencontrer.

— Oh ! je ne suis pas quelqu'un de très intéressant.

— Non ? J'aurais pensé qu'être danseuse, c'était intéressant.

Elle fit la grimace.

— C'est un sacré boulot.

— J'adore le ballet. Quelqu'un au Bureau central m'a proposé des billets pour le Kirov, seulement, je n'ai jamais trouvé le temps pour y aller.

— Si vous voulez, je peux vous procurer des billets pour que vous veniez me voir au Bolchoï.

— Un seul billet serait très agréable.

Elle sortit un calepin et un stylo.

— Donnez-moi votre adresse et je vous en enverrai un.

Je réfléchis pendant une minute. Je pouvais toujours aller chez ma mère et ma sœur pendant quelques jours, mais je ne pouvais pas envisager de vivre là en permanence, pas plus que je ne pouvais revenir avec ma femme. Je lui expliquai que ma femme et moi, nous étions en instance de divorce, et qu'il valait mieux qu'elle envoie le billet au quartier général de la police, sur Petrovka.

Elle nota l'adresse, puis eut l'air inquiet.

— Mais où est-ce que vous allez vivre ? demanda-t-elle.

— Je suppose que je vais bien trouver un endroit, répondis-je, puis je changeai de sujet. Êtes-vous mariée ?

— Divorcée. Vous savez, ajouta-t-elle avec une certaine hésitation, si vous êtes à la recherche d'un endroit, chez moi, il y a une chambre vide que vous pourriez prendre.

— Vraiment ? Mais non, je ne pourrais pas.

Pourtant, mes pensées galopaient déjà vers des projets un peu plus conjugaux. Est-ce que les belles danseuses tombent jamais amoureuses des policiers, ailleurs que dans les films ? Cela me semblait aussi peu probable que si on me disait que ma fille dure de la feuille allait devenir pianiste de concert.

— Je pourrais ?

— Ce n'est pas un endroit extraordinaire, dit-elle. En plus, ça pourrait être pratique d'avoir un policier dans les alentours. Après tout, on n'est pas très en sécurité en ce moment. (Elle me montra un pistolet à air comprimé qu'elle transportait dans son sac à main.) Vous savez, il m'arrive souvent de rentrer tard le soir.

— Écoutez, vous en êtes sûre ? Je veux dire, vous ne me connaissez pas du tout. Je pourrais être n'importe qui.

Mais elle était d'ores et déjà convaincue du bien-fondé de son idée.

— Oui, dit-elle d'un air songeur. Ce pourrait être très agréable de rentrer à la maison en sachant qu'un policier vous y attend.

— Et en plus, vous savez ce qu'on dit ? C'est beaucoup moins cher que d'avoir un chien.

REMERCIEMENTS

Ce roman n'aurait pu être écrit sans l'aide du Bureau central des affaires intérieures de Saint-Pétersbourg. En particulier grâce à trois officiers de police, le général Arcadi Kramarev, le colonel Nicolaï Gorbachevski et le lieutenant-colonel Eugène Igetine qui ont fait ce qu'il fallait pour que presque toutes les portes me soient ouvertes. On m'a donné un laissez-passer de la police, ce qui m'a permis d'entrer et de sortir de la Grande Maison (comme on appelle le quartier général) à ma guise. Une voiture de la police, avec chauffeur et téléphone, a été mise à ma disposition vingt-quatre heures sur vingt-quatre, ce qui m'a donné la possibilité de participer à plusieurs opérations policières contre la mafia. Dans le même temps, plusieurs inspecteurs et enquêteurs se sont donné la peine de me décrire de nombreuses affaires réelles, sur lesquelles ils avaient travaillé. Ils m'ont également invité chez eux en me recevant avec un sens de l'hospitalité que je me suis souvent senti gêné d'accepter. En bref, on m'a offert l'occasion unique d'observer tout à loisir les hommes de la brigade anti-mafia de Russie et les méthodes qu'ils utilisent.

Tout autant que les hommes du Bureau central des enquêtes, il me faut aussi remercier en Russie Nina Petrovna et Stella Starkova, ainsi que Elena Kristotonova, pour son honnêteté et sa patience sans limites. Tous mes remerciements également à Nicky Lund, Mark Forstater, Nick Marston, Caradoc King, Alison Lumb, Peter Cregeen, Jonathan Powell et Jonathan Burnham.

Septembre 1992

LE MASQUE
s'engage pour l'environnement
en réduisant l'empreinte carbone
de ses livres.
Celle de cet exemplaire est de :
510 g éq. CO_2
Rendez-vous sur
www.lemasque-durable.fr

PAPIER À BASE DE
FIBRES CERTIFIÉES

Composition réalisée par JOUVE - 45770 Saran

Achevé d'imprimer en décembre 2012, en France sur Presse Offset par
Maury-Imprimeur - 45330 Malesherbes
N° d'imprimeur : 178521
Dépôt légal : décembre 2012 – Édition 03